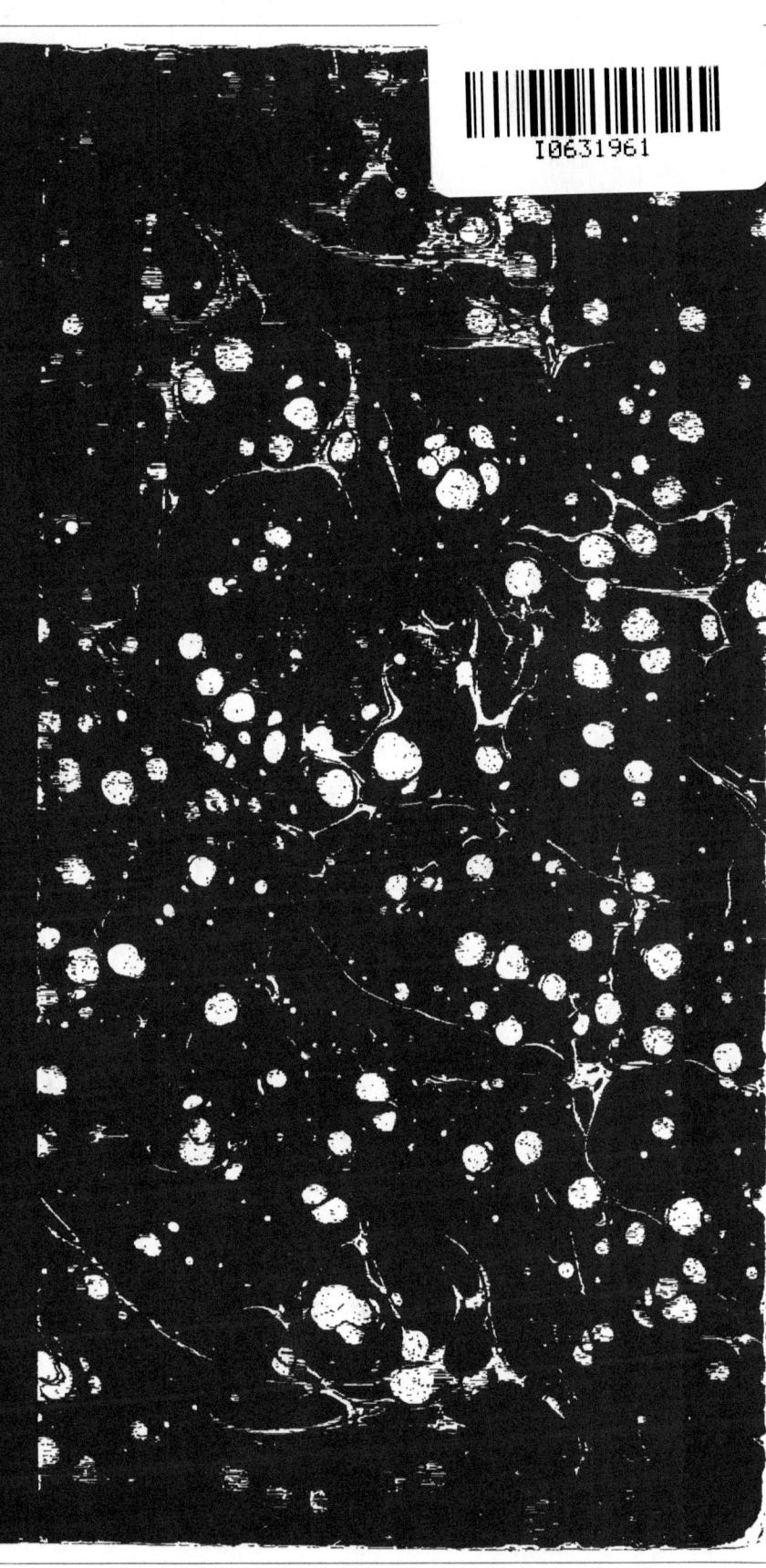

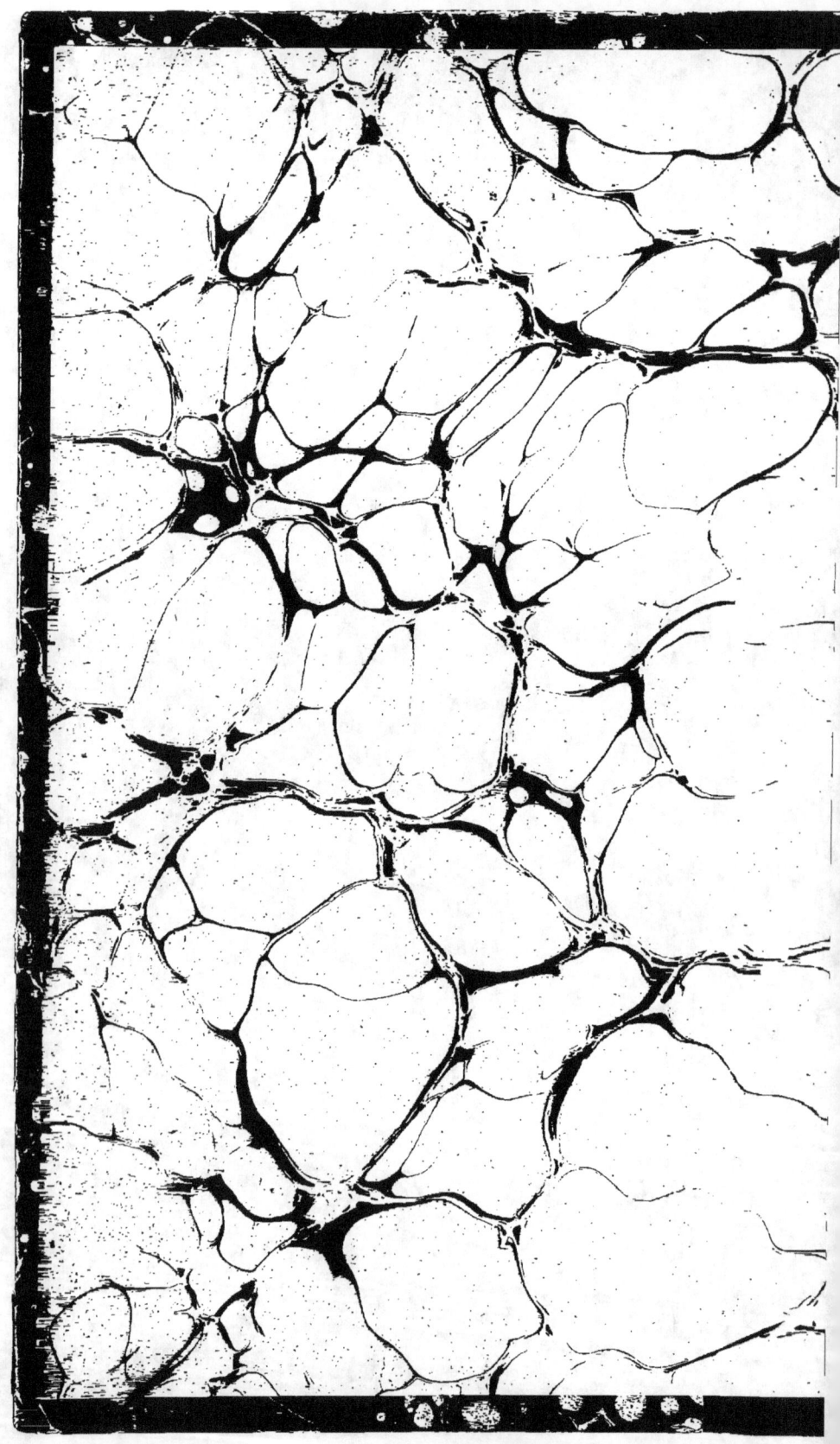

» videbimus lumen[1]. » Quocirca qui honore afficit Filium
simul honore afficit Patrem; et qui honorat Patrem, hono
rat etiam Filium[2], et quidem merito. Omne enim impiun
verbum quod profertur in Filium, ad personam Patris per
tinet. Posthæc vero cui mirum videatur id quod scripturu
sum, si calumnias ab illis confictas adversus me et adversu
religiosissimam plebem exposuero? Nam qui divinitaten
Filii Dei oppugnare aggressi sunt, nos quoque ingrato ani
mo conviciis appetere non verentur. Qui nec ullos ex anti
quis sibi comparari volunt; nec eos quibus nos ab ineunt
ætate magistris usi sumus, exæquari sibi patiuntur. Se
nec ullum ex omnibus qui hodie sunt collegæ nostri, a
mediocrem scientiam pervenisse censent : solos sapiente
ac nihil possidentes, solos dogmatum inventores se ess
jactantes, sibique solis ea revelata esse quæ nemini unquar
eorum qui sub cœlo sunt in mentem venerint. O impian
arrogantiam ! o vesaniam immensam ! o inanem gloriam
atra bile percitis convenientem ! o superbia Satanæ, qu
sceleratis eorum mentibus insedit ! Non illis pudorem in
cussit veterum Scripturarum perspicuitas religiosœ·χpε
collegarum nostrorum consentiens de Christo doctrina, au
daciam eorum adversus illum repressit. Quorum impieta
tem ne ipsi quidem dæmones laturi sunt, quippe qui caver
ne quam adversus Filium Dei impiam vocem emittant. A
que hæc pro virili parte nunc a nobis disputata sint, adve
sus eos qui in imperita materia tanquam in pulvere volutat
Christum impugnare aggressi sunt, et nostram erga illur
pietatem calumniari instituerunt.

IX. Aiunt enim isti ineptarum fabularum inventore
nos, qui impiam et nullo Scripturarum testimonio fultar
blasphemiam, ex non extantibus, aversamur, duo increat
asserere. Duorum enim alterum necessario esse dicendur
affirmant imperiti : aut illum ex non extantibus esse, au

[1] Psal. xxxv, 10. — [2] Joan. v, 23.

MÉMOIRES

POUR SERVIR

A L'HISTOIRE DES MOEURS ET USAGES

DES FRANÇAIS,

DEPUIS LES PLUS HAUTES CONDITIONS, JUSQU'AUX CLASSES INFÉRIEURES
DE LA SOCIÉTÉ, PENDANT LE RÈGNE DE LOUIS XVI, SOUS LE DIREC-
TOIRE EXÉCUTIF, SOUS NAPOLÉON BONAPARTE, ET JUSQU'A NOS
JOURS.

Par Ant. Caillot.

TOME SECOND.

A PARIS,

CHEZ DAUVIN, LIBRAIRE,

RUE DU CARROUSEL, N° 4.

1827.

MÉMOIRES

POUR SERVIR

A L'HISTOIRE DES MOEURS ET USAGES

DES FRANÇAIS.

ANCIENS ET NOUVEAUX DÉVOTS.

La religion appartient à la vie publique, mais la dévotion est de la vie privée. Nous nous garderons bien de confondre les personnes d'une piété sincère et solide, avec ces dévots dont La Bruyère a tracé le portrait, et que Molière a rendus si odieux et si ridicules dans son admirable comédie du *Tartufe ;* ces dévots qui font *métier et marchandise* de la religion, dont ils empruntent le masque pour aller à leurs fins. La religion n'a pas d'ennemis plus dangereux que ces prétendus amis, aux yeux des personnes qui s'en laissent imposer par leur hypocrisie.

Les dévots sont habiles à changer de masque et d'allure suivant les circonstances. Depuis la mort de Louis XV, jusqu'en 1789, on ne leur vit jouer qu'un rôle assez insignifiant, et leur influence à la cour de ce prince fut presque nulle. Ils s'agitèrent vivement en 1788, lorsqu'il fut question du rétablissement des non-catholiques dans leurs droits civils. La vieille maréchale de Noailles, qui avait sans doute hérité de l'intolérance de madame de Maintenon, se donna tous les mouvemens possibles pour mettre obstacle à la décision qui devait avoir lieu à ce sujet. Ce fut, dit-on, à sa sollicitation que fut composé le fameux mémoire contre les protestans, qui fut attribué à la plume de l'abbé Lenfant, ex-jésuite et prédicateur ordinaire du roi.

Long-temps avant l'époque dont nous parlons, les femmes qui avaient passé leur jeunesse et une partie de l'âge mûr dans la dissipation et les plaisirs, voyant la vieillesse s'approcher et leurs adorateurs les abandonner, les uns après les autres, se tournaient, non sans quelques regrets, du côté de l'Église, se choisissaient un directeur en réputation, fréquentaient leur paroisse et leur curé, assistaient à tous les offices, et s'associaient à toutes les œuvres de charité. Sans doute, il n'y aurait rien eu que de très-louable dans cette conduite, si leurs motifs eussent été purs et détachés de tout intérêt mondain. Mais il en était tout autrement chez la plupart de ces nouvelles converties. Ne pouvant plus jouer un rôle dans un certain monde, qu'elles regardaient comme réprouvé de Dieu, elles voulaient en jouer un nouveau, plus important peut-être, dans la nouvelle situation où elles s'étaient placées. Liées avec les membres les plus considérés ou les plus influens du clergé, et principalement avec le ministre de la feuille des bénéfices, elles intriguaient puissamment auprès d'eux, en faveur de jeunes abbés, pour leur obtenir des lettres de grands-vicaires, des canonicats, des pensions, des prieurés, des abbayes, voire même des évêchés. Les postes inférieurs de l'église n'étaient point indignes de leur attention. Telle duchesse s'intéressait auprès d'un curé en faveur d'un prêtre pour qu'il le nommât son vicaire. Malheur à l'ecclésiastique qui déplaisait aux dévotes de la paroisse dont il était habitué! En vain il jouissait de l'estime de son curé, la gent dévote, en conspiration perpétuelle contre lui, trouvait le moyen de le faire écarter de la place qu'il méritait par ses talens et ses mœurs.

Dans l'intérieur de leurs maisons, ces dévotes, toujours aigres-douces, n'en étaient que plus sévères envers leurs domestiques. La faute la plus légère était un crime à leurs yeux. Cependant, si elles n'allaient plus dans le monde, elles le recevaient chez elles; leur table n'avait rien perdu de sa somptuosité, ni leur langue de sa méchanceté; plus elles vieillissaient, plus elles se plaisaient à flétrir la réputation des jeunes femmes qui les avaient remplacées sur le théâtre d'où elles s'étaient éclipsées, et souvent il arrivait qu'une infâme calomnie qui circulait dans le monde, sans qu'on en connût l'origine, était partie du salon d'une dévote.

Ces femmes se plaisaient beaucoup au parloir des religieuses; mais c'était moins pour y parler des choses de Dieu, que pour s'y entretenir des choses profanes, des secrets des familles, et de ce qui se passait dans ce monde que ces bonnes filles avaient quitté, peut-être par la volonté absolue de leurs parens.

Il existait autrefois plusieurs couvens de chanoinesses. Ces femmes, que nous comptons parmi les dévotes, étaient des espèces de religieuses, non cloîtrées, qui ne faisaient que des vœux simples. Au milieu du monde, elles affichaient la dévotion, et dans leur couvent les mœurs des mondains, ou *vice versâ*. Nous en avons connu quelques-unes qui représentaient dans leur conduite les mœurs mi-parties de leur institut. Dans le monde où elles étaient

observées, elles affectaient le *decorum* de leur
état; mais dans leur résidence champêtre, on
ne les distinguait souvent des autres femmes
que par une croix qu'elles portaient sur leur
poitrine. Elles donnaient à manger dans leur
appartement, recevaient les complimens des
hommes qu'elles invitaient, tenaient salon et
jeu, montaient à cheval, accompagnaient les
seigneurs à la chasse, rendaient des visites chez
tous ceux de leur voisinage, et en recevaient.
Ces dames dévotes et mondaines pouvaient être
comparées aux abbés commendataires qui, en
général, ne tenaient guère au clergé que par leur
caractère et leur habit, qui n'était pas toujours
de la couleur prescrite par le concile de Trente.

Nous venons de parler des femmes dévotes,
au nombre desquelles nous ne comprendrons
ni madame du Deffant, ni madame Geoffrin, ni
la duchesse d'Anville; parlons maintenant des
dévots. Le règne de Louis XVI ne nous offre
guère que les restes des deux partis qui, sous
le nom de *jansénistes* et de *molinistes*, s'étaient
fait, sous celui de Louis XV, une guerre si
acharnée et si longue; mais ni les uns ni les
autres n'exerçaient d'influence dans la société,
si ce n'est quelques conseillers et avocats du
parlement, partisans éternels et outrés de Jan-

sénius. Comme c'était la philosophie qui dominait alors, un dévot n'avait pas à prétendre à autre chose qu'au ridicule.

Pendant la révolution, il n'y eut plus moyen d'être dévot. Les personnes qui conservaient l'esprit religieux, avaient trop de dangers à courir pour voir, dans les seules apparences de la piété, un moyen d'arriver à un but intéressé. Lorsque l'impiété s'affichait de toutes parts, dressait les échafauds et s'armait du glaive, il n'était plus temps à la dévotion, véritable ou fausse, de se montrer. Le triste sort de don Gerle et de la mère *Théos* contraignit tous les dévots à se cacher.

Il s'en fallait de beaucoup que Napoléon fût dévot. A son exemple, ses courtisans, en général, et les membres de son gouvernement ne regardaient la religion que comme un levier politique. Quel espoir les dévots auraient-ils pu avoir de le tromper, lui et ses ministres, par des tartuferies? La dévotion ne commença à se montrer que lorsque le pape Pie VII vint donner l'onction sainte au nouvel empereur. Si ce pontife fut l'objet d'une vaine curiosité ou des plaisanteries indécentes d'un grand nombre de personnes, un nombre non moins considérable, frappé de la présence et des vertus de ce chef de l'Église catholique, accourait sur ses pas et se précipitait dans les temples auxquels il allait donner, pour ainsi dire, une nouvelle consécration. Dès ce moment la piété endormie depuis long-temps se réveilla. L'abbé Fournier, prédicateur ardent, monta dans les chaires de la capitale, fit foule par des emportemens où il mêlait la politique aux saintes vérités de l'Évangile, fut enfermé à Bicêtre par ordre supérieur, et ensuite promu par Napoléon, qui redoutait son talent, à l'évêché de Montpellier. Quelque temps après, l'abbé Frayssinous, prêtre qui avait appartenu à la congrégation des Sulpiciens, commença dans l'église de Saint-Sulpice des conférences familières sur la religion, qui lui attirèrent de nombreux auditeurs, et une grande réputation d'éloquence. Les jeunes gens, pour qui les principes et les preuves de la religion avaient tout l'attrait de la nouveauté, s'empressèrent, non moins que les personnes plus âgées, d'assister à ses prédications. Il n'y avait point d'hypocrisie dans cette ardeur de dévotion, parce qu'elle ne conduisait pas aux places à la disposition du gouvernement.

A la restauration, la piété du monarque et de sa famille obligea les courtisans à emprunter, pour lui plaire, les dehors d'une dévotion que

plusieurs d'entre eux n'avaient pas dans le
cœur ; ce qui donna à la cour de Louis XVIII
toutes les apparences d'une cour dévote. De là,
il arriva aussi que la politique entra dans la
dévotion, et celle-ci dans la politique. On fut
bien étonné de voir des hommes qui n'avaient
donné jusqu'alors aucun signe de religion, ni
à l'armée, ni dans les fonctions civiles, et qui
n'avaient paru sous Napoléon dans les cérémonies religieuses, que forcés par l'étiquette
de leurs places, afficher un zèle extraordinaire
pour tous les devoirs qu'ils avaient dédaignés
auparavant.

Ces nouveaux convertis, dont le nombre s'est
excessivement multiplié, assistent régulièrement aux grandes messes de leur paroisse, les
jours surtout où ils savent qu'ils seront remar-
qués. Ils communient aux grandes fêtes de l'année ; ils sollicitent la place de marguilliers ; ils
se font inscrire chez les archevêques et évêques
qui sont à Paris ; et lorsqu'ils habitent leurs
châteaux ou leurs maisons de campagne, on les
voit à la messe paroissiale aux premiers rangs
des fidèles, ou dans des places où ils pensent
être vus de toute l'assemblée.

Au temps des élections, ils redoublent de
zèle et de ferveur. On les voit successivement

dans toutes les églises de leur arrondissement et même du département. Tous leurs entretiens ne roulent que sur la religion, et sur la nécessité de nommer des députés, craignant Dieu, et qui s'intéressent au progrès des bonnes doctrines religieuses.

Perçons l'enveloppe respectable qui couvre l'intérieur de ces tartufes. La charité est la vertu la plus souvent recommandée dans l'Évangile par les préceptes et les exemples de Jésus, et ils n'ont point de charité. Ils dénoncent comme mauvais Français les gens de bien qui pensent qu'on peut être bon chrétien et bon catholique sans s'asservir comme eux à toutes les pratiques extérieures de la piété. L'ambition n'est pas moins condamnée par la morale naturelle que par la morale évangélique; et ces messieurs sont à l'affût de toutes les places qui viennent à vaquer, soit pour y être nommés eux-mêmes, soit pour les faire donner à leurs parens. L'avarice est un vice aussi méprisable que criminel; et cependant, ces prétendus dévots ne songent qu'aux moyens de gagner de l'or et d'accroître leur fortune, aux dépens de ceux qui paient. S'ils n'occupent qu'une place lucrative, il leur en faut une seconde, et après celle-ci d'amples gratifications. Ce sont des saints dont les exemples édifians ne sauraient être trop bien récompensés.

Aux yeux de ces tartufes, ceux qui attaquent l'hypocrisie sont des ennemis de la religion, qu'il faut chasser, qu'il faut ruiner et laisser mourir de faim : celui que son érudition a placé dans une chaire, ou qui, par de bons ouvrages a mérité un fauteuil dans une académie, ou qui, pour d'importans services rendus à son pays, a obtenu une modique pension dans sa vieillesse, ou celui qui souffre de vingt blessures reçues sur les champs de bataille, tous ces hommes, qui sont l'honneur de leur pays, sont jugés dignes de la haine et de l'animadversion des hypocrites, s'ils ne pensent pas, s'ils ne parlent pas, s'ils n'agissent pas comme eux. Aussi n'y a-t-il aucune calomnie, aucun mauvais service, aucun affront qu'ils ne doivent en attendre.

Si la fausse dévotion est un vrai fléau dans les classes supérieures de la société, elle n'est pas moins odieuse dans le peuple. Aussi les femmes qui passent pour de fausses dévotes sont-elles aussi redoutées que méprisées de leurs voisins et de tous ceux qui les connaissent. Ne faisant consister la religion que dans les pratiques extérieures du culte, elles s'autorisent de

leur fidélité à observer jusqu'aux plus minu-
tieuses, pour mépriser, calomnier, décrier ceux
qui ne leur ressemblent pas. Dures et insensibles envers les pauvres, elles refusent toute
assistance aux mères de famille que tourmen-
tent les besoins les plus pressans; et si elles leur
accordent quelques légers secours, c'est à des
conditions capables de faire de ces infortunées
autant d'hypocrites comme elles. Ces dévotes,
si elles jouissent d'un certain crédit dans leur
paroisse, exercent une sorte d'inquisition dans
les familles; elles les scrutent en secret avec
une curiosité infatigable, interrogent les domestiques et les voisins, s'informent de la conduite des époux, l'un à l'égard de l'autre; de
leurs opinions, de leurs entretiens, des personnes qu'ils fréquentent ou qu'ils reçoivent;
des journaux qu'ils préfèrent, des livres qu'ils
lisent, des mets qui se servent sur leur table les
jours d'abstinence. Si les informations qu'elles
font prendre adroitement ne sont pas favorables à ceux qui en sont l'objet, elles ne se donnent aucun repos qu'elles ne les aient fait passer
pour des païens ou des publicains, aux yeux
des personnes qui auraient pu leur rendre quelques services.

Ce n'est plus le bonapartisme de M. M*** qui

est dénoncé; il n'est plus coupable que de ne pas *penser bien*, c'est-à-dire d'être simplement chrétien et catholique, et non affilié à la congrégation.

Qu'arrive-t-il de ce système obscur de dénigration? Si M. M*** se présente chez un ministre, ou chez un directeur-général, ou chez un simple commis, soit pour réclamer contre une injustice, soit pour solliciter une place, ou un service dont il a un pressant besoin, il est tout étonné d'être accueilli avec dédain et congédié de même, si toutefois il a été admis à l'audience.

S'il est impossible d'apprécier tout ce que vaut un homme sincèrement religieux, et de se faire une juste idée de ses sentimens généreux à l'égard de tous ses semblables, il ne l'est pas moins d'imaginer toutes les mauvaises qualités et toutes les noirceurs renfermées dans l'âme d'un faux dévot et d'une fausse dévote. De quoi ne sont pas capables, en effet, des hypocrites qui mettent la calomnie et la persécution au nombre des devoirs dont ils se persuadent que l'accomplissement est agréable à la Divinité?

Les faux dévots ne sont pas moins nuisibles à la religion que les incrédules. Le peuple, qui confond aisément l'abus de la chose avec la chose elle-même, en les voyant se livrer, sous le manteau de la piété, aux injustices, aux vengeances, aux calomnies, à l'ambition, à l'avarice, se persuade volontiers que toutes les autres personnes pieuses leur ressemblent, mais qu'elles savent mieux cacher leur jeu, et finit par conclure contre la religion elle-même, qui n'est pourtant que le code de la tolérance et de la charité.

Aujourd'hui, la dévotion ressemblant beaucoup à une réaction par son alliance avec la politique, la piété, qu'elle contrefait, doit perdre nécessairement de son crédit dans la société. Si autrefois on se moquait de l'hypocrisie, aujourd'hui on la craint, et on la craint beaucoup, avec raison. Si madame Pernelle vivait parmi nous, il n'y aurait pas de parti plus sage à prendre que de se prosterner devant son cher Tartufe.

NAISSANCE DES ENFANS. ÉTAT CIVIL. BAPTÊME. NOUVEAUX PRÉNOMS.

Chez tous les peuples la naissance d'un enfant a toujours été un heureux événement, célébré par des fêtes, et accompagné de cérémonies religieuses; mais la manière de constater cet événement présente un grand nombre de différences et de variations. Il est encore, dans l'Europe même, des gouvernemens sous lesquels l'apparition d'un nouvel être raisonnable est signalée si imparfaitement, que, dans les circonstances les plus remarquables de sa vie, et jusqu'à sa mort, ses parens et lui-même n'ont que des doutes, non-seulement sur le jour, mais encore sur l'année de sa naissance.

La France est peut-être le pays où le commencement de l'état civil d'un homme est le mieux constaté, quoiqu'il ne l'ait pas toujours été aussi régulièrement qu'on aurait pu le désirer. Avant la révolution, le clergé était depuis long-temps investi du droit de tenir registre des naissances, ainsi que des mariages et des morts; droit qui lui avait été accordé ou qu'il s'était arrogé, moins pour l'avantage de la religion catholique que pour l'intérêt de sa puissance. Pour ce qui est des protestans des deux confessions, leurs ministres remplissaient, à l'égard de leur coreligionnaires, les mêmes fonctions que les curés à l'égard de leurs paroissiens.

Dans les villes, les registres de l'état civil étaient tenus en double par les vicaires des curés, avec toute l'exactitude que l'on pouvait désirer; mais dans les campagnes, il n'était pas rare d'y trouver des irrégularités capables de causer du désordre dans les familles, et de mettre en problême l'existence sociale des individus. Ces irrégularités étaient presque toujours l'effet de l'ignorance ou de l'intempérance des pasteurs qui les commettaient. Un curé, sortant de table après avoir bien dîné avec ses amis, était appelé pour administrer l'eau baptismale à un enfant nouveau-né; peu assuré sur ses jambes, le cerveau ou la vue un peu troublée par les vapeurs du vin, il entrait dans son église, administrait le sacrement, et des fonts baptismaux se rendait dans la sacristie pour y enregistrer l'acte de naissance de l'enfant qu'il venait de baptiser. C'était assurément l'effet d'un heureux hasard, s'il ne se trompait point ou sur le jour de cette naissance, ou sur les noms du baptisé. Il est de toute notoriété que ces registres, tenus avec la plus grande négligence, produisaient, chaque année, dans plusieurs familles du royaume, des procès relatifs à l'état civil des individus.

Après que l'assemblée constituante eut investi les municipalités du droit de constater cet état, les irrégularités dont on se plaignait auparavant devinrent plus fréquentes encore, par l'inexpérience des maires de villages et des adjoints, dont un bon nombre savaient à peine écrire, ou ignoraient la forme des actes qu'ils devaient consigner dans les registres qui leur avaient été confiés.

Un autre inconvénient plus grave encore, causé par la nouvelle loi, c'est la facilité qu'elle donna à tous les ennemis du christianisme et de ses lois, de priver impunément leurs enfans du sacrement de baptême. Toutes les églises ayant été fermées pendant le gouvernement révolutionnaire, ce sacrement fut définitivement proscrit dans la capitale et dans un grand nombre d'autres villes; mais dans les campagnes, il continua d'y être administré par les pasteurs. Cependant cette guerre sacrilége, déclarée dans les villes à la religion chrétienne, n'obtint pas tout le succès sur lequel ses auteurs avaient compté. Les pères, à qui l'entrée des temples était défendue, baptisaient euxmêmes leurs enfans, s'ils ne pouvaient les présenter aux prêtres, objets de la plus cruelle persécution. Nous pouvons donc assurer, sans craindre d'être démentis, qu'un grand nombre d'enfans, nés depuis 1792 jusqu'à 1795, ou n'ont été qu'ondoyés, ou n'ont point reçu le baptême, et qu'il est infiniment probable que plusieurs millièrs de braves, tombés sur les champs de bataille, n'avaient point été marqués de ce premier signe du chrétien. Sans doute il existe encore une foule de ces malheureux qui n'appartiennent à aucune religion, soit par la faute de leurs parens, soit par leur propre négligence.

Il est encore arrivé, par suite du droit accordé aux municipalités de constater les naissances, et par les obstacles apportés à l'administration du baptême, que nombre d'enfans ont reçu pour prénoms, des noms profanes ou ridicules. Les uns ont été appelés *Péthion*, *Roberspierre*, *Marat*, les autres *Nationale-Pique;* nous avons lu sur une pierre tumulaire, au cimetière Montmartre, le prénom de *Fructidor*. Nous connaissons un jeune homme qui porte pour prénom le nom fabuleux de l'astre du jour : il se nomme *Phœbus* D**. Les filles ont reçu des prénoms empruntés de la mythologie, tels qu'*Anaïs* et *Zoé*. Quant aux prénoms de *Charles*, de *Henri*, de *Louis*, de *Marie* et de *Geneviève*, etc., ils étaient rigoureusement proscrits dans la plupart des municipalités républicaines. Sans doute le plus grand nombre au nom desquels ont été accolés des prénoms révolutionnaires, en ont adopté d'autres, mais quelle confusion ce changement

2. 2

n'a-t-il pas dû introduire dans l'état civil de ces personnes!

Sous l'empire, subsistèrent la plupart des inconvéniens que nous venons de rapporter, quoique les ministres du culte catholique eussent recouvré la liberté entière de baptiser les enfans et de leur donner un prénom.

Nous n'entrerons dans aucune discussion relativement à l'opinion qui veut que les registres de l'état civil soient rendus au clergé. Nous demanderons seulement à nos lecteurs si les abus qui existaient avant qu'ils lui fussent ôtés ne reparaîtraient pas, et si, en les laissant aux municipalités, on pourrait corriger les abus nombreux que le droit dont elles sont investies a fait naître. De quelque côté que nous osions pencher, nous ne trouverons que difficultés qui nous empêcheront de porter un jugement conforme à la raison, à la religion et à la saine politique ; tant les matières qui intéressent à la fois la religion et la politique, offrent de difficultés à quiconque prétend leur fixer les bornes dans lesquelles elles doivent être renfermées.

Cependant, s'il nous était permis de dire à ce sujet notre façon de penser, il serait possible de prévenir les inconvéniens que nous

avons exposés, dans l'une ou l'autre opinion ;
ce serait de n'admettre à l'acte civil que les
pères et les autres parens qui auraient fait baptiser l'enfant nouveau-né, et de ne charger
dans les municipalités des villes ou des villages
que des hommes qui sussent lire et écrire cor-
rectement. De cette manière l'église se trouverait dans un parfait accord avec le pouvoir
civil. Notre raison pour que le baptême pré-
cède l'acte civil, est que l'homme est créé pour
Dieu avant de l'être pour la société.

ÉDUCATION PRIVÉE DES GARÇONS.

La question de la supériorité de l'éducation
publique sur l'éducation privée est résolue
depuis long-temps. Cependant tout ce que
les écrivains les plus instruits et les plus sages
ont dit en faveur de la première, n'avait
presque fait aucune impression sur la plupart des pères de famille de la classe noble ou
de la haute bourgeoisie. A l'exemple de nos
rois et des princes de leur sang, qui n'ont fait
élever et instruire leurs enfans que par des
précepteurs, ils prenaient chez eux des instituteurs à gages, qui pouvaient être regardés
comme leurs premiers domestiques. Ces péda-

gogues étaient, pour la plupart, de jeunes abbés nouvellement sortis du séminaire, qui se trouvaient trop heureux d'entrer en cette qualité dans une bonne maison, au lieu d'aller remplir les honorables fonctions de vicaire dans une paroisse de campagne. C'était à l'âge de huit ou neuf ans que les enfans passaient entre leurs mains, et à quinze ans qu'ils en sortaient. Réunis avec eux dans un appartement séparé, ils ne mangeaient point à la table du père et de la mère, et ils ne les quittaient que lorsqu'ils étaient appelés pour rendre compte de leur conduite et de leurs études.

On peut aisément se faire une idée des progrès que pouvaient faire dans l'instruction, des élèves accoutumés, dès leur plus tendre enfance, à faire toutes leurs volontés, à commander même, et à préférer le jeu à toute occupation sérieuse; des élèves dont une seule plainte, une seule larme, mettait en émotion la tendresse de leur mère, et conséquemment à l'égard desquels le précepteur devait s'abstenir de la plus légère correction, sous peine de déplaire ou d'être congédié comme un homme dur et brutal.

Ce n'était pas un petit embarras pour le jeune précepteur, que de concilier les sentimens dis-

parates du mari et de l'épouse pour leur enfant. Si l'un voulait qu'il apprît le latin, l'autre
exigeait que les élémens de la langue française
lui fussent enseignés avant ceux de cette langue morte. Si la bonne maman excusait les
fautes et la paresse du marmot, le papa se montrait inexorable et prescrivait des corrections
pour quelques instans de dissipation ou pour
une légère inadvertance. Quel parti devait
prendre alors notre précepteur entre ces volontés opposées, si ce n'est celui de le ren-
voyer, de manière que les leçons fussent ap-
prouvées des deux époux, et parfaitement
inutiles à son élève? position aussi triste qu'hu-
miliante.

Cependant l'éducation publique n'était pas
tellement négligée pour les enfans des hautes
classes de la société, qu'elle ne vît ses droits
respectés en quelque manière par les parens
même qui confiaient chez eux leurs enfans à la
surveillance et aux leçons d'un précepteur.
Ceux qui voulaient faire embrasser à leurs
fils la profession des armes, les envoyaient,
après que le précepteur avait fait ses efforts
pour leur inculquer une connaissance superfi-
cielle de la littérature et de l'histoire, aux
écoles militaires de Paris, de la Flèche ou de

Brienne, pour leur faire apprendre, tant bien que mal, l'équitation, l'art de fortifier les places, de camper et de commander aux vieux soldats.

Les présidens et les conseillers dans les cours souveraines, et d'autres particuliers qui ne voulaient pas se séparer de leurs fils, tâchaient de concilier les deux éducations en les gardant chez eux, sous la surveillance d'un précepteur qui les conduisait chaque jour aux leçons des professeurs de l'Université. C'était alors une éducation mixte dont l'illustre Rollin nous offre un exemple dans celle qu'il fut chargé, dans sa jeunesse, de donner aux enfans de M. de Lamoignon. Nul doute qu'entre de pareilles mains, cette éducation ne fût profitable aux élèves ; mais ces mains étaient-elles bien communes ? Mais alors même l'aiguillon de l'émulation n'était-il pas à demi émoussé ? Où trouver aujourd'hui un Rollin.

Ce fut une nouveauté non moins ridicule que surprenante, que le préceptorat de madame de Genlis à l'égard des fils du duc d'Orléans. On n'avait point encore vu en France, je ne dis pas un prince, mais même un simple particulier confier ses enfans à l'enseignement moral et scientifique d'une femme. Il est difficile de dire si, dans cette circonstance, la comtesse

fut plus ridiculement présomptueuse que le
duc ne fut mal avisé, ou si celui-ci fut plus
mal avisé que la comtesse ne fut présomptueuse.
Mais ce qui est certain, c'est que l'un et l'autre
s'inquiétèrent fort peu de l'opinion publique.

Pendant plusieurs années de la révolution,
l'éducation privée fut beaucoup plus avantageuse aux enfans que l'instruction publique,
qui, séparée des principes religieux, n'avait
pour objet qu'une morale purement philosophique, telle que celle du baron d'Holbach et
du *Catéchisme* de Saint-Lambert; aussi un grand
nombre de pères de famille des classes les plus
distinguées de la société aimèrent-ils mieux
garder leurs enfans chez eux que de les envoyer aux écoles publiques, où leurs progrès
dans les lettres humaines et dans les sciences
naturelles ne pouvaient compenser, soit la perte
de leurs mœurs, soit l'ignorance des vérités de
la religion. Mais lorsque l'éducation publique
eut commencé à recevoir une organisation chrétienne, que de sages maîtres eurent été mis à la
tête des lycées et des écoles centrales, et que le
gouvernement n'eut promis des fonctions publiques et de l'avancement dans la hiérarchie
sociale qu'aux élèves qui auraient reçu leur
instruction dans ces gymnases, tombés sous la

dépendance de l'université impériale, le préceptorat se vit menacé d'une chute totale, ou
du moins obligé de partager ses attributions
avec les instituteurs publics.

Après la restauration, la sollicitude du gouvernement ne tarda pas à se porter sur les nouvelles générations qu'il était de son intérêt de
faire élever et instruire sous ses yeux, pour ainsi
dire, dans les colléges royaux. Dès-lors plus
d'éducation entièrement privée, plus d'enseignement particulier. Le duc d'Orléans fut un des
premiers à donner à tous les pères de famille
un grand exemple en envoyant son fils aîné,
le duc de Chartres, aux leçons des professeurs
du collége de Henri IV. Par cette conduite, il
a réparé l'affront que son père avait fait en sa
personne à l'éducation publique, en confiant
la sienne à une femme, et à quelle femme !

Aujourd'hui donc, nobles et roturiers, riches et pauvres, reçoivent tous la même
instruction, et le gouvernement royal sait ce
qu'il doit attendre de la jeunesse française qui,
presque tout entière, forme la population de
ses colléges, de ses écoles spéciales, et de ses
écoles militaires. S'il est encore des pères de
famille qui tiennent par leurs préjugés pour
le système du préceptorat, c'est qu'ils ne veu-

lent laisser à leurs enfans, avec une fortune indépendante, qu'un lâche repos, compagnon de l'obscurité, ou du mépris public.

ÉDUCATION DES FILLES.

Des couvens, ou la maison de leurs mères, tels étaient les endroits où les jeunes filles étaient élevées avant la révolution. Celles qui appartenaient à des familles nobles ou de la haute bourgeoisie, étaient placées, dès l'âge de huit à dix ans, sous la conduite des religieuses, et ne sortaient du monastère qu'à l'âge où elles devaient passer entre les bras d'un époux.

Les principes de la lecture, de l'écriture et du calcul, un peu d'histoire et de géographie, la musique vocale, l'art de toucher du piano et celui de pincer de la harpe, etc., telles étaient, outre les vérités de la religion, les connaissances qu'elles acquéraient dans le cloître. Quant aux leçons de danse, elles les recevaient après leur sortie du couvent, pendant quelques mois, dans la maison paternelle. Quelques ouvrages des mains faisaient aussi partie de leur éducation claustrale. On leur apprenait à dessiner, à fabriquer des fleurs artificielles, à faire de la tapisserie, à broder de la mousseline, un

peu à tricoter, à découper des étoffes en lo-
sanges, du papier, à raccommoder le linge fin.

Lorsque ces jeunes pensionnaires rentraient
dans le sein de leur famille, on les trouvait
d'abord timides, embarrassées, gauches; mais
l'air du monde, les leçons du maître à danser,
les visites que leur maman recevait journellement, les sociétés où elle les conduisait, les
avaient bientôt délivrées de ces ridicules; et
telle avait d'abord paru une Agnès, qui, la mémoire pleine de certaines conversations qu'elle
avait tenues avec ses compagnes, pouvait donner dans l'occasion à d'autres jeunes personnes,
des leçons de coquetterie.

Un bon nombre de mères de famille, préve-
nues contre l'éducation des couvens, ou que la
médiocrité de leur fortune empêchait d'y placer leurs filles, se chargeaient elles-mêmes de
leur apprendre ce qu'elles devaient savoir pour
être un jour de bonnes épouses et de bonnes
mères. C'était principalement les connaissances
usuelles qu'elles s'appliquaient à leur inculquer, et d'utiles occupations auxquelles elles
les obligeaient de se livrer sous leurs yeux;
comme de prendre soin du ménage, de composer des mets communs, de raccommoder le
linge gros ou fin, de le blanchir et de le re-

passer, de tenir, avec la servante, le mobilier dans une continuelle propreté, de l'aider dans son service, de surveiller ses achats, et même de la remplacer dans l'occasion.

Cependant la bonne mère n'oubliait pas, en occupant sa fille à ces travaux domestiques, de lui faire apprendre quelques arts d'agrément. Le maître de musique et celui de danse venaient, certains jours de la semaine, donner à la jeune personne, en sa présence, l'un une leçon de solfége, pour lui rendre la voix juste; l'autre, une leçon de danse, pour faire prendre à sa démarche de l'aisance et de l'aplomb, et à son maintien, la grâce réunie à la fermeté.

Si cette éducation privée ne procurait pas à une jeune fille d'aussi brillans avantages que ceux qu'elle aurait reçus dans un couvent avec trente ou quarante compagnes, elle en retirait de plus solides. Accoutumée de bonne heure à la simplicité d'une vie bourgeoise, elle avait acquis, dès l'âge de seize ans, tout ce qu'il lui fallait pour faire le bonheur d'un mari et gouverner une maison suivant les principes d'une sage économie, et faire rechercher sa société, comme celle d'une femme aimable et sans pré-tention.

Lorsque la révolution eut détruit les couvens

l'éducation privée fut la seule qu'il fut possible
de donner aux jeunes personnes. Malheureusement les principes religieux ayant fait place,
dans un grand nombre de familles, à des principes tout contraires, et ceux de la morale s'y
étant considérablement affaiblis, la maison paternelle offrit à leur innocence des dangers qui
ne s'y étaient jamais, ou que rarement présentés. Aux occupations utiles furent substi-
tués les arts de simple agrément; à d'innocentes
récréations, la dissipation, les promenades hors
de la présence de leur mère, les spectacles, les
bals, et d'autres sociétés tumultueuses où elles
se laissèrent conduire par des jeunes gens, sous
le prétexte spécieux de la parenté ou même du
simple voisinage. Dès-lors la voix d'une mère ne
fut plus que rarement écoutée ; sa présence devint insupportable, et l'on affecta le mépris de
ses plus sages remontrances, comme étant dictées par l'humeur, les préjugés, et même par
un sentiment de basse jalousie. Ainsi, au moment même où la révolution abolissait l'éducation publique pour les filles, elle portait le
même coup à leur éducation privée, par le mépris qu'elle leur inspirait de l'autorité et de la
sagesse maternelle.

Enfin la nécessité de ne pas abandonner à

l'oisiveté, à l'ignorance et aux plaisirs, un sexe si porté à recevoir dans sa jeunesse les impressions des vices, donna naissance à Paris, et dans les départemens, à un grand nombre de pensionnats de jeunes demoiselles, dont celui de madame Campan, ancienne femme de chambre de la reine, devint le plus brillant et le plus célèbre. Ce fut dans cette institution d'un nouveau genre, protégée par la comtesse de Beauharnais, devenue l'épouse du général Bonaparte, que furent élevées, et instruites dans une foule de connaissances utiles et agréables, les filles des principaux fonctionnaires civils ou militaires.

Ces pensionnats, dirigés, la plupart, par d'anciennes religieuses ou par des dames qui avaient été élevées à Saint-Cyr et dans les couvens, réunirent les avantages de l'éducation domestique à ceux de l'éducation publique. En même temps qu'on y enseignait les principes de la religion, de la lecture, de l'écriture, de la grammaire française, du calcul, de la géographie, on les occupait à plusieurs de ces travaux dont elles devaient contracter l'habitude, lorsqu'elles seraient devenues épouses et mères.

Si le dessin, la musique, la danse, les langues étrangères y étaient enseignées, cet enseignement n'était point général, il ne se donnait qu'aux élèves dont les parens consentaient à en payer le prix, en sus de celui de la pension.

Mais si cet enseignement devait entrer dans l'éducation d'une fille d'un haut rang, ou qui appartenait à des parens riches, il ne laissait pas de donner entrée dans les pensionnats à de graves abus. De jeunes dessinateurs, musiciens, danseurs, maîtres de langues, étaient préférés, pour donner des leçons de leur art, à des maîtres d'un âge plus avancé, par la raison que s'ils n'étaient pas plus habiles que ces derniers, ils étaient plus du goût des jeunes personnes, et conséquemment plus propres à hâter leurs progrès. On pourrait citer plusieurs exemples de liaisons amoureuses formées entre de jeunes professeurs et leurs jeunes élèves, auxquelles les parens de celles-ci n'ont pu mettre fin que par un hymen bien contraire à leur volonté.

Dans les couvens, les jeunes pensionnaires ne paraissaient au parloir qu'accompagnées d'une de leurs maîtresses : sage précaution qui empêchait les jeunes gens qui venaient les visiter de les entretenir de sujets peu compatibles avec leur innocence. Mais dans la plupart des pensionnats dont nous parlons, toute liberté était laissée au cousin d'une jeune fille, ou au jeune homme qui accompagnait son frère, de louer sa beauté, de la complimenter sur ses progrès, de l'entretenir des pièces nouvelles, des acteurs, des actrices, et des nouvelles modes. Si une sous-maîtresse assistait à la conversation, elle était souvent assez complaisante pour se taire, ou même pour applaudir à l'aimable politesse du jeune homme. « Vous flattez beaucoup mademoiselle, lui disait-elle ; cependant je ne puis m'empêcher de convenir qu'elle mérite une partie de vos éloges, et qu'avec un peu plus de zèle et d'application, elle les méritera tous. » Dans la maison de sa mère, la jeune fille était à l'abri de ces dangereuses visites, ou si elle les recevait, elle était loin de s'en attribuer l'honneur.

Un autre abus de ces pensionnats, non moins graves que ceux que nous venons d'exposer, c'étaient les distributions publiques de prix qui s'y célébraient, chaque année, à l'instar de celles qui avaient lieu dans les lycées et autres maisons consacrées à l'instruction des garçons. En présence d'une nombreuse assemblée, composée de leurs parens et d'autres personnes des deux sexes. Les jeunes élèves, dont plusieurs avaient atteint leur quinzième année, montaient sur une estrade ou théâtre, et là s'in-

terrogeaient, les unes les autres, ou répondaient
aux questions que des hommes leur adressaient
sur la grammaire, la géographie et l'histoire.
Dans quelques pensionnats renommés, elles
jouaient entre elles une petite pièce, composée
pour la circonstance, tâchant d'imiter la démarche, les gestes et les airs de tête des actrices de profession. La fête avait commencé par
un joli petit concert, qui, dans les entr'actes,
se faisait encore entendre. On pense bien que
les spectateurs n'étaient pas avares de claque-
mens, et que l'auteur du drame n'avait pas eu
besoin de convoquer la bande du lustre.

Ces préliminaires achevés, commençait la
distribution. Une sous-maîtresse appelait alors,
les unes après les autres, les élèves qui avaient
mérité un prix. Madame la directrice, d'un
air imposant, se levait alors de son fauteuil
placé devant une table couverte d'un riche tapis sur lequel étaient rangés les livres qui devaient être distribués. En donnant le prix à la
jeune élève, elle l'embrassait tendrement; celle-
ci, se retournant ensuite vers l'assemblée, lui
faisait une profonde et gracieuse révérence,
descendait de l'estrade avec précipitation, et
allait recevoir les embrassemens de ses parens,
des amis et des amies de ses parens et de *tutti*

quanti. De peur d'exciter des jalousies et de causer des douleurs, la directrice avait préparé des prix pour toutes ses élèves; de manière qu'il n'y en avait pas une, tant petite fût-elle, qui ne reçût sa part d'éloges et de complimens.

Nous ne devons pas oublier de dire que la maîtresse du pensionnat avait préludé à la cérémonie par un discours sur l'éducation des filles, et sur le genre d'instruction qu'elle donnait ou faisait donner à ses élèves. Beaucoup de lieux communs, présentés avec un style emphatique et prétentieux, et avec toute la gravité d'un orateur de profession, caractérisaient cette pièce d'éloquence.

Le danger de ces distributions pour les mœurs de tant de jeunes filles, que l'on exposait ainsi toutes ensemble, les unes après les autres, à la vue d'un public nombreux, fit ouvrir les yeux au préfet de la Seine, qui était chargé de la haute surveillance des pensionnats de jeunes demoiselles. En 1812, ce magistrat fit défense, pour l'avenir, à toutes les directrices de son ressort, de distribuer solennellement des prix dans leurs institutions. Dans un grand nombre de départemens, les préfets suivirent son exemple.

Depuis 1815, le régime des pensionnats a

éprouvé plusieurs changemens. Un grand nombre d'institutions particulières ont été suppri-
mées et remplacées par des communautés religieuses, où la clôture est une partie essentielle
du réglement. Celles qui se sont maintenues
offrent aux mères de famille plus de garanties
que les anciennes, pour la bonne éducation et
les mœurs de leurs filles. Nous doutons que le
pensionnat de madame Campan se soutînt aujourd'hui avec les formes qu'il avait sous l'empire de Napoléon, malgré toute la célébrité de
son *Traité sur l'éducation*.

Autant l'éducation qu'une jeune personne recevait, pendant la révolution, dans la maison
paternelle, lui était avantageuse, autant elle lui
serait nuisible aujourd'hui. Les visites reçues
et rendues avec sa mère, la dissipation de l'intérieur du logis, où elle n'est assujettie à aucun réglement de vie particulier; les sociétés,
les spectacles, les promenades et autres parties
de plaisir, où elle accompagne ses parens, quels
dangers pour ses mœurs! que d'occasions,
dont une seule suffit pour lui faire oublier les
bonnes leçons qu'une mère éclairée et ver-
tueuse lui aura données!

MARIAGE.

Quand l'éducation d'une jeune fille est faite, et que, grâce aux instructions qu'elle a reçues de ses bonnes amies plus avancées en âge, elle n'ignore rien de ce qui se passe entre un époux et sa femme, on songe à la marier. Lorsqu'il n'y avait dans le monde que quelques garçons et quelques filles, le choix d'un mari était bientôt fait. Les uns et les autres étant tous de la même famille, ayant par conséquent beaucoup de traits semblables, et possédant chacun un territoire de plusieurs milliers d'arpens avec de nombreux troupeaux, leurs parens n'avaient entre eux aucune difficulté pour la dot, et la jeune personne, non plus que le jeune homme, tous deux bien faits, beaux et vigoureux, n'éprouvaient aucune répugnance l'un pour l'autre.

Mais quand la terre se fut peuplée par ces faciles unions, que les sociétés se furent multipliées, que les empires se furent formés, que les traits de ressemblance entre les hommes se furent affaiblis, que les territoires eurent été rétrécis par de nombreux partages, et que l'inégalité des conditions se fut établie de tous côtés, les mariages devinrent plus difficiles à conclure, autant par l'avarice ou l'orgueil des parens, que par l'embarras de leurs fils et de leurs filles à choisir un sujet avec lequel ils pussent contracter une union aussi heureuse que durable.

De tous les pays de l'Europe la France est celui où l'hymen a le plus de choix à faire, et par suite, où il se trouve le plus souvent embarrassé. Avant la révolution, les convenances, encore plus que l'amour, formaient dans les hautes classes de la société l'union conjugale. Il y avait deux sortes de convenances, la naissance et la richesse. En général, les jeunes nobles n'épousaient que des filles nobles, surtout lorsqu'ils appartenaient à la moyenne noblesse, et qu'ils tenaient fortement à ce que les enfans mâles qu'ils auraient un jour, entrassent dans l'ordre de Malte, et leurs filles dans les chapîtres de chanoinesses. Il n'en était pas de même des jeunes gens de la haute noblesse, à qui leurs parens faisaient épouser, afin de relever leur fortune délabrée, des filles de riches roturiers. Quant aux demoiselles qui, par l'effet du droit d'aînesse, ne trouvaient pas un mari de leur naissance, elles étaient condamnées à prendre le voile de religieuses, ou à faire des

vœux simples, comme chanoinesses de Neu-
ville, d'Alix, etc. Ainsi une roturière opulente
pouvait devenir l'épouse d'un duc, et un roturier à cinquante mille francs de rentes ne
pouvait devenir l'époux de la fille d'un petit
marquis mal dans ses affaires.

Dans les deux classes de noblesse dont nous
venons de parler, les inclinations amoureuses
étaient presque toujours comptées pour rien.
Aussi combien de jeunes personnes nobles
étaient, pour ainsi dire, ensevelies dans les cloî-
tres toutes vivantes! Combien d'autres de la
classe roturière, à peine unies au fils d'un grand
seigneur, se repentaient amèrement d'avoir cédé
aux volontés de leurs parens, et se promet-
taient de se dédommager d'un hymen odieux
par de coupables liaisons! Jamais les salles des
tribunaux ne retentirent de tant de causes scandaleuses que par les unions mal assorties. Jamais il n'y eut tant de séparations de corps et
de biens; jamais tant de femmes mariées condamnées à passer leur vie chez leur mère, ou
au couvent dans un veuvage anticipé.

Les mariages étaient beaucoup plus heureux
dans les classes bourgeoises, soit par l'égalité
de fortune, soit par la liberté que les jeunes
personnes avaient souvent de suivre leur in-

clination, en épousant l'homme qui en était l'objet.

Le mariage et le sacrement étaient une même chose. Lorsque les parens des deux amans étaient d'accord, et qu'un notaire avait rédigé l'acte qui assurait leurs droits réciproques, ils se rendaient au pied des autels pour y recevoir la bénédiction qui devait sanctifier leur union et la rendre indissoluble. Quand les époux appartenaient à une famille considérable par son rang ou ses richesses, la cérémonie avait lieu dans la chapelle d'un château, ou dans l'église paroissiale, à une heure où les parens et les personnes invitées étaient les seuls qui pussent y assister. Immédiatement après, le pasteur ou son vicaire rédigeait l'acte de la célébration.

Il arrivait rarement qu'un jeune homme prît une épouse avant l'âge de vingt-cinq ans, et qu'une fille passât avant celui de dix-huit entre les bras d'un mari. Dans les villes de provinces et dans les campagnes, les mariages se faisaient généralement plus tard ; aussi les enfans qui en naissaient étaient-ils plus vigoureux.

Dans plusieurs endroits, principalement dans les petites villes, bourgs et villages, le peuple ne voyait qu'avec mépris une veuve de deux maris en épouser un troisième; aussi, le soir même du mariage, avait-il coutume de faire charivari devant le logis des deux époux; une troupe de jeunes garçons frappaient des chaudrons les uns contre les autres, et accompagnaient ce tintamarre de grands cris et de chansons obscènes. Ce divertissement se prolongeait fort avant dans la nuit, sans que la police du lieu y mît le moindre obstacle.

Quand l'assemblée constituante eut retiré des mains du clergé les registres de l'état civil, et donné aux officiers municipaux le droit de recevoir et de sanctionner le consentement mutuel des deux époux, il se fit une grande révolution dans les unions conjugales. Les jeunes gens des deux sexes, dont l'âge de majorité avait été avancé, n'éprouvèrent plus aucune difficulté pour s'unir, ni sous le rapport religieux ni sous le rapport civil, si ce n'est quelques empêchemens que l'honnêteté publique obligea de conserver. Dès-lors toutes les classes se confondirent, la noblesse dans la roture, et la roture dans la noblesse. Le sacerdoce même, encouragé par la loi, qui, pour donner les droits civils, ne demandait que le contrat civil, en profita pour rompre des vœux consacrés depuis des siècles à la face des autels, et malgré les décrets du concile de Trente, et la discipline générale de l'Église catholique.

Pendant la durée de l'assemblée que nous venons de nommer, les mariages contraires à la discipline ecclésiastique ne furent pas aussi nombreux qu'on aurait pu s'y attendre. Mais lorsque l'assemblée législative qui la remplaça, et surtout la Convention, eurent confirmé le décret subversif de la discipline de l'Église par des lois plus subversives encore et plus rigoureuses, on vit la jeunesse des deux sexes voler à des unions qu'elle n'aurait pu contracter un an auparavant, et malgré le consentement aussi judicieux que réfléchi des parens des deux époux. On vit alors les femmes de la plus haute naissance couvrir un nom célèbre de l'obscurité de celui d'un mari qu'elles n'auraient pas voulu dans leur orgueil recevoir, naguère, au nombre de leurs domestiques.

Pendant ce gouvernement conventionnel, c'était un spectacle aussi ridicule que déplorable, que celui qu'offraient deux ou trois officiers municipaux, coiffés d'un bonnet rouge, assis devant un bureau, et déclarant à une douzaine de couples, debout devant eux, que la loi les

unissait. Point d'exhortation sur la conduite
que ces nouveaux époux devaient tenir l'un
à l'égard de l'autre, ni sur leurs devoirs envers
les enfans qui naîtraient de leur union. Eh ! de
quel poids eussent été de sages conseils sortis de
la bouche d'hommes connus, la plupart, pour
leur immoralité !

La facilité de voler à des noces qui pouvaient,
quelques mois après, être suivies d'un nouveau
mariage, conformément à la loi du divorce,
les rendit beaucoup plus nombreuses que les
unions auparavant bénies par l'Église. Elles le
devinrent bien plus encore par les réquisitions
et la conscription, qui forçaient les jeunes gens
âgés de vingt ans, et non mariés, d'aller se ranger sous les drapeaux. Alors on vit, dans les
villes et dans les campagnes, de jeunes garçons
de seize à dix-sept ans s'unir à des jeunes filles,
à peine nubiles, sans autre motif que d'échapper à ces dangereux appels. On peut se faire une
idée du peu d'importance que ces adolescens
attachaient au lien qui les unissait ; aussi à peine
quelques mois, ou même quelques semaines,
s'étaient écoulés, que les querelles et les scènes
les plus scandaleuses amenaient une séparation
dont le libertinage des uns et des autres faisait
son profit.

Ces désordres continuèrent jusqu'au moment où la restauration, en donnant la paix à la France et à l'Europe, abolit cette conscription qui, chaque année, envoyait sur les champs de bataille deux ou trois cent mille hommes. Les jeunes gens n'ayant plus de motifs pour se hâter de recourir à l'hymen, les mariages précipités furent beaucoup moins fréquens. Enfin la loi du divorce ayant été remplacée par celle qui a rétabli l'indissolubilité du lien conjugal, et l'Église étant rentrée dans ses droits, quant au sacrement, les unions conjugales devinrent généralement ce qu'elles étaient avant la révolution.

Telle est l'influence de la religion sur les actions humaines, que les mariages sont aujourd'hui beaucoup mieux assortis qu'ils ne l'étaient il y a dix ans, et que les époux, sachant que le lien qui les unit ne peut être rompu que par la mort de l'un d'eux, sont plus attachés à leurs devoirs réciproques, et plus soigneux de maintenir entre eux cette concorde qui adoucit les peines inséparables de leur état.

Nous ne terminerons pas cet article sans parler des réjouissances qui, chez les grands, les riches, les simples bourgeois et les pauvres, ont lieu, et d'après un usage immémorial, après la célébration des noces. Dans les classes les plus distinguées de la société, le mariage n'est célébré que par un festin, plus ou moins splendide, après lequel on passe dans une salle de bal. Pendant le repas, auquel assistent les parens des deux époux et quelques-uns de leurs amis, une gaîté douce et décente règne en général parmi les convives. Quelques instans après qu'il est achevé, les danses commencent, au son d'une musique harmonieuse, sans trouble et sans confusion, et ne se terminent que long-temps après que les deux époux se sont acheminés vers la couche nuptiale. Le lendemain, la fête se renouvelle dans la maison des parens de l'un d'eux, mais le festin n'est suivi que d'un concert.

Le coucher de la mariée est une cérémonie dont la nature de cet ouvrage exige une description. Pendant que les jeunes gens de la noce se livrent au plaisir de la danse, que les pères des époux font leur partie de cartes, ou s'entretiennent avec les personnes de leur âge, ou même boivent à la santé, à la prospérité, à la bonne union de leurs enfans, les deux mères s'emparent de la nouvelle épouse, et la conduisent au lit nuptial. Lorsqu'elle est arrivée dans la chambre où elle doit consommer le sacrifice de sa virginité, sa mère et sa belle-mère la dépouillent de tous ses habits de noces, lui mettent ensuite une camisole de nuit, un léger jupon, un fichu, et un bonnet en cornette, garni de dentelle. Cela fait, les dames qui ont accompagné les deux mères, ainsi que les jeunes amies de l'épouse se retirent. Restées seules avec leur fille et belle-fille, les mères la conduisent au lit, l'instruisent de ses devoirs envers son époux, et l'exhortent à se défaire d'une pudeur qui n'est plus de saison qu'à l'égard des autres hommes. Cependant il faut se séparer; les larmes, les sanglots, les embrassemens commencent; la jeune épouse se précipite entre les bras de sa mère qui la serre tendrement contre son sein, confondant ses pleurs avec les siens; enfin elle est couchée; les rideaux son tirés. L'époux, qui, pendant cette cérémonie, était aux écoutes, s'impatientant et rongeant son frein, ne voit pas plus tôt sortir les deux mères, qu'il pénètre dans la chambre, et va se jeter entre les bras de sa chaste moitié.

Le lendemain, vers les huit ou neuf heures du matin, la mère et la belle-mère se rendent dans la chambre des époux, après le lever du mari, pour embrasser leur fille.

Dans les campagnes, le coucher de la mariée a lieu moins paisiblement. C'est à qui s'emparera de sa personne, et s'amusera plus aux dépens du mari. Les jeunes gens font, au moment où l'un et l'autre sont le plus pressés de se retirer, tout leur possible pour les séparer l'un de l'autre et retarder leurs plaisirs. Dans quelques provinces, deux heures après les avoir laissés seuls, ils reviennent apportant du vin chaud et du sucre, en leur disant : « Voilà de quoi réparer vos forces. »

Les noces du peuple sont beaucoup plus bruyantes et beaucoup moins décentes que dans les classes supérieures. Après la bénédiction nuptiale, dont l'usage est devenu aujourd'hui presque général, les deux époux, leurs parens, et les personnes invitées à la cérémonie, montent dans des fiacres, dont les cochers ont orné de rubans leurs chapeaux de toile cirée. Du parvis de l'église, ils reçoivent tous le signal de se diriger vers une guinguette au-delà des barrières de la ville. L'épouse est montée dans la première voiture avec sa mère et les plus proches parentes, et l'époux dans la seconde avec son père, ses oncles, ou d'autres personnes invitées. Les autres gens de la noce remplissent les voitures qui suivent les deux premières.

Si la cérémonie du mariage ne s'est faite que vers le milieu du jour, chacun se retire chez soi jusqu'à l'heure qui a été fixée pour le festin. Comme la plupart des hommes invités ne sauraient à quelle occupation se livrer pendant l'espace de temps qui doit s'écouler jusqu'à la réunion de tous les convives, ils se rendent dans un cabaret où ils préludent, par quelques bonnes rasades, à l'ivresse dans laquelle quelques-uns d'eux seront tombés à la fin du repas.

Lorsque les époux et tout leur monde sont arrivés à la guinguette, on se met à une table longue, dressée dans une salle de deux ou trois cents couverts. Cette table est formée de plusieurs autres contiguës. Le nombre des convives est quelquefois de plus de cent, sans compter les enfans des deux sexes. Quand les époux sont assis, l'un vis-à-vis de l'autre, tous les autres convives, les parens d'abord, et ensuite les invités, se hâtent de prendre place, de manière qu'une femme ou une fille se trouve entre deux hommes.

La table se couvre d'abord de plusieurs soupières et d'un bon nombre de bouteilles de vin. Pendant que la soupe se mange, les garçons du traiteur apportent les mets, qui consistent en ragoûts, bouillis, pièces de résistance, telles que longes de veau, gigots de mouton, dindes, ou oies rôties. Plusieurs salades copieuses sont placées dans les intervalles des plats, et quelquefois même le dessert, qui consiste en fromage de Gruyère ou de Brie, noix, pommes, quatre-mendians, etc.

Un grave silence s'observe d'abord, même par ceux qui ont déjà fait des libations à Bacchus; mais après que le premier appétit a été satisfait et que les bouteilles ont commencé à répandre l'aimable liqueur, les langues se mettent en mouvement, de l'une à l'autre extrémité de la table. C'est alors que les complimens pleuvent sur la mariée, qui, animée aussi par la fête dont elle est l'objet, s'est défaite de cet air timide et pudibond qu'elle affectait, peut-être, devant les officiers municipaux et au pied de l'autel. On pense bien que les propos libres, à mesure que le repas avance et que les bouteilles se vident, ne lui sont pas épargnés. D'ailleurs, dans toutes ces réunions, il se trouve toujours un convive plus jovial que les autres, et qui en est comme le boute-en-train. Ses lazzi, ses bons mots un peu licencieux, sont écoutés avec la plus grande attention, passent de bouche en bouche jusqu'aux petites filles qui demandent ce que c'est, et suscitent des applaudissemens qui sont entendus jusque dans les maisons du voisinage.

Au dessert, de nouvelles bouteilles arrivent, et les chansons vont commencer. Une commère, dont on connaît la belle voix, est priée de chanter la première. Elle ne se fait pas prier deux fois; elle entonne aussitôt une vieille chanson à refrain, connue depuis cinquante ans, et dont la gaze est un peu trop diaphane. Quand elle a fini, au bruit des bravos redoublés, son voisin montre à son tour ce qu'il sait en fait de musique; il chante faux, d'une voix aigre et criarde, et finit par être applaudi non moins vivement que la commère. Après lui, une jeune fille de dix-huit ans, cousine de la mariée, met, en rougissant et en baissant les yeux, sa voix sur le ton d'une romance langoureuse, dont ses voisins comprennent à peine le sens. A peine a-t-elle cessé de chanter, qu'elle est applaudie, comme si on avait compris ce qu'elle disait. Enfin arrive le tour de la jeune épouse; elle n'a appris que des romances tristes qui peignent les malheurs de l'amour. Elle sent bien que les expressions n'en conviennent point à la situation où elle se trouve, elle hésite : on la presse ; elle se remet enfin ; et, à chaque couplet de sa romance, tous les yeux se mouillent de larmes d'attendrissement, excepté ceux de son époux, qui restent secs.

Les chants ont cessé : les garçons reçoivent l'ordre de faire apporter, du café voisin, un certain nombre de demi-tasses de café et de petits verres d'eau-de-vie. Ce service, qui se fait sur la nappe, n'est pas le moins agréable aux convives, qui croiraient avoir fait un mauvais dîner si ce supplément n'en était pas la clôture.

Après s'être levés de table, les convives, jeunes et vieux, se mettent à danser dans une enceinte de la même salle, disposée à cet effet, au son d'un violon, d'une clarinette et d'une trombone, et quelquefois d'une simple musette, instrument qui plaît beaucoup aux habitans de l'Auvergne et de la Bourgogne. Lorsque les papas et les hommes les plus âgés de la compagnie ont payé leur tribut à Terpsichore par quelques vieilles contre-danses avec les mamans, ils retournent à la table qu'ils ont quittée, et reprennent leurs verres, pendant que les époux et les autres jeunes gens des deux sexes s'agitent et se trémoussent de

2.   4

toutes manières, pour faire remarquer leur agi-
lité et leur adresse à suivre tous les mouvemens indiqués par le chef d'orchestre.

Cependant les deux époux commencent à
se dégoûter du bruit et du tumulte, et soupirent après l'instant où ils pourront être seuls.
Après quelques contre-danses, ils se donnent
l'un à l'autre le signal du départ, s'échappent
avec leurs plus proches parens, et vont monter dans un fiacre qui les attend à la porte de
la guinguette. Les danses continuent avec beaucoup de vivacité, et ne finissent que long-temps
après qu'ils sont partis.

Avant de se séparer, les hommes qui restent
ont coutume de mettre, chacun, dans un chapeau, une ou plusieurs pièces de cinq francs,
pour un déjeûner qu'ils doivent donner le lendemain aux époux, chez un traiteur de leur
voisinage ou dans la même guinguette. Cette
cotisation se fait quelquefois avant même que
les danses aient commencé.

La moyenne bourgeoisie observe quelques
usages différens, après la cérémonie des noces.
Le repas n'a point lieu aux guinguettes, mais
chez les restaurateurs de la ville, connus pour
faire des repas de noces. Le Cadran-Bleu, bou-
levard du Temple, est le restaurant qui, de

temps immémorial, a été le plus fréquenté par les nouveaux mariés. Si tout ne se passe pas au festin avec la même décence que dans les noces de la noblesse et de la haute bourgeoisie, du moins on n'y voit ni la grosse joie, ni l'on n'y entend de discours licencieux, ni on n'y boit avec excès du vin commun, ni on ne danse dans la salle même où l'on a mangé, aux sons d'instrumens discordans, ni on ne met de l'argent dans un chapeau pour déjeûner le lendemain, à frais communs.

Au sujet de ces repas de noces, qui se donnent au Cadran-Bleu, nous rapporterons l'anecdote suivante, arrivée il y a déjà long-temps.

Un particulier avait trouvé le moyen de prendre sa bonne part de ces festins, sans être connu ni des parens de l'époux ni de ceux de l'épouse. Comme il était assez bel homme, vêtu proprement, jovial, spirituel, chantait fort bien, et racontait une historiette de manière à intéresser tous les convives, personne ne songeait à s'informer par laquelle des deux familles il avait été invité. Il y avait déjà long-temps qu'il jouait ce rôle, lorsqu'un garçon du restaurateur prit, un jour, sur lui de demander aux parens du nouvel époux et de la nouvelle épouse s'ils le connaissaient. Sur leur réponse négative, il le prend à part, et lui déclare qu'il ne peut assister au repas. Humilié et confus de cette déclaration, notre parasite prend sa canne et son chapeau pour sortir, lorsque le maître du restaurant lui demande le motif de sa retraite. Instruit de ce qui s'est passé, celui-ci fait venir le garçon, lui reproche vivement sa conduite, et l'avertit qu'il peut chercher une autre place. Se tournant ensuite vers notre homme : « Continuez, lui dit-il, comme vous avez fait jusqu'à présent, et lorsque vous ne saurez où aller dîner, venez ici ; votre couvert y sera toujours mis. »

Ce n'était pas sans un motif d'intérêt que le restaurateur parlait ainsi ; le parasite, en excitant la bonne humeur des convives parmi lesquels il se mêlait, ne laissait pas que de lui faire débiter quelques bouteilles de plus de Champagne ou de Bourgogne.

FÊTES DES FAMILLES.

Chaque famille a sa fête plusieurs fois par an. C'est celle du patron ou de la patronne du grand-père, de la grand'mère, du père, de la mère, des oncles et des tantes. La première et la plus solennelle est celle du patron du roi, qui est regardé comme le père commun de la grande famille des Français. Ce jour-là, la famille royale mange à son grand couvert, en présence de toutes les personnes qui ont leurs entrées à la cour, ou qui ont obtenu un billet pour être admises à jouir de cet intéressant spectacle. Nous nous rappelons toujours avec attendrissement cet air de gaîté franche, répandu sur la physionomie de Louis XVI, à la tête de ce banquet, où il était assis avec la reine et les princes et princesses de sa famille.

Napoléon tenait aussi grand couvert le jour de la fête de son patron ; mais il avait beau s'efforcer de paraître gai, son front restait soucieux et pensif, et, de temps en temps, il était aisé de s'apercevoir qu'il était occupé de toute autre chose que de la solennité dont il était l'objet. Ainsi que la plupart des spectateurs admis dans la salle du festin, il ne pouvait sans doute s'empêcher de penser à la Saint-Louis qui devait arriver onze jours après.

Louis XVIII, malgré son état habituel de souffrance, se surmontait lui-même pour égayer, par un air de contentement et d'hilarité, sa royale famille. Le plaisir de se trouver au milieu d'elle, et en présence de spectateurs qui ne pouvaient se rassasier de contempler ses traits augustes, lui faisait aisément oublier qu'il était assis à un festin dont l'étiquette a fixé la durée.

Qui a vu Charles X, la veille de la Saint-Charles et le lendemain, à son grand couvert, a vu tout ce que la majesté, unie à la bonté, à la candeur, à la gaîté, peut offrir de plus aimable, de plus propre à toucher le cœur. Ce n'était plus, pour ainsi dire, le roi de France, mais un père de famille sans gêne et sans façon avec ses enfans, et au milieu de ses amis.

Les fêtes des autres familles offrent des gradations, suivant la qualité et l'état social de ceux dont le patron est l'objet. Celle d'un grand-père ou d'une grand'mère réunit tous leurs enfans et petits-enfans. Il n'est pas rare de voir arriver chez un vieillard de quatre-vingts ans une postérité de vingt personnes, qui vont lui souhaiter, en l'embrassant et en lui offrant chacune un bouquet, encore vingt années de vie pour accomplir le siècle. Il serre, comme il peut, entre ses bras débiles et en laissant échapper quelques larmes, et ses fils et ses filles, et ses gendres et ses belles-filles, et tous ses petits-enfans. Il rajeunit, pour ainsi dire, en se persuadant que tant de vœux réunis lui obtiendront du ciel la faveur de ne descendre dans le tombeau qu'après son année séculaire. Voilà pour la veille de sa fête.

Le lendemain, toute la famille se rassemble de nouveau chez le grand-papa. Un splendide festin a été préparé pour sa nombreuse postérité. Il s'assied à la première place, et invite tous ses chers convives à s'asseoir, les uns à sa droite, les autres à sa gauche : la joie brille dans ses yeux et sur son visage, que la santé a couvert d'un aimable vermillon. L'appétit général commande d'abord un silence qui n'est interrompu que par quelques mots échappés aux petits-enfans ; mais cette scène, presque muette, prend fin au dessert, lorsqu'un domestique vient placer au milieu de la table un vaste plateau chargé de tous les bouquets qui ont été offerts au vieillard, et qu'entourent bientôt des assiettes sur lesquelles s'élèvent en pyramides les fruits de la saison, ou que remplissent les chefs-d'œuvre de l'art de Berthelmot. A ce spectacle s'élèvent des cris de joie et d'admiration. Bientôt après circulent les fruits et les bonbons, et les petits verres, pleins de ce vin pétillant que produisent les coteaux d'Aï, en augmentant la gaîté des convives, procurent

au grand-papa la jouissance la plus délicieuse
qu'il ait éprouvée depuis douze mois. Quand
on a goûté de cette aimable liqueur, on
éprouve naturellement le besoin de chanter.
Cinq ou six femmes sont impatientes de faire
entendre leur belle voix; mais c'est la fille
aînée du vieillard qui, par droit de naissance,
entonne la première chanson sur un de ces airs
qui font naître la gaîté aux personnes les plus
disposées à la mélancolie. Quand les bravos
ont annoncé la fin du dernier couplet, chaque
convive, en commençant par la droite de la
cantatrice, est invité à suivre son exemple. Les
enfans seuls sont exceptés de cette invitation.
Si la première chanson était gaie, la plupart
des autres ne sont que des romances sentimentales et langoureuses, qui endormiraient la
compagnie si elles duraient trop long-temps.
Cependant le tour d'un gendre du bon vieillard
étant arrivé, tout le monde se réveille comme
d'un assoupissement, au son d'une basse-taille
bien mâle et bien nourrie, qui commence à
célébrer les bienfaits de Bacchus, et à vanter
la félicité d'un buveur. Le grand-papa prête
une oreille attentive à cet hymne bachique,
et chaque refrain mérite de sa part un applau-
dissement de la bouche et des mains.

Il ne reste plus que lui à payer un tribut à son patron. A peine a-t-il ouvert la bouche pour chevroter une ariette de plus de soixante ans, que tous les convives se disposent à crier *bravo*. Il paraît reprendre sa première vigueur en célébrant ses premières amours ; ses yeux brillent, sa voix s'élève, ses gestes se multiplient, quelques larmes d'attendrissement et de joie s'échappent de ses yeux ; tous les convives, transportés d'enthousiasme, se lèvent pour applaudir, et quittent leur place pour aller le couvrir de leurs baisers. Heureuse soirée ! reviendra-t-elle ?

Dans la moyenne bourgeoisie et dans les classes inférieures du peuple, les choses se passent à moins de frais, mais non avec moins de démonstrations d'attachement et de respect pour le grand-papa et pour la grand'maman.

La fête du père et celle de la mère de famille sont célébrées par leurs enfans avec un peu moins de pompe, à moins que des étrangers ne se mettent de la partie. Plusieurs jours avant, leurs enfans, garçons ou filles, se mettent à apprendre des complimens en vers, qu'ils débitent en les embrassant et en leur offrant un bouquet des fleurs de la saison. Ce jour peut justement être appelé celui du sentiment. Tout le monde pleure de tendresse et de plaisir, le père la mère, et les enfans. Le lendemain, un banquet, dont la dépense est proportionnée à la fortune des parens, réunit, outre leurs enfans, leurs frères, sœurs, neveux, nièces, et autres personnes qui ont été invitées. Tout s'y passe à peu près comme à la fête du grand-papa et de la grand'maman.

La fête des époux se distingue par des présens qu'ils se font l'un à l'autre. Outre le bouquet qu'elle offre à son mari, l'épouse lui fait hommage de l'objet qu'elle a cru lui plaire davantage. Plusieurs jours avant celui de la sainte dont sa femme porte le nom, l'époux se consulte sur le cadeau qu'il pourra lui faire en objets de toilette. Lui offrira-t-il un chapeau, un schall, une montre, des bracelets, des pendans d'oreilles, un collier, une bague, un étui, etc? Dans son indécision, il prend le parti d'engager la femme de chambre, ou une autre domestique, à s'informer adroitement de l'objet que madame désirerait de se procurer. Il ne tarde pas à recevoir cette information, et aussitôt il court faire l'emplette qui doit accompagner le bouquet destiné à sa chère moitié. S'il arrive qu'elle surpasse ses moyens pécuniaires, il a recours au crédit du marchand, ou à un emprunt, qui le fera murmurer du luxe et de la vanité des femmes lorsque le terme fatal du paiement sera venu.

Toutes les fêtes de famille, dans la moyenne bourgeoisie, se composent aussi de bouquets, de petits vers, de cadeaux, de dîners et de chansons, le tout proportionnellement à la fortune des particuliers. Plusieurs semaines d'avance, le mari pense à la fête de sa femme, et celle-ci à la fête de son mari. Les enfans en font de même, et comptent tous les jours qui doivent s'écouler jusqu'à cette mémorable époque. Ces fêtes se célèbrent toujours au domicile des personnes qui en sont l'objet. On y voit régner la plus franche, sinon la plus bruyante gaîté. Avec quelles délices deux vieux époux s'embrassent l'un l'autre, et reçoivent les embrassemens de leurs enfans ! On pleure de joie et l'on rit tour à tour, sans prévoir, hélas ! que l'année suivante toute la famille portera le deuil de l'un des deux époux.

Le bas peuple célèbre la fête du patron au cabaret ou à la guinguette. Pour rendre au saint ou à la sainte un culte digne d'eux, on s'enivre la veille et les deux jours suivans. Le gain de plusieurs semaines se consume ainsi en bombance et en *ribotte*. Le compère, la com-

mère, les enfans, les neveux et nièces, et tous
ceux qui ont présenté un bouquet à la personne
dont c'est la fête, sont invités à vider les brocs
sans façon, et à bien manger. Après le repas, le
son d'un mauvais violon, d'une vielle ou d'une
musette, invite les convives à une danse qui se
prolonge, avec une grande vivacité, bien avant
dans la nuit.

Le gouvernement révolutionnaire ayant aboli
l'ancien calendrier, il n'y eut plus de fêtes de
famille. Le prénom de *Louis*, l'un des plus
communs, aurait infailliblement exposé à la
prison ou à la mort tous ceux qui auraient célébré ostensiblement la fête de ce saint, comme
celle de leur patron. Ainsi, pour acquérir une
ombre de souveraineté, le peuple avait renoncé
à toutes ces solennités générales ou particulières qui étaient pour lui des jours d'allégresse
et de repos. Rien ne pouvait être plus avantageux aux tyrans qui l'opprimaient, que de le
priver des plaisirs qui adoucissaient ses mœurs,
et lui rappelaient les jours heureux qu'il avait
passés sous le gouvernement de ses rois.

A Paris et dans la plupart des autres villes du
royaume, le culte religieux du saint patron
est assez généralement négligé dans les hautes
classes de la société, comme dans les plus basses.

La dernière pensée qui vient à l'esprit d'un père, d'une mère, d'un époux, d'une épouse, si toutefois elle leur vient, c'est de commencer la célébration de leur fête par l'invocation du saint dont ils portent le nom, et par le souvenir de ses vertus, à l'exception d'un petit nombre de personnes pieuses qui, ce jour-là, se font un devoir de vaquer dès le matin à des pratiques de religion. Il est bien question, dans les complimens en vers et dans les chansons, des vertus qui ont illustré le saint patron, mais ce n'est que pour les comparer, sous des rapports plaisans et quelquefois burlesques, avec celles de la personne qui en a reçu le nom. Il n'en est point ainsi dans les campagnes. Dès le matin du jour de leur fête, le père ou la mère de famille s'acheminent, parés de leurs habits du dimanche, avec leurs enfans et leurs amis, vers l'église paroissiale, et ce n'est qu'après cet acte religieux, qu'ils passent dans la joie le reste de la journée.

AMANS ET MAÎTRESSES.

On commence par être amoureux avant d'être amant, et amoureuse avant d'être maîtresse. Autrefois, lorsqu'un jeune homme avait été frappé

des attraits d'une jeune personne, il réfléchis-
sait long-temps sur la manière dont il s'y prendrait pour lui déclarer son amour. Il soupirait,
il baissait les yeux en sa présence, et n'osait
rencontrer les siens. S'il avait quelque talent
pour la poésie, il lui adressait un couplet ou
un madrigal bien respectueux. S'était-il aperçu
qu'il avait été compris, il prenait courage, devenait moins honteux, et allait jusqu'à oser soutenir le regard de celle qu'il aimait, jusqu'à oser
ensuite toucher sa main, ou son bras, ou sa
cuisse, comme par inadvertance. S'il ne recevait aucun reproche, aucun signe de mécon-
tentement, il se décidait enfin à faire une
déclaration précise par une lettre, qui n'était
suivie d'aucune réponse. Non découragé, il en
expédiait ou en remettait lui-même une seconde, qui était reçue et répondue en termes
dont la clarté ne lui laissait aucun doute sur
son prochain bonheur. Après tout ce manége,
la première fois qu'on se revoyait en présence
de témoins, on n'était plus si embarrassé, et tous
deux se considéraient, l'un l'autre, avec des
yeux où leurs désirs s'exprimaient avec autant
de discrétion que de vivacité.

Mais il ne suffisait pas de se voir dans la contrainte des sociétés. Leur amour exigeait im-

périeusement un tête-à-tête et l'absence de tout témoin, tant ils avaient de choses à se dire; un rendez-vous devenait donc d'une nécessité absolue. Comment faire pour se le procurer? Il fallait que le jeune homme mît en œuvre tout son génie pour un succès si difficile à obtenir. Le lieu n'était pas impossible à trouver : il y en a un si grand nombre dans la ville de Paris, et proportionnellement dans les autres villes du royaume; mais c'était du consentement de la jeune personne qu'il fallait s'assurer; c'était de l'heure du rendez-vous qu'il fallait convenir, dans la supposition qu'elle y consentirait. O puissance et génie de l'amour chez les femmes! quand le jeune amoureux se mettait l'esprit à la torture pour avoir un entretien secret avec sa bien-aimée, celle-ci trouvait, presque sans effort, le moyen de satisfaire leur désir commun.

Notre amoureux et notre amoureuse se voient donc enfin; ils peuvent se parler sans être entendus de personne, ils peuvent se livrer sans contrainte à tous leurs transports. A la fin du rendez-vous ils ne sont plus amoureux; l'un est amant et l'autre est sa maîtresse.

Cette histoire de l'amour de deux jeunes cœurs est tout à la fois ancienne et moderne,

avec quelques modifications, introduites depuis
la révolution, dans la manière de le faire. Les
jeunes gens n'aiment point à soupirer long-
temps, à faire les yeux doux pendant six mois,
à écrire lettres sur lettres, à épier chaque jour
l'heure et le moment où ils verront sortir leur
bien-aimée de la maison paternelle, pour en
recevoir un coup d'œil à l'insu de leur mère.
Ils vont plus vite en besogne, et souvent au
bout d'une semaine, soit par adresse, soit par
audace, ils savent fort bien à quoi s'en tenir.
D'ailleurs, par le temps qui court, les jeunes
filles n'aiment point les amoureux à l'espagnol.
Lorsqu'un jeune homme a le bonheur de leur
plaire, elles sont assez charitables pour leur
épargner les longs soupirs, les démarches et la
peine de leur écrire plusieurs billets. Toutes
les occasions possibles de se voir et de se parler s'offrent aux amoureux et aux amoureuses,
dans les cercles, les réunions, les bals particuliers, les spectacles, les promenades, les parties de plaisir à la campagne. Il ne faut pas
qu'une passion dure plus d'un mois ; ce terme
écoulé, le jeune homme qui a déclaré son
amour, cesse de soupirer. S'il est convaincu,
par de fortes probabilités, qu'il est payé de retour, il se tient plus tranquille et prend pa-

tience; dans le cas contraire il se retire, à moins que des motifs intéressés ne le portent à continuer ses poursuites.

Sous l'ancien régime, un jeune roturier riche osait à peine lever les regards vers une jeune noble pauvre, et celle-ci n'osait pas même penser à lui envoyer un coup d'œil; mais les sentimens d'une jeune roturière à l'égard d'un jeune marquis ou duc étaient bien différens. Celui-ci n'avait pas besoin d'employer tout le manége enseigné par Ovide et Gentil Bernard. Ses titres étaient une recommandation décisive pour son amour auprès de la jeune personne, si toutefois son cœur était libre de se donner à lui. La révolution changea ces différentes positions. La roture, après avoir vaincu la noblesse, lui rendit humiliation pour humiliation; l'amour profita de ce changement, et l'inégalité des conditions ne fut plus un obstacle à ses tentatives ni à ses succès. La jeune comtesse écouta volontiers l'expression des sentimens d'un amoureux du tiers-état, et le jeune marquis ne put plus faire valoir son titre pour conquérir le cœur d'une jeune bourgeoise dont il convoitait la fortune. L'amour, ce sentiment ennemi de toutes les institutions politiques qui le gênent, se trouva alors rendu à toute sa li-

berté, qu'il réclamera toujours hautement lorsqu'il l'aura perdue.

Ce n'est pas toujours dans le dessein de s'u-
nir par l'hymen à une jeune personne ou à une
jeune veuve, qu'un homme lui déclare son
amour. Des liens qui ne doivent jamais être
rompus effraient un grand nombre de jeunes
gens qui veulent réunir la liberté du célibat
aux jouissances physiques de l'amour. Il est
même des vieilles filles ou des femmes, soit
veuves, soit en puissance de mari, qui désirent avoir un amant sous le nom de *bon ami*.
Ces liaisons, auxquelles l'amour a peu de part,
commencent ordinairement au spectacle, dans
les réunions particulières, dans les fêtes publiques, et dans d'autres circonstances qui fa-
vorisent le rapprochement des deux sexes. Après
deux ou trois entrevues, dans lesquelles les désirs se manifestent de part et d'autre avec la
vivacité propre à chaque sexe, l'un des deux
feint d'être amoureux de l'autre, tout se termine sans témoins, sans notaire, sans l'acte
civil, sans le sacrement, à la satisfaction des
deux parties.

Ces liaisons *ex abrupto*, pour ainsi dire, se
forment souvent entre un jeune homme riche,
de vingt-cinq ans, et une femme de trente,

ou entre un homme de quarante à cinquante, et une jeune grisette de dix-huit ans, ou une veuve de vingt-cinq. Si la nouvelle maîtresse loge en hôtel garni, elle manifeste bientôt à son bon ami le vœu d'être dans ses meubles, et celui-ci, dans sa première ivresse, consent à tout ce qu'elle désire. L'homme d'un âge mûr, s'il n'est pas riche, se borne à retirer la grisette de son cabinet garni et à la loger en garni à dix-huit francs par mois. Si sa maîtresse est une veuve, et qu'il ne puisse, sans la compromettre, la voir chez elle aussi souvent qu'il le désire, il lui donne rendez-vous dans une de ces maisons où l'on trouve toujours une petite chambre meublée et disposée pour les amans.

Ces amours ne sont pas de longue durée. Le jeune homme a bientôt tourné ses vues vers une autre maîtresse, plus jeune que celle qui l'a fait tomber dans ses filets; ou celle-ci, par la même adresse, ne tarde pas à former une autre liaison, où elle trouve mieux son compte sous le rapport pécuniaire que sous celui de la jouissance. Quant à l'homme de l'âge mûr, qui comptait sur la fidélité de sa grisette ou de sa veuve, il est bien étonné de les voir échapper à son amour et à ses attentions. La première a trouvé un jeune homme de son âge dont elle va partager le logement, et la seconde a contracté à son insu un engagement plus lucratif ou un nouvel hymen.

A Paris et dans presque tout le reste du royaume, les noms d'amant et de maîtresse deviennent bientôt ceux d'inconstans et de perfides.

CÉLIBATAIRES.

Les grandes villes de France, et surtout la capitale, renferment un grand nombre de ces hommes qui, pour se soustraire aux devoirs d'époux et de père, se décident à vivre sans compagne et isolés au milieu de la société. Mais ne pensez pas que cette abnégation leur soit inspirée par le désir de mener une vie plus pure que celle des gens mariés; c'est presque toujours dans l'intention de se livrer sans contrôle à leurs passions, qu'ils se déterminent à fuir le lien sacré de l'union conjugale. Paresseux et libertins, ils ne sont pas moins ardens pour le plaisir que froids pour tout ce qui a l'apparence du devoir. Véritables fléaux des familles, ils spéculent, pour se procurer de criminelles jouissances, sur l'innocence des jeunes personnes et sur la vertu des épouses. Semblables aux frelons qui s'introduisent dans les ruches d'abeilles, pour dévorer le miel qu'ils n'ont pas fait, ils ne veulent que les plaisirs du mariage, sans participer à ses peines et à ses obligations. Le viol, la séduction, l'adultère, ne sont à leurs yeux que des bagatelles, ou plutôt des victoires dont ils se font un sujet de triomphe. Les malheureux! ils ignorent tout ce qu'il y a de doux dans les embrassemens d'une épouse, dans les caresses d'un enfant. Aussi la société, qui les connaît bien, ne les regarde-t-elle que d'un œil indifférent, et même avec le sentiment d'un mépris secret. Ennemis d'un amour vertueux, ils ne doivent point compter sur les douceurs de l'amitié; n'aimant point, ils ne sont aimés de personne, et ne peuvent espérer qu'un faux attachement de la part de ceux qu'ils ont la simplicité d'appeler leurs amis.

Jamais les amateurs du célibat n'avaient encore été si nombreux en France qu'à l'époque de la mort de Louis XV. La corruption des mœurs, le mauvais état des finances du royaume, la stagnation du commerce, le peu de progrès de l'industrie, dans la capitale et dans la plupart des grandes villes, et les doctrines philosophiques, furent autant de causes qui contribuèrent à propager parmi les hommes le mépris du lien conjugal.

Nous ne dirons point la manière dont chacune de ces causes agit de son côté pour établir la mode du célibat laïque, et nous ne dirons qu'un mot de l'influence de la philosophie sur cet usage antisocial. Qui croirait que les doctrines des philosophes ont fait presque autant de célibataires que celles de la religion catholique? Cependant rien n'est plus vrai. Si nous parcourons la galerie des chefs de cette philosophie, nous y verrons vingt célibataires pour un mari. Voltaire vécut quatre-vingt-deux ans sans épouse; Rousseau prit une femme, mais il se délivra des embarras du mariage en renonçant aux devoirs de la paternité; D'Alembert, Diderot, Fréret et plusieurs autres moururent vieux garçons. Marmontel ne se maria sur la fin de sa vie que pour avoir un bâton de vieillesse dans une jeune compagne; La Harpe vécut et mourut célibataire; l'astronome Lalande et son ami Sylvain Maréchal, tous deux auteurs du *Dictionnaire des athées*, ne goûtèrent jamais les plaisirs de l'hymen. Parny, Boufflers, Chamfort, Saint-Lambert, pouvaient se comparer au platane d'Horace, *platanusque cœlebs*. Les autres gens de lettres, presque tous enfarinés de philosophie, s'étaient, en général, soustraits à l'obligation de croître et de multiplier. Cependant tous ces messieurs criaient à tue-tête contre le célibat monastique. A leur exemple, la plupart de leurs disciples avaient voué une haine irréconciliable à l'union conjugale, afin de pouvoir satisfaire leurs passions sans être gênés par aucun devoir.

La révolution fut beaucoup moins favorable au célibat que le gouvernement qu'elle avait renversé. Si, en supprimant les ordres monastiques, elle fit rentrer dans la société un grand nombre de célibataires, en ôtant au clergé les registres de l'état civil, et en séparant le contrat de mariage du sacrement, elle enleva à ceux que la cérémonie religieuse empêchait de se marier le motif qu'ils avaient de vivre dans le célibat. D'un autre côté les réquisitions, et ensuite la conscription, déterminèrent un nombre prodigieux de jeunes gens à devenir époux, afin d'échapper aux hasards des combats. A ces causes, il faut ajouter la loi du divorce, qui donnait aux deux conjoints la liberté de se séparer pour des motifs souvent frivoles, comme deux amans se quittent après avoir vécu ensemble pendant quelques années ou seule-

ment pendant quelques mois. « Qu'ai - je à
risquer en me mariant? disait un libertin partisan du célibat; si ma femme ne me convient
pas, j'en aurai bientôt pris une autre; et si
celle-ci vient à me déplaire, rien ne m'empêchera d'en épouser une troisième. »

Depuis la restauration, il semble que le célibat soit redevenu à la mode, malgré les progrès de l'industrie et du commerce. Ce qui le
prouve, c'est le nombre prodigieux d'enfans
naturels qui naissent à Paris chaque année.
L'abolition du divorce et le luxe des femmes
paraissent en être les principales causes. Un
jeune homme, avant de prendre des chaînes
qu'il ne pourra jamais briser, réfléchit long-
temps sur une démarche qui doit le conduire
à un éternel esclavage; et si l'amour ne l'emporte pas sur la réflexion, il se décide enfin à
demeurer dans l'état de liberté où il se trouve.
Que sera-ce encore si les registres de l'état civil sont rendus au clergé? Quelques progrès
que l'esprit religieux ait fait parmi nous depuis quelques années, n'est-il pas à craindre
qu'un bon nombre d'hommes ne puissent se
déterminer à sanctifier leur union conjugale
au pied des autels, et ne se vouent au célibat
ou au concubinage?

L'homme qui prend ainsi la résolution de n'être jamais époux et père, ne connaît point à quel triste genre de vie il se condamne. S'il veut s'en instruire, qu'il examine l'existence privée de ces célibataires dont il veut augmenter le nombre.

Un célibataire, étranger, par sa propre volonté ou par la trempe de son caractère, à toutes les affections sentimentales, à toutes les douceurs de l'amitié, ne trouve chez personne les sentimens qu'il ne connaît pas ou dont il a répudié les douceurs. S'il a des parens, c'est avec raison qu'il ne les considère que comme des ennemis secrets et intéressés, qui ne désirent que sa mort. Ses amis ne sont que de simples connaissances qu'il recherche moins par attachement que par ennui. Jamais il ne reçoit ni ne donne un baiser affectueux. Morose, atrabilaire, ennuyé, il ne se plaît nulle part, pas même dans son logis, où il n'a d'autre entretien que celui d'un domestique mâle ou femelle, qui ne le sert que par intérêt. La promenade, les spectacles, la société, ne lui offrent que des amusemens passagers, ou des objets qui lui représentent tout ce que sa condition a d'antisocial. Profondément égoïste, il ne s'occupe que de lui-même; et les rapports qui unissent ses semblables les uns aux autres, ne s'étendent point jusqu'à lui. S'il est libertin, le cœur n'est pour rien dans ses grossières jouissances, et s'il ne l'est pas, que de pénibles efforts n'a-t-il pas à faire pour ne le pas devenir !

Nous devons cependant convenir que tous les célibataires ne ressemblent pas à ce portrait dans leur vie privée. Ceux qui cultivent les sciences et les lettres, n'ayant renoncé à l'hymen que pour n'être point troublés dans une profession qui exige une tranquillité parfaite d'esprit, et ceux à qui la modicité de leur fortune a fait craindre de ne pouvoir supporter les dépenses d'un ménage, mais qui se livrent à d'utiles occupations, sont également à l'abri des vices et des inconvéniens qui assiégent le célibataire oisif. Il n'est pas rare de trouver parmi les vieux garçons, pourvus d'une instruction solide, ou dans le nombre des artistes qui fuient le mariage, des mœurs pures et d'excellentes qualités sociales. La passion de l'étude dans les uns et celle des beaux-arts dans les autres contre-balancent avec avantage les effets des passions qui, pour l'ordinaire, déshonorent le célibat.

Avant la révolution, il n'était pas rare de trouver des célibataires parmi les habitans des campagnes. Les vexations de la féodalité, l'espèce d'oppression que faisaient peser sur eux les agens du gouvernement, le mépris dont ils étaient l'objet, le peu d'encouragement que recevaient leurs travaux, et les pertes que leur faisait éprouver un gibier privilégié, étaient autant de causes qui en détournaient un bon nombre du mariage. La suppression des droits féodaux et des capitaineries, la facilité que la vente des biens du clergé, en papier-monnaie, donna de devenir propriétaires à ceux qui jusqu'alors n'avaient possédé aucune propriété, leur firent vivement sentir la nécessité d'avoir des enfans qui pussent les seconder dans leurs travaux rustiques. A ces causes, il faut ajouter les réquisitions et la conscription, deux ennemis non moins redoutables pour le célibat des campagnes que pour celui des villes. On peut avancer, comme chose certaine, que, depuis 1793 jusqu'en 1815, on ne trouvait dans presque tous les villages de France que des hommes mariés, ou des garçons, qui, attendant le jour où ils devaient être inscrits sur les rôles militaires, ne pouvaient être considérés comme célibataires.

Aujourd'hui tout le monde se marie dans les campagnes, parce que le moindre laboureur,

celui qui possède trois ou quatre arpens de
terre, regarde comme un surcroît de richesse
pour lui un ou plusieurs garçons. Dans l'état
actuel de l'agriculture et de l'industrie, à peine
un jeune garçon a-t-il atteint sa huitième année, qu'il rend à son père autant de services
qu'un domestique beaucoup plus âgé, par le
zèle qu'il met à s'acquitter des fonctions dont
il est chargé. Il en faut dire autant des filles,
qui, dès l'âge le plus tendre, sont utilement
employées aux soins du ménage sous les yeux
de leur mère.

Si dans les villages il se trouve quelques
célibataires, on peut dire que ce sont de vieux
garçons, qui justifient tout ce que nous avons
dit des inconvéniens du célibat. Moins civili-
sés que ceux des grandes villes, leurs vices ou
leurs défauts sont plus grossiers, leur oisiveté
plus à charge à eux et aux autres; colporteurs
de toutes les nouvelles vraies ou fausses, bonnes ou mauvaises, ils s'entremettent encore
dans les affaires des familles, et se font une
gloire criminelle de mettre la division entre les
époux et les épouses, les pères et les enfans.
Oisifs, du matin au soir, tous leurs instans sont,
pour ainsi dire, marqués par un tort envers les
autres ou par un tort envers eux-mêmes.

ÉCONOMIE DOMESTIQUE CHEZ LES NOBLES ET LES BOURGEOIS.

Depuis quarante ans, l'administration ménagère a subi dans les grandes maisons plusieurs changemens importans. Les maîtres sont beaucoup plus attentifs à leurs affaires qu'avant la révolution ; et même nous en pourrions citer plusieurs qui, d'une prodigalité ruineuse, sont tombés dans une espèce de lésine ; mais ce dernier défaut n'est que celui d'un petit nombre d'hommes des classes supérieures, et nous savons que ceux qui savent vivre d'une manière convenable à leur naissance, à leur dignité et à leurs revenus, en composent la grande majorité.

Autrefois les nobles de la cour et de la ville, regardant comme indigne d'eux de s'occuper des dépenses de leur maison, en abandonnaient la surveillance à un intendant qui, pour éloigner de sa gestion les regards des domestiques dont il était le chef, les favorisait souvent aux dépens de son maître, et fermait les yeux sur leurs malversations. Par cette connivence coupable, il arrivait que cet intendant, le maître d'hôtel, le valet de chambre,

le cuisinier, le chef d'office, le concierge, le cocher et les autres valets, s'enrichissaient à mesure que leur maître se ruinait, soit par ses
dépenses particulières, soit par sa confiance
aveugle envers un domestique infidèle, qui
avait soin de lui trouver de l'argent pour son
jeu et ses plaisirs.

Les grands seigneurs et les autres nobles qui
jouissent d'une fortune considérable sont aujourd'hui les premiers économes de leur maison. Leur intendant n'est plus qu'un commis
chargé de leur rendre compte, au moins une
fois par mois, de l'emploi des fonds qui lui ont
été confiés. Ils s'informent scrupuleusement
du montant des gages et des gratifications de
leurs autres domestiques. Ils savent, du moins
autant que c'est possible, le prix courant des
denrées et marchandises nécessaires à leur consommation ; nous disons autant que c'est possible, parce que, quoi qu'ils fassent, ils ne
peuvent jamais connaître les sommes données
en pot-de-vin par les marchands à l'intendant,
au maître d'hôtel et au cocher.

Nous avons connu des maisons où il ne se
faisait que des provisions qu'il fallait renouveler souvent. La marquise de B**, qui logeait
dans la rue Saint-Dominique, n'avait point de

vin en cave, et, lorsqu'elle donnait à dîner, elle en faisait acheter douze bouteilles chez un marchand de vin de son voisinage. La marquise de C**, dont l'hôtel était situé dans la rue Saint-Florentin, n'avait que du vin de la Basse-Bourgogne et quelques bouteilles de vin de Malaga. Dans plusieurs maisons, on ne prenait ni café ni liqueurs après le dîner. Le linge était encore plus négligé, et telle maison bourgeoise pouvait se flatter d'en être mieux approvisionnée que telle maison princière. Les blanchisseuses le savaient bien.

Les grandes dames n'entendaient pas mieux l'économie que leurs maris. Leurs femmes de chambre n'étaient ni moins adroites ni moins avides que les valets de chambre. A peine une robe ou une garniture de dentelles avait-elle été portée quatre fois par leur maîtresse, qu'elles se la faisaient adjuger, comme n'étant plus propre à lui servir. De complicité avec les lingères et les couturières, elles recevaient des pots-de-vin de ces marchandes, comme les valets de chambre des marchands qui fournissaient à l'habillement de leur maître. Toutes ces déprédations expliquent la gêne annuelle où les maîtres se trouvaient, au point d'être forcés d'anticiper sur leurs revenus, d'emprunter sur hypothèque, et enfin de se constituer en état de faillite à l'égard de tous leurs fournisseurs. En général tout était désordre chez les nobles qui jouissaient de quarante mille francs de rente, jusqu'à ceux qui nageaient dans une opulence de cinq cent mille francs *à manger par an*, suivant une expression populaire.

Aujourd'hui toutes les maisons dont nous venons de parler ont senti la nécessité de faire des provisions suivant leurs moyens, et d'en surveiller l'emploi. Une duchesse ne rougit point de faire rendre compte à sa femme de chambre du prix des achats qu'elle a faits pour elle, ni à sa femme de charge des frais du blanchissage. Les femmes de son rang savent trop bien que le meilleur moyen de paraître dans le monde avec la distinction convenable, c'est d'observer chez soi les règles d'une sévère économie. D'ailleurs, la révolution, qui a renversé tant de fortunes, ne leur a que trop bien appris que c'est là l'unique moyen de réparer leurs désastres et de faire en sorte que les débris de leur naufrage leur servent à reconstruire l'édifice de leur ancienne prospérité.

La bourgeoisie, généralement parlant, a toujours su, mieux que la noblesse, administrer son domestique. Si quelques plébéiens opulens ont cru qu'il était indigne de leur brillante position sociale de s'arrêter aux détails du ménage, de surveiller la dépense journalière de leur maison, et de trancher des grands seigneurs par la dissipation des richesses qui leur avaient été transmises par leurs pères; le plus grand nombre des autres, jugeant que la moindre négligence habituelle dans l'administration de leurs affaires domestiques les conduirait infailliblement à une ruine totale, ne cessaient d'avoir les yeux ouverts sur les plus légères dépenses de leur maison. Ils savaient bien qu'une épargne répétée sur des objets de peu de valeur composait à la longue une somme considérable. Nous nous rappelons à ce sujet l'anecdote suivante, qui n'est pas généralement connue.

Un citoyen d'Amsterdam, qui s'était fait une réputation d'avarice sordide, entend frapper à sa porte; il ouvre, et voit deux personnes chargées par le magistrat de lui demander quelque secours pour les indigens; il les prie d'attendre un instant, rentre dans sa maison, revient avec un sac à la main, et leur dit : « Voilà, messieurs, 3000 florins (plus de 6000 francs) que j'ai mis en réserve pour les pauvres. C'est par une stricte économie que je suis parvenu à rassembler cette somme qui vous surprend. »

Dans tous les temps les bourgeois un peu aisés des villes et des campagnes n'ont jamais manqué de faire, en temps opportun, leurs provisions de ménage. Quand les comtes et les marquis étaient embarrassés au sujet des vins qu'ils feraient boire à leurs convives, tel marchand de la rue Saint-Denis ou tel fabricant de Lyon faisait apporter sur sa table des vins de France et de l'étranger les plus estimés. Le linge ne manquait pas plus qu'aujourd'hui dans les maisons bourgeoises ; leurs domestiques étaient bien payés, et les fournisseurs n'attendaient pas plus de trois mois le solde de leurs factures.

Plusieurs de ces maisons, tombées aujourd'hui au pouvoir des jeunes gens, ne sont plus administrées, il est vrai, conformément aux principes d'économie observés il y a environ cinquante ans. Tel jeune homme à qui son père a laissé, en mourant, sa manufacture ou son commerce, séduit par de mauvais exemples ou par une ambition effrénée, néglige son domestique pour prendre un essor dangereux, affecte, dans son illusion, les airs des riches négocians, se lie avec eux, participe à leurs dépenses; livre à sa femme, possédée d'un autre genre de folie, le soin de sa maison, et finit, au bout d'un petit nombre d'années, par découvrir dans la fortune dont il s'est trouvé en possession à la mort de son père, un *déficit* qui l'oblige à implorer, en faveur de son nom dont il a abusé, la clémence de ses nombreux créanciers.

A bien considérer ce qui se passe aujourd'hui dans les classes supérieures et inférieures de la société, on dirait que les bourgeois veulent jouer le rôle de l'ancienne noblesse, et les nobles celui de la bourgeoisie.

LOGEMENT. PROPRIÉTAIRES. LOCATAIRES.

Autant il y a de classes dans la société, autant il y a eu de tout temps de manières de se loger. Autrefois les personnes de la haute noblesse, les membres des cours souveraines, les banquiers et les riches négocians, occupaient de vastes hôtels, pour eux seuls et leur famille. La situation de ces maisons, entre cour et jardin, empêchait le bruit des voitures d'arriver jusqu'à leurs oreilles, tant de jour que de nuit. Tout était vaste dans ces vastes demeures; l'antichambre avec son énorme poêle, la

salle à manger avec son immense buffet, le
salon avec ses larges fauteuils de tapisserie, la
chambre à coucher avec sa haute cheminée
qui, ainsi que celle du salon, pouvait aisément
chauffer vingt personnes rangées en cercle, et
avec son lit de six pieds de long et de cinq pieds
de large, que couvrait la circonférence d'un
baldaquin de damas cramoisi en forme de dais,
et qu'entouraient les nombreux replis de rideaux du même tissu. Le cabinet du maître
était une salle de quinze pieds en carré, qu'or-
nait sur ses côtés une bibliothèque dont les volumes quittaient si rarement leur place, qu'un
grand nombre l'occupaient encore, après avoir
quatre ou cinq fois changé de maîtres. La cuisine n'était pas la pièce la moins curieuse. On
y voyait d'abord une cheminée dont un homme
de taille ordinaire n'aurait pas atteint sans
peine le manteau, en levant les bras. Pour s'en
faire une idée, il suffit de jeter les yeux sur
ces cheminées de guinguettes devant lesquelles
on peut placer quatre ou cinq broches les unes
sur les autres. L'objet sur lequel les regards se
portaient ensuite, était le potager ou fourneau
percé de quinze ou vingt trous, qui occupait
tout un côté de l'antre culinaire.

On montait aux appartemens par un large

escalier bordé d'une forte rampe en fer, où l'ouvrier n'avait épargné ni la matière ni la façon.

Enfin, dans les hôtels, tout était grandiose; et souvent on pouvait dire : *Voilà une bien grande cage pour un bien petit oiseau.*

Cette description, qu'on pourrait prendre, au temps où nous sommes, pour celle de palais et d'hôtels du dix-septième siècle, est celle d'un grand nombre de logemens du faubourg Saint-Germain, de l'île Saint-Louis, du Marais et du faubourg Saint-Honoré, dont les uns sont occupés par les héritiers de leurs anciens propriétaires, et les autres, soit par des administrations, soit par des manufacturiers, soit enfin par de nombreuses familles qui les tiennent par location de ceux qui les ont achetés dans le bon temps des assignats.

Un grand nombre de ces édifices ont été démolis, mais ceux qui existent encore attestent le génie des architectes qui les ont construits.

Les nouveaux logemens sont, en général, moins solides que ceux dont nous venons de parler; mais ils sont distribués avec plus de goût, et conviennent à un plus grand nombre de personnes. Voyez ces nouvelles maisons des boulevards, de la Chaussée-d'Antin et des faubourgs du nord. Presque toutes offrent à leurs différens étages un grand nombre de croisées élégantes, garnies de persiennes, et au rez-de-chaussée plusieurs boutiques d'un style uniforme, qui n'en est pas le moindre ornement extérieur.

Nous entrons dans ces nouveaux édifices par une porte cochère qui s'ouvre au milieu. Nous montons un escalier à rampe d'acajou et à marches, le long desquelles on a étendu une étoffe qui empêche de glisser, ou qu'on a frottées comme le parquet d'un salon. Les appartemens du premier étage, auxquels correspondent tous ceux des étages supérieurs, sont distribués à la convenance de quiconque veut les occuper : antichambre, salle à manger, salon, chambres à coucher, cabinet, cuisine, cabinet de toilette, salle de bain, cave, tout s'y trouve dans une proportion presque semblable à celle des palais et des hôtels.

Quand les propriétaires de ces maisons occupent des places dans le gouvernement, ou sont, par leur état, exposés à de fréquentes visites, ils se logent au rez-de-chaussée ou au premier étage, et les autres, suivant leurs facultés, aux étages supérieurs. Il n'est pas rare de trouver à l'étage voisin du grenier l'entrepreneur ou le propriétaire, quoique leur porte-feuille soit plein de papiers qu'ils peuvent réaliser, à l'instant même, en bons deniers comptans. Le percepteur de l'arrondissement ne peut les atteindre que sur la contribution foncière, qui, par les dispositions favorables du budjet de l'état, se trouve réduite d'année en année.

Nous avons connu un célibataire propriétaire de trente maisons au moins, qui s'était retiré au troisième étage de la plus petite et la plus mal située. Cet exemple, auquel on en pourrait ajouter beaucoup d'autres, prouve que de même que les cordonniers sont souvent les plus mal chaussés, les propriétaires sont les plus mal logés.

Presque tous les hôtels nouvellement construits se composent de deux corps de bâtimens. Le principal est situé au fond d'une cour, et l'autre sur la rue. Celui-ci offre, au lieu des murailles nues qui enferment les anciens hôtels, plusieurs boutiques d'une forme élégante où l'on a pratiqué un escalier non moins élégant, pour monter à l'entre-sol. C'est ainsi que l'esprit d'orgueil a cédé à l'esprit d'intérêt. Si ce dernier corps de bâtiment n'est point distribué en boutiques, il l'est en bureaux et en chambres pour les domestiques.

Ce sont les progrès du commerce et de l'industrie qui ont fait naître la mode, disons
plutôt la manie, d'ouvrir des boutiques dans
toutes les nouvelles constructions et dans la
plupart des anciens hôtels. Autrefois on n'en
voyait pas quatre dans la rue Vivienne, pas
vingt dans celle du Bac, depuis le quai jusqu'à la rue de Varenne, et beaucoup moins
encore sur le quai Voltaire.

Les premier et second étages, et même le
troisième des nouvelles maisons qui ne sont
point hôtels garnis, sont occupés par des gens
d'affaires, par des commis de banquiers, par
des agioteurs, par des capitalistes, par des
employés des ministères, par des actrices, par
des femmes entretenues, par des médecins ou
par des particuliers qui, pour réussir dans
leur profession, doivent se loger dans les maisons qui ont une belle apparence, et dans les
quartiers habités par les hommes à argent et
les étrangers. Comme les pièces de ces appartemens sont peu étendues, qu'elles sont par-
quetées et décorées de glaces et de tentures
dans le goût le plus moderne, elles n'exigent
pas des locataires des frais considérables pour
leur ameublement ; mais, en revanche, le
loyer de ces espèces de bonbonnières est en

général d'un prix très-élevé. Tel appartement
de cinq petites pièces, situé au quatrième étage,
ne se loue pas au-dessous de six cents francs.
Comme on pense bien que des logemens si
chers ne conviennent point à cette portion de
la population qui ne vit que de son travail
journalier, ou qui ne jouit que d'un modique
revenu, il en faut conclure que les propriétaires s'attendent à n'avoir chez eux que de riches locataires, depuis la cave jusqu'au grenier.

L'observateur qui aurait les moyens et la
patience de se mettre au courant des muta-
tions de logement, pourrait aisément nous
offrir le tarif des fortunes et leurs vicissitudes.
Il nous dirait que tel locataire qui, dans les
six premiers mois d'une année, occupait un
appartement de deux mille francs, avec un
élégant cabriolet sous la remise et deux coursiers anglais à l'écurie, en est parti pour aller
loger, après une déconfiture à la Bourse, au
quatrième étage d'une vieille maison, dans une
petite rue; nous apprendrions en même temps
que tel autre, par un événement contraire, est
descendu de la hauteur du cinquième étage
au premier, après avoir acheté le mobilier de
son prédécesseur.

Combien cet observateur ne nous montre-

rait-il pas de petites grisettes, de petites figu-
rantes, de petites danseuses, se pavanant dans
de charmans boudoirs, après avoir quitté le
modeste cabinet d'un petit hôtel garni? Voyez,
nous dirait-il en même temps, cette nymphe
qui naguère sortait en carrosse du même hôtel,
où elle rassemblait journellement une société
nombreuse et brillante, s'en aller tristement,
dans une voiture de place, loger dans une petite maison avec les meubles qu'elle a pu soustraire à la saisie de ses nombreux créanciers.

L'augmentation successive des loyers, malgré les nombreuses constructions qui, depuis
six ans, ont lieu dans la ville de Paris, et même
dans les villages environnans, oblige la partie
la moins aisée de la population parisienne de
se retirer dans les galetas des faubourgs les
plus éloignés, où elle est encore poursuivie par
l'avarice des propriétaires. Dans cette classe
nombreuse de citoyens utiles, sont compris
presque tous les gens de lettres et les savans
sur qui le gouvernement ne répand que peu
ou point de faveurs, où qui ne cumulent point
de places lucratives; joignons-y les artistes
qui n'existent que du produit de leur génie,
et une infinité d'autres hommes industrieux,
et nous verrons que la portion de la popula-

tion parisienne la plus recommandable, est la plus mal logée.

La manie des constructions ayant gagné les campagnes et les villes de province, et leur distribution étant approximativement la même que celle des nouvelles maisons de la capitale, les familles qui ne vivent que de leur industrie ou d'un modique revenu, éprouvent souvent les plus grandes difficultés à se loger. Ainsi la démocratie se trouve aujourd'hui réduite aux maisons vieilles et malpropres des quartiers les plus écartés des villes et des villages, tandis que la nouvelle aristocratie, qui est celle des richesses, s'est formé les logemens les plus somptueux, les plus élégans et les plus commodes.

Que le jeune homme qui veut percer dans le monde et y acquérir de la réputation, quelle que soit sa profession, se garde bien d'aller loger dans un faubourg éloigné, ou dans ces rues du centre, dont les maisons, bâties depuis un siècle, n'ont ni porte cochère, ni portier, ni persiennes, ni cour décorée de statues en stuc, ni escalier frotté, ni rampes d'acajou. Avec tout son génie et tous ses efforts, il végètera tristement dans l'oubli, lorsqu'un autre, avec beaucoup moins de talent que lui, arrivera

promptement à la fortune sur les ailes d'une
haute renommée.

AMEUBLEMENT DE L'ANCIENNE NOBLESSE.

L'ameublement des anciens hôtels était d'une
grande richesse, et l'on n'y voyait presque aucun de ces élégans colifichets que la mode a
introduits, depuis un quart de siècle, dans nos
maisons. Dès l'antichambre, on pouvait se faire
une idée des meubles qui garnissaient les autres
pièces : un poêle de toute grandeur, des banquettes et des fauteuils de velours d'Utrecht,
des dessus de portes, ouvrages de bons peintres, des boiseries bien travaillées, un lustre
en verres de Bohême, une tapisserie à hauteur d'appui, qui représentait des objets my-
thologiques ou historiques, ou bien un papier
peint avec les vives couleurs de la Chine d'où
il avait été tiré.

La salle à manger, qui succédait à l'antichambre, était ornée de boiseries d'un beau
travail, auxquelles étaient suspendus plusieurs
tableaux des meilleurs maîtres français. Contre
la cheminée, dont le manteau était couvert
d'une riche pendule, de flambeaux dont la
forme était aussi noble que la matière en était

précieuse, et de porcelaines de la Chine ou de l'ancien Japon, s'élevait une glace immense, ou quelquefois, jusqu'au plafond, un tableau de chasse ou de nature morte. Sur l'un des côtés, un magnifique buffet de boule, couvert d'une belle table de marbre, était destiné à recevoir la vaisselle et les fruits qui devaient être servis au dessert. Des chaises d'une élégante simplicité étaient rangées autour de la salle. Dans plusieurs maisons, elles étaient de paille, et dans d'autres de jonc, ou de crin avec le dessus de peau verte.

On entrait ensuite dans le salon, où la dorure brillait de toutes parts. Au plafond, charmantes peintures; sur le parquet, superbes tapis d'Aubusson; contre les murs, tenture de damas cramoisi, divisée et soutenue verticalement et horizontalement par des baguettes dorées; de distance en distance d'excellens tableaux; autour du salon, des rideaux de même étoffe de toute sa hauteur; dans les entre-deux de croisée, des fauteuils dont la dorure était relevée par le damas dont ils étaient couverts. A la cheminée, dont les jambages et le manteau étaient de marbre blanc, on remarquait les chenets, le garde-feu, la pelle et les pincettes, où l'or n'avait pas été moins prodigué que le cuivre et le fer.

Tentée par la richesse de ces meubles dorés, l'a-
varice de ceux qui achetèrent ces hôtels pendant
la révolution, les brûla ou les fondit pour en
former des lingots. Sur le manteau de cette cheminée, dont la largeur était de près d'un pied,
les yeux ne savaient sur quel objet fixer leur
admiration : au milieu, une pendule du plus
riche et du plus beau travail, et de chaque côté
des candélabres de vermeil à plusieurs branches, des cassolettes entourées de cercles d'or,
et des vases de porcelaine de la Chine, du Japon
et de Saxe. Au-dessus du manteau, s'élevait
une grande glace, entourée d'une bordure délicatement sculptée et dorée, à chaque côté de
laquelle était appliqué un candélabre à trois ou
quatre branches. Au milieu du plafond, pen-
dait un lustre en verres de Bohême, dont tous
les angles étaient assujettis par des broches de
cuivre doré, et même de vermeil. Au-dessous
de ce beau lustre, s'élevait sur trois pieds dorés
une table de porphyre, ou d'un marbre précieux, sur laquelle on plaçait des vases de porcelaine des plus célèbres fabriques de l'Orient et de
l'Europe, et souvent, dans la belle saison, des
corbeilles remplies de fleurs. On voyait, çà et là,
dans les coins du salon, quelques tables de jeu.

Toutes les portes étaient dorées dans leurs

contours, ainsi que leurs serrures, et le dessus en avait été orné par le pinceau des plus habiles artistes.

La chambre à coucher, tendue en damas cramoisi, offrait d'abord un lit, dont le baldaquin, semblable à un dais, les rideaux et la courte-pointe, étaient du même tissu et de la même couleur. Dans quelques grands hôtels, ce lit, dans lequel trois personnes auraient pu coucher, sans se gêner les unes les autres, était entouré d'une balustrade d'acajou, et garnie de cuivre somptueusement doré. Il était de ce même bois, qui alors était beaucoup plus coûteux qu'à présent, et chargé d'ornemens en or à ses angles et à ses extrémités : ce lit était très-élevé ; mais à peine y était-on entré, qu'on s'y trouvait comme enseveli dans l'édredon et la plus fine laine. La tenture et les rideaux de la chambre étaient aussi de damas cramoisi ; plusieurs petits tableaux de genre, et quelques portraits de famille, étaient suspendus à la tapisserie. Un joli tapis d'Aubusson couvrait le parquet. La cheminée, non moins élevée et moins large que celle du salon, était décorée d'objets analogues à la destination de la pièce, mais moins chargée d'ornemens.

Outre cette chambre de parade où couchait

la dame, il y en avait une autre plus petite
pour le mari, avec communication par une
simple porte, si elles étaient de plain-pied, ou
par un escalier dérobé, si leur étage n'était pas
le même. Cette chambre, outre le lit qui n'a-
vait rien de bien remarquable, renfermait un
secrétaire de boule, en forme de bureau ; des
tableaux suspendus à la tenture, et quelques
fauteuils dont un seul servait à l'époux lorsqu'il écrivait ou lisait.

Si l'ameublement que nous venons de décrire était celui d'un certain nombre d'hôtels,
dont les propriétaires, restés fidèles aux anciens usages, conservaient religieusement les
meubles qui avaient servi à leurs aïeux, on en
comptait aussi beaucoup d'autres dont le mobilier et les ornemens avaient été renouvelés,
conformément au nouveau goût, ou dont les
anciens meubles se trouvaient mêlés à des meubles plus modernes. Dans ces hôtels, on avait
détendu les tapisseries de laine ou de damas
cramoisi, pour les remplacer par des tentures
de papier peint, soit de France, soit de la
Chine; les boules avaient disparu devant d'é-
légantes ébénisteries, les lourds et riches fauteuils devant des chaises d'acajou, les pendules
massives devant celles de Lepaute, de Janvier,

et d'autres habiles horlogers; les grandes et hautes cheminées avaient fait place aux cheminées à la prussienne, les massives porcelaines de l'Orient à celles de Sèvres, et les candélabres et girandoles à des flambeaux de vermeil plus élégans et plus petits. C'était principalement chez les jeunes époux que cet amalgalme des temps anciens et modernes avait été adopté. Ils ne voulaient ni renoncer aux usages de leurs pères, ni se mettre en opposition avec ceux qui régnaient parmi les personnes de leur âge.

Le mobilier des châteaux était à peu près celui des hôtels de Paris et de ceux des grandes villes de provinces, avec quelques différences. Les salles, les chambres à coucher, les cheminées, les lits, y étaient d'une grandeur démesurée. Des tapisseries de laine en voilaient les murailles dans toutes les saisons. Au lieu de pendules, des horloges, enfermées dans des armoires, annonçaient les heures, et des garderobes de noyer, bien ciselées, étaient le meuble principal de la salle à manger et de la chambre à coucher. Tout était vieux dans le salon, auprès duquel, dans une petite pièce, étaient renfermés les fusils de chasse et autres armes du propriétaire. On voyait peu de livres

dans ce château, mais la cuisine y était bien fournie de tous les ustensiles, nécessaires à la cuis-
son du gibier et des autres viandes pour la table
du seigneur.

AMEUBLEMENT DE LA HAUTE ET MOYENNE BOUR-GEOISIE ET DES GENS DE LA CAMPAGNE.

La haute bourgeoisie, composée des fer-
miers-généraux, banquiers et négocians, avait
un ameublement qui, tenant de l'ancien et
du moderne, réunissait la richesse massive à
la richesse élégante. Dans un salon, et dans une
chambre à coucher, on voyait les anciens
boules toucher à regret les nouvelles ébénisteries du faubourg Saint-Antoine. Si dans
l'antichambre les tapisseries conservaient leur
place, elles l'avaient cédée dans le salon à un
joli papier peint, de la fabrique d'Arthur. Une
révolution complète s'annonçait dans la décoration mobilière des hôtels de la finance et des
maisons bourgeoises. C'était surtout dans les
boudoirs et les appartemens des femmes qu'elle
se déclarait. Les cheminées et leurs ornemens
n'y présentaient plus rien de grandiose; les gros
et larges fauteuils avaient été congédiés; les
tentures et les rideaux de damas jaune ou

cramoisi avaient été descendus, et le bleu céleste s'était adossé aux murs ou cloisons qu'ils
avaient abandonnés. Peu à peu, une infinité
de petits meubles, légèrement travaillés, qu'il
serait trop long de nommer, entrèrent dans
les lieux d'où les anciens avaient été chassés.

Les glaces jouèrent un grand rôle dans le
nouvel emménagement, non pas des glaces entourées d'une large bordure ciselée et dorée,
comme les immenses tableaux d'histoire, de
chasse et de nature morte, mais des glaces assujetties et enfermées dans des baguettes dont la
légère dorure n'attirait point les regards à leurs
dépens. Dans les entre-deux de croisées, comme
sur les cheminées, en un mot de quelque côté
qu'elles voulussent se tourner, les dames pouvaient se considérer à loisir depuis les pieds
jusqu'à la tête. Les appartemens des actrices et
des femmes richement entretenues offraient,
en général, tout ce que le luxe le plus recher-
ché, tout ce que le génie de la volupté avaient
pu imaginer pour le plaisir des yeux et des
autres sens. En 1788, ce ne fut pas sans la plus
vive admiration que nous visitâmes la petite
maison de mademoiselle Dervieux, située rue
Chantereine. Le mobilier de la chambre à coucher avait coûté plus de trente-six mille francs,

et le lit seul le tiers de cette somme. Les côtés,
le plafond et le parquet du boudoir étaient
garnis de glaces entre lesquelles il n'existait
aucun intervalle. Sur les glaces du parquet de
ce petit temple de Vénus, étaient étendus des
oreillers qui servaient aux combats amoureux.
Ainsi deux amans pouvaient, dans leurs embrassemens voluptueux, se considérer dans
toutes leurs attitudes. Le concierge qui nous
guidait, nous apprit qu'un seigneur de la plus
haute qualité se rendait souvent dans ce sanctuaire pour y prendre ses ébats avec l'actrice.

Mademoiselle Dervieux et les autres nymphes
des divers spectacles donnèrent le ton du boudoir aux jeunes femmes de qualité et aux bourgeoises des étages supérieurs, et, par conséquent, c'est principalement à elles et aux
femmes entretenues que la France est rede-
vable de l'art de meubler un appartement avec
tout le goût et toute la commodité possibles.
C'est par leur efficace influence que l'acajou et
plusieurs autres bois moins précieux sont travaillés et façonnés en une infinité de manières,
aussi agréables à la vue que favorables à tous
les besoins, et même à tous les caprices. Si l'on
veut se faire une idée des progrès de l'industrie
dans ce genre, on doit consulter la collection

des figures de meubles de M. de La Mésangère, propriétaire et rédacteur du *Journal des Modes*.

L'art de meubler un appartement avec goût a gagné de proche en proche. Tel bourgeois un peu aisé, tel marchand qui fait bien ses affaires, mettent tous leurs soins à meubler leur logement avec autant d'élégance que leurs facultés le leur permettent. Il n'est pas rare de trouver dans leur chambre, outre la glace qui orne la cheminée, une jolie pendule devant cette glace, deux beaux flambeaux d'or moulu, la tenture de papier peint, la commode de bois d'acajou, à dessus de marbre blanc, et entourée d'une petite grille de cuivre dorée ; un secrétaire du même bois ; il n'est pas rare disons-nous encore, d'y voir un lit d'acajou, orné de symboles dorés, des porcelaines peintes de la manufacture de Sèvres, des bronzes de Ravrio, et un tapis d'Aubusson. Au fond de l'alcove, que des rideaux de taffetas défendent des rayons de l'astre du jour, une glace répète les décorations de la chambre, et sert à l'épouse pour le commencement de sa toilette, au moment où elle lève la tête de dessus son oreiller.

Au milieu d'une salle à manger, ornée de figures en stuc, et sur le mur de peintures analogues à sa destination, s'élève une table d'acajou de six couverts , qui, par ses alonges, peut donner place à douze convives.

En descendant vers les classes inférieures de la société, on est surpris de la propreté et de la simplicité élégante qui en caractérise l'ameublement. Deux personnes se marient; leur première pensée est d'acheter un lit à deux dossiers, un sommier de crin, deux matelas et un lit de plumes, une glace pour la cheminée, deux flambeaux plaqués en argent ou de cuivre doré, une commode à dessus de marbre dans le goût le plus moderne, un secrétaire, une douzaine de jolies chaises, des rideaux de percale pour le lit et pour les croisées. Une tenture de papier uni, d'une couleur agréable, ou avec figures, complète le mobilier des nouveaux époux. C'est ainsi que, peu à peu, dans le peuple, la vétusté disparaît pour faire place à la nouveauté. Et l'on ne dirait pas que le siècle marche!

Les habitans des campagnes, où l'aisance est devenue générale par la division des propriétés, ne sont pas moins jaloux de bien meubler leur logement que ceux de la capitale et des autres villes du royaume. Il est peu de maisons de cultivateurs et même de simples journaliers, où l'on ne trouve un lit commode et propre, une commode de noyer ou d'un autre bois, d'une élégante simplicité, une pendule plus ou moins riche, mais jolie, une paire de flambeaux, et même un service de porcelaine. Il est tel paysan qui a décoré sa chambre de tableaux, ou de bonnes estampes encadrées, et d'un baromètre, et dont le lit est orné de rideaux, soutenus par des broches qui se terminent en pommes de pin, dorées. Il en est même qui ont deux lits, l'un pour eux et l'autre pour leur femme, et tous deux de la même élégance et de la même propreté. On ne voit plus que chez quelques anciennes familles ces grandes armoires ou garde-robes du temps passé, ces horloges enfermées dans une longue caisse de bois de noyer ou de sapin, ces rideaux de serge jaunâtre ou d'une couleur obscure, ni ces ciels de lit ornés d'une grosse broderie bleu–céleste. Ce n'est plus que chez les plus pauvres habitans des villes ou des campagnes, qu'on fait la cuisine dans la chambre à coucher, et que les lits des enfans avoisinent celui du père et de la mère.

Les paysans les plus riches ont une salle à manger, un salon de compagnie, bien cirés et bien frottés; et dans leur chambre à coucher un parquet, bien entretenu, se couvre d'un tapis de moquette, dans la saison des frimas.

Il n'est pas jusqu'à une armoire de bibliothèque qui ne fasse partie de leur mobilier. Dans
quelques centaines de volumes dont cette bibliothèque se compose, on distingue la *Bible*,
la *Vie des Saints*, un livre de prières, les cinq
Codes, la *Maison rustique*, quelques ouvrages
sur l'agriculture, *la Henriade*, *la Jérusalem
délivrée*, un *Dom Quichotte*, un *Télémaque*,
quelques volumes sur l'histoire de France, les
Fables de La Fontaine, les œuvres de Corneille,
de Racine, de Molière et de Voltaire, et surtout *le Cuisinier royal*. Comme ces riches paysans
sont électeurs ou éligibles, ils mettent tous leurs
soins à l'embellissement de leur logis, afin de
recevoir avec dignité, au temps des élections,
la visite de leurs collègues.

HABILLEMENT DES HOMMES.

Le costume actuel des hommes n'est pas
moins différent de celui qu'ils portaient vingt
ans avant la révolution, que ce dernier ne l'était
du costume qui existait vers les dernières années de Louis XIV, et pendant la minorité de
Louis XV. L'habit français, pour les hommes,
était celui de toutes les conditions. La couleur
en était aussi variée que les goûts ; il y en avait

de violets, de bleus-célestes, de gris, de rouges,
de verts, de jaunes, de bruns, et de noirs. Les
basques en tombaient souvent jusqu'au milieu
de la jambe. De chaque côté, deux poches énormes étaient destinées à recevoir mouchoir, ta-
batière, livres, et d'autres objets qui les rendaient quelquefois semblables à des besaces.
Sous cet habit, se cachait en partie une veste,
dont les extrémités descendaient jusqu'au milieu des cuisses. Elle était souvent de la même
étoffe et de la même couleur que l'habit. Les
culottes ou haut-de-chausses, tantôt noires,
tantôt d'une couleur qui tranchait avec celle
de l'habit et de la veste, tantôt de la même couleur, ne s'élevaient guère que jusqu'au-dessous
de l'abdomen. Comme elles n'étaient point sou-
tenues par des bretelles, dont l'usage ne date
que d'environ quarante ans, elles tombaient
à chaque instant sur les genoux ; inconvénient
qui obligeait, de temps en temps, les hommes
qui avaient de l'embonpoint, à les relever à la
promenade ou dans les rues. Au-dessous de la
grande boutonnière, le tailleur avait pratiqué
une ouverture nommée *braie* ou *brayette*, par
laquelle on pouvait satisfaire au petit besoin.
Cette ouverture, qui se fermait avec des boutons, laissait souvent échapper un bout de la

chemise ; ce qui excitait la risée des personnes témoins de cet inconvénient. Si un grand nombre d'hommes avaient adopté le pont-levis, ou la bavette, un nombre tout aussi considérable avait conservé la gouttière aux culottes.

Ce même vêtement, serré contre les cuisses dans les jeunes gens, mais plus ample dans les hommes, se terminait au-dessous du genou par une bordure qui, pour les personnes des hautes classes, et souvent des conditions inférieures, était un galon d'or ou d'argent, dont l'extrémité entrait dans une boucle de l'un de ces métaux, ou d'acier. Les culottes de velours étaient un objet de luxe, et les bons bourgeois, soit marchands, ou maîtres ouvriers, s'en faisaient honneur, dans leurs visites et les jours de grandes fêtes. Les bas de soie blancs étaient une parure pour les petits bourgeois ; les nobles et la haute bourgeoisie les portaient habituellement. Les noirs ne convenaient qu'à un costume complet de la même couleur. Les souliers de peau de chèvre étaient assujettis aux pieds par deux tirans qui se passaient dans des boucles d'argent ou de vermeil, ou d'acier anglais, et dont la grandeur variait suivant le goût des personnes. Les courtisans portaient des boucles en brillans, et les talons de leurs souliers étaient rouges.

Les chapeaux furent long – temps à trois cornes d'égale grandeur. La mode fit ensuite adopter les chapeaux à la suisse, dont la corne de devant était très-relevée, ainsi que le derrière, arrondi en quart de cercle. Les petits-maîtres ornaient le leur d'un bourdaloue d'or, dont les glands tombaient hors des cornes des côtés, et, sur le côté gauche, d'un bouton qui retenait une ganse ; ces deux derniers objets étaient du même métal que le bourdaloue. A la campagne et dans la maison de ville, le costume du matin se composait d'une robe de chambre d'indienne ou de droguet à fleurs, et d'un chapeau rond, ou d'une espèce de casquette de feutre gris. La redingote, autrement lévite, était un vêtement qui tombait presque jusqu'aux talons, et dont se servaient ceux qui couraient les rues après le déjeûner, pour faire des emplettes, ou des visites familières et de peu d'importance.

On attachait un grand prix à une chevelure épaisse et longue ; on la garnissait de poudre et de pommade, pour en augmenter et affermir le volume. Les cheveux de derrière, ou se repliaient dans un cadogan sur lequel le perruquier plaçait une rosette de ruban noir, ou étaient rassemblés en forme de queue, ou enfermés soit

dans une bourse de soie noire, soit dans une
autre petite bourse appelée *crapaud.* La grande
bourse ne tenait pas seulement aux cheveux,
mais encore au cou par deux larges rubans qui
en faisaient le tour ; les hommes de cinquante
ans et au-dessus, et d'une certaine classe, avaient
généralement adopté cette mode. Les cheveux
des faces étaient tantôt relevés en boucles assujetties par la pommade et des épingles noires,
tantôt crêpés et frisés en ailes de pigeon. Cependant, après la paix de 1783, un bon nombre de militaires qui avaient servi pendant la
guerre de l'indépendance américaine, et beaucoup de jeunes gens à leur exemple, se firent
couper les cheveux des faces, et donnèrent à
cette mode le nom de *cheveux à la d'Estaing.*
C'était ainsi qu'on préludait à la mode républicaine.

Les cheveux du front se crêpaient après avoir
été enfermés dans des papillotes, chauffés avec
un fer, ou bien s'arrondissaient en fer à cheval
avec la pommade et les épingles noires. Cette dernière frisure avait l'inconvénient de produire
des ruisseaux de sueur, mêlés de graisse fondue
et de poudre, qui, après un exercice un peu
violent ou dans le temps des chaleurs, cou-
laient de la tête sur le visage et l'habit.

L'usage des perruques rondes, à queue, à bourse, à marteau, n'était pas seulement adopté par les vieillards, ou par ceux qui avaient perdu leurs cheveux, mais encore par des hommes de trente à quarante ans, si leur profession l'exigeait dans certaines circonstances. Un magistrat, par exemple, un avocat, un procureur, un commissaire au Châtelet, si leurs cheveux de derrière n'étaient pas assez longs pour tomber en boucles jusqu'à la naissance des reins, étaient obligés d'emprunter le secours d'une perruque.

Un médecin, dont la tête était fournie d'une belle chevelure, ne se croyait pas dispensé, lorsqu'il visitait ses malades, de la cacher sous l'ampleur d'une *perruque à circonstances*, qui donnait à sa physionomie toute la dignité d'un docteur, et inspirait toute confiance à ses pratiques. Mais cette coiffure d'emprunt n'étant que pour l'exercice de sa profession, à peine s'était-il délassé de ses courses, qu'il s'empressait de la placer sur la tête de bois, où il l'avait prise, et de quitter son habit de velours pour prendre un frac. A table, en société, au spectacle, ce docteur vénérable, ne paraissait plus qu'avec la coiffure d'un petit-maître et d'un homme à bonnes fortunes.

Les perruques à bourse et à queue appartenaient à la noblesse, à la haute bourgeoisie,
aux artistes, aux gens de lettres ; les rondes à
la moyenne bourgeoisie, comme aux libraires,
aux marchands des six corps, aux maîtres perruquiers, tailleurs, cordonniers, etc.

La chemise, cette première et indispensable
partie de l'habillement, mérite aussi sa description. A l'époque dont nous parlons, elle
était d'une toile plus ou moins fine. Fort longue par le bas, et fort ample par les manches,
elle était si courte à son extrémité supérieure,
qu'à peine paraissait-elle au-dessus du col. Les
deux bouts de ce col, qui était de mousseline à
plusieurs plis, étaient fixés derrière le cou par
une agrafe d'or, ou d'argent, ou d'acier. La
cravate n'était pas encore d'un usage commun,
si ce n'est chez les gens de justice, lorsqu'ils
paraissaient avec le costume de leur état. Il n'y
avait ni petit bourgeois, ni même artisan, qui
ne portassent à leur chemise un jabot de mousseline plissée. Les hommes des hautes classes le
portaient de dentelles, ainsi que les manchettes, qui s'avançaient souvent hors des manches de l'habit jusqu'à l'extrémité des doigts.

L'épée entrait dans le costume de quiconque
se présentait au château de Versailles. Un ro-

turier, en habit noir, de tricot, ou de taffetas
gorge de pigeon, de velours, d'écarlate, s'il
avait l'épée au côté et le claque sous le bras,
pouvait se présenter hardiment au factionnaire,
monter le grand escalier, et se mêler à la foule
des courtisans, à l'œil-de-bœuf, dans la grande
galerie, et suivre le roi à la chapelle.

La révolution, qui devait tout changer parmi
nous, ne tarda pas à exercer son influence sur
l'habillement que nous venons de décrire en
partie. Les habits carrés, à poches sur les côtés,
à longues basques, disparurent peu à peu pour
faire place aux fracs qui chassaient par derrière, aux habits coupés, et aux redingotes.
Les gilets triomphèrent des vestes, les pantalons déclarèrent la guerre aux culottes, les
bottes luttèrent avec avantage contre les souliers, et les chapeaux ronds contre les chapeaux
à la suisse.

Si les perruques furent religieusement conservées par un certain nombre d'hommes, esclaves de l'habitude, elles parurent bientôt si
ridicules, qu'on ne les vit plus que sur la tête
des vieillards les plus incorrigibles. Alors, comme il fallait bien que les têtes chauves, ou celles
qui commençaient à grisonner, se montrassent
avec des cheveux d'une couleur qui convînt

à leur physionomie, et pussent cacher les ravages exercés par les années sur leur chevelure, les coiffeurs, qui avaient abjuré le nom de
perruquiers, se mirent à fabriquer des toupets
et des queues postiches. Avec les perruques
tombèrent en même temps les boucles des faces, les ailes de pigeon et les fers à cheval. La
chemise subit aussi une révolution : son collet
se haussait à mesure que les cols étaient remplacés par les cravates ; les jabots devinrent
plus rares ; et comme tout tendait à la simplicité républicaine, les manchettes, un peu plus
unies, ne servirent plus à l'ornement des mains
diplomatiques et magistrales. Le discrédit dans
lequel étaient tombés la noblesse et tous ceux
qui se modelaient sur elle, fut cause de la proscription de l'habit de cour. Ce riche costume
contrastait trop fortement avec la modestie af-
fectée au nom de députés, pour qu'il pût se
préserver de la chute de tant d'autres usages
monarchiques. Il faut ajouter l'adoption de
l'habit militaire, dont l'opposition avec l'habit bourgeois devint journalière et presque uni-
verselle.

Plus la révolution fit de progrès, plus les
formes de notre habillement s'éloignèrent des
anciennes. Ce fut surtout après la mort de

Louis XVI que ce changement fut plus remarquable et devint plus général : à l'exception de quelques vieillards, tous les hommes se firent couper les cheveux, et prirent le chapeau rond. A la redingote se joignirent la houppelande ou la veste de chasse. Ceux qui n'avaient pas renoncé à l'habit carré ou au frac, les portèrent d'étoffe rouge ou bleu céleste, avec un gilet rouge brodé, ou jaune, ou bleu. Les plus chauds patriotes portaient les cheveux un peu longs, avec un bonnet de laine ou de police, ou avec un chapeau à trois cornes. Leur vêtement était une veste de chasse ou une houppelande, et un pantalon fort large ; l'été ils portaient des sabots comme dans l'hiver. Ceux qui se vêtirent ainsi furent nommés *sans-culottes*, nom ignoble dont se glorifiaient les représentans en mission. Celui qui n'aurait pas connu ces fiers républicains, les eût pris aisément pour de véritables brigands. Ce fut dans ce même temps que les moustaches et les larges nageoires devinrent à la mode parmi les patriotes et ceux qui voulaient le paraître. Comme les jacobins étaient les grands régulateurs du goût, pour la manière de se coiffer et de se vêtir, c'était à leurs yeux un crime irrémissible, ou du moins un motif légitime de soupçonner de royalisme et

2.   8

d'aristocratie quiconque ne s'habillait pas comme eux. Nous avons pourtant connu plusieurs de ces clubistes qui avaient conservé leur queue; mais comme les autres connaissaient fort bien leurs sentimens révolutionnaires, on les laissait libres de conserver ce signe antirépublicain. On sait que Robespierre n'avait point cessé de le porter avec les cheveux poudrés.

Sous le gouvernement directorial, les jacobins, dont la société n'existait plus, cessèrent de faire la guerre aux costumes. Chacun put s'habiller comme il voulait, en se soumettant toutefois à l'obligation de porter au chapeau la cocarde tricolore. Les incommodes houppelandes cessèrent peu à peu de se montrer, ainsi que les fracs et les habits de couleur tranchante, et au bout de quelques mois, on ne vit presque plus que des redingotes et des habits bleus, coupés. C'était avec cet habillement et des bottes qu'on se présentait à l'audience des directeurs et des ministres. Les jacobins avaient donné des modes, les militaires en donnèrent à leur tour. L'habit français reparut à la cour, chez les ministres et dans les grandes maisons, lorsque Napoléon se fut élevé à l'empire; mais, ni la frisure, ni la poudre, ni les toupets n'accompagnèrent ce costume nouveau. Les cheveux restèrent coupés, à l'exemple du maître et des autres grands personnages de l'État. La différence de leur coupe leur fit donner différens noms, comme ceux de *cheveux à la Caracalla*, *à la Titus*, inventés par les coiffeurs.

Il serait trop long d'entrer dans le détail de toutes les formes de costume pour les hommes, depuis le commencement du gouvernement impérial jusqu'à la restauration. On peut consulter à ce sujet le journal de M. de La Mésangère. Chapeaux, habits, redingotes, gilets, pantalons, bottes, tout changeait du plus au moins, chaque jour, et prenait de nouveaux noms, jusqu'aux casquettes qui parurent dans cet intervalle, et dont nous pourrions indiquer cinq ou six formes différentes et successives.

A peine Louis XVIII était remonté sur le trône de ses pères, que tous les vieillards rentrés en France de leur longue émigration, frappèrent nos regards par l'ancien costume auquel nous étions depuis long-temps désaccoutumés : grands chapeaux à trois cornes, bourses et ailes de pigeon, habit à basques alongées, veste jusqu'au milieu des cuisses, parapluie sous le bras, épée dans la position horizontale, bas de soie à côtes et larges boucles sur les souliers. On eût dit que tout l'an-

cien régime était revenu avec eux. Aussi le
peuple, franchissant, à leur aspect, un siècle entier, les appela-t-il les voltigeurs de Louis XIV.
A leur exemple, nombre de vieillards qui n'a-
vaient jamais quitté la France, et qui, jusqu'à
un certain point, avaient adopté le nouveau
costume, abjurèrent la redingote pour l'habit, et les pantalons pour les culottes. Frappés
de ce ridicule, les jeunes gens tombèrent dans
un autre excès. Ceux qui n'avaient jamais été
militaires, ou dont le temps de service était accompli, prirent simultanément plusieurs marques distinctives du cavalier, comme les moustaches, les pantalons blancs de perkale ou de
la couleur de ceux des lanciers et des hus-
sards, avec les éperons. Cet autre ridicule ne
fut pas de longue durée, et la mode de se vêtir simplement et sans affectation ne tarda pas
à reparaître.

Depuis ce temps, le costume est, à peu de
chose près, le même pour toutes les classes de
la société, à l'exception de l'habit français,
qui est le seul adopté à la cour, pour les réceptions chez les ministres et autres grands
personnages. Le chapeau rond, les cheveux
courts, l'habit coupé, le pantalon et les bottes-
souliers, forment le costume de la presque to-

talité des bourgeois. La redingote longue est comme abandonnée aux artisans et aux gens de la campagne, qui s'en habillent les dimanches et jours de fêtes. Plus courte et plus serrée vers la taille, elle est portée par les jeunes gens qui n'ont point à faire de visites de cérémonie. Les culottes de couleur ne sont plus portées que par quelques vieillards pour qui la chanson de M. et de madame Denis paraît avoir été composée, et par les laquais. Les noires se portent souvent avec l'habit noir, et comme vêtement de deuil.

Comme les provinces prennent la capitale pour modèle, les hommes y ont adopté depuis long-temps le costume introduit par les différentes phases de la révolution. O temps ! ô mœurs ! M. Prost de Royer, ancien lieutenant-général de police à Lyon, lorsqu'on lui amenait un homme en chapeau rond, en gilet et en pantalon, disait très-sérieusement : « *Chapeau rond, veste courte et pantalon, marche en prison.* »

HABILLEMENT DES FEMMES.

Le costume des femmes a subi depuis cinquante ans beaucoup plus de variations que

celui des hommes. Vingt ans avant la révolution, la plupart des femmes portaient encore
des robes de soie de couleur ou d'indienne,
plissées par-derrière, et dont les manches, qui
ne s'avançaient que jusqu'aux coudes, y étaient
assujetties par des morceaux de plomb. La jupe
était souvent d'une couleur différente de la
robe. Ces deux vêtemens ne descendaient guère
qu'aux talons. Cependant un grand nombre de
jeunes femmes avaient adopté, au lieu de ces
étoffes à grands ramages, des étoffes unies de
soie ou d'un autre tissu. Plusieurs ne portaient
habituellement que des déshabillés, nommés
caracos, qui consistaient dans un corset et une
jupe qui laissait paraître les talons. Il y avait
des robes à l'anglaise, à la polonaise, à manches étroites, et plus longues que celles dont
nous avons d'abord parlé. Les plombs et les
longues manchettes qui terminaient ces dernières, et leurs plis du dos et des reins, perdaient journellement de leur crédit.

Les vieilles femmes de qualité se chaussaient
presque toutes avec des bas dont les côtés, depuis la cheville du pied jusqu'au milieu de la
jambe, étaient brodés d'or et de soie; mode qui
était aussi celle des femmes âgées de la haute
bourgeoisie. Les talons des souliers, élevés de

deux ou trois pouces, faisaient paraître grandes les femmes de la petite taille, et gigantesques les femmes de la grande.

Il faut ajouter à cette hauteur d'emprunt celle de la coiffure, qui se composait, pour les femmes qui n'avaient pas encore atteint le demi-siècle, d'un bonnet de dentelles à touvans, placé sur un toupet de cinq pouces d'élévation, d'où pendaient deux barbes jusqu'au bas du chignon ; mais celles qui avaient passé la cinquantaine se coiffaient d'un bonnet plus bas, avec de larges touvans, qui enveloppaient presque toute la tête, et laissaient à peine apercevoir les oreilles. Les jeunes personnes étaient presque toujours coiffées d'un ruban qui faisait un demi-tour au milieu du toupet.

Il fallait aller à Versailles pour voir le costume des femmes de la cour. Sous leur robe plissée étaient fixés de chaque côté d'énormes paniers qu'elles étaient obligées de ramener à deux mains devant elles en descendant de voiture ou en y montant. En marchant, elles occupaient, de droite à gauche, un espace d'environ six pieds, et si l'on fait attention que la queue de leur robe avait à peu près la même longueur, on verra qu'il n'était pas possible de tracer autour de ces dames un cercle de moins de dix-huit pieds de circonférence. Pour empêcher des indiscrets ou des étourdis de marcher sur leurs queues, elles les faisaient porter par des laquais; et, si elles donnaient la main à un homme, l'un et l'autre étaient forcés d'étendre le bras à la moitié de la longueur d'un panier. Ce bizarre costume, en écrasant la taille des femmes, faisait paraître petites celles qui étaient grandes, tout en donnant une certaine majesté à leur démarche, par la lenteur qu'elles étaient forcées d'y mettre. Ces robes de cour, toutes décolletées, laissaient voir les épaules et la gorge jusqu'aux deux boutons de rose, et quelquefois jusqu'au-dessous.

On connaît ces vers de Voltaire :

> Après dîner l'indolente Glycère
> Sort pour sortir, sans avoir rien à faire.
> On a conduit son insipidité
> Au fond d'un char, où, montant de côté,
> Son corps pressé gémit sous les barrières
> D'un lourd panier qui flotte aux deux portières.

Au-dessus du cou, dont la nudité disparaissait sous un large collier de perles ou de pierreries, et sur lequel tombaient des pendans d'oreilles en diamans, s'élevait une coiffure ratatinée, qui allait se terminer en pointe sous le petit bonnet dont nous avons parlé.

Quelques années avant la révolution, les femmes avaient renoncé à ces corps de baleine qui les serraient depuis les hanches jusqu'à la gorge, et les avaient remplacés par des corsets élastiques. Un grand nombre aussi, et même à la cour, avaient adopté les petits chapeaux de soie, ornés de plumes ou de fleurs, qui penchaient un peu plus d'un côté que de l'autre. Les déshabillés et ces petits chapeaux empêchaient de les reconnaître ceux qui les avaient vues la veille en robes à paniers. Qui, en effet, aurait pu se persuader que cette marquise, qu'on avait vue descendre de carrosse au pied du grand escalier de Versailles, et dont un jeune laquais portait la queue, était la même qu'on voyait le lendemain courir seule en caraco dans les rues de la capitale ?

Il n'y avait plus, en 1788, dans la bourgeoisie, que des femmes de marchands, sur le retour de l'âge, qui portassent des robes plissées à ramages, à manches plombées, à longues manchettes pendantes, et qui les fissent porter à leurs filles. Les têtes pommadées et poudrées n'avaient point encore disparu ; la mode des chapeaux avait laissé subsister un grand

nombre de coiffes à touvans et de simples
bonnets. Les souliers à talons hauts ne devaient
être remplacés que quelques années après, par
les souliers plats.

La mode de porter des pelisses de satin blanc,
ou rose, ou bleu céleste, garnies de poils de
lapin blanc, d'hermine, de martre zibeline,
ne se trouvait que dans les classes riches ou
parmi les femmes entretenues. Les bourgeoises
se couvraient, dans l'hiver, d'un mantelet de
soie noire, et dans les autres saisons d'un mantelet de soie blanche ou de blonde noire, avec
un bord de dentelle d'une grande largeur.

Les hommes garantissaient du froid leurs
mains et leur poitrine, par de gros manchons
de toutes sortes de poils; ceux des femmes
étaient de satin, remplis d'ouate, de plumes
de diverses couleurs, ou de poil d'oursin. Quelques-unes en portaient d'aussi gros que ceux
des hommes, qu'elles imitaient encore par la
hardiesse de leur démarche.

Lorsque la révolution arriva, tous les paniers disparurent ainsi que les habits de cour;
on put dire alors : *Adieu paniers*. Les femmes,
éprises de la liberté qu'elle leur annonçait,
s'empressèrent d'adopter les modes qu'elle fit
naître. Les robes se changèrent en corsets et

jupons courts, les coiffures s'abaissèrent, et les
chevelures, en attendant le moment d'être cou-
pées, s'affranchirent de la pommade, en con-
servant la poudre. Les chapeaux ne couvrirent
plus que des toupets, pour ainsi dire, soufflés,
et les chignons pendirent jusque entre les deux
épaules. Comme les équipages devenaient rares,
et qu'il n'y avait plus de cour, toutes les femmes
de qualité se mirent à l'unisson des bourgeoises.
Le gouvernement révolutionnaire amena d'autres modes. A l'exemple des hommes, les femmes
se firent couper les cheveux, les unes d'une
manière, les autres d'une autre manière, et
celles qui ne voulurent pas aller tête nue, se
coiffèrent d'un bonnet ou d'une baigneuse, avec
une cocarde tricolore sur le côté gauche, sans
laquelle elles ne pouvaient entrer dans les lieux
publics. Presque plus de robes de soie, mais
des déshabillés de couleur, de toile de Jouy;
pour fichus, des madras ou de petits schalls
rouges; les étoffes et les fichus blancs étaient
généralement proscrits. Charlotte Corday avait
le costume du temps lorsqu'elle se présenta
chez Marat.

Cette mode républicaine ou jacobine continua, avec quelques modifications, sous le
gouvernement du directoire. Sous les gou-

vernemens consulaire et impérial, on vit reparaître les robes de soie, avec les robes blan-
ches de mousseline, de perkale et de gaze.
Les femmes recevaient leurs modes de celles
qui tenaient un rang distingué à la cour du
premier consul et ensuite à celle de l'empereur. Celles-ci portaient toute leur attention
sur le costume des actrices des grands spectacles, ou consultaient les plus célèbres modistes
qui étaient aussi les conseillères du rédacteur
du *journal des Modes.*

En quittant la simplicité toute républicaine à
laquelle elles s'étaient assujetties de bon gré
ou de force, les femmes tombèrent dans un autre excès, comme pour se dédommager de leur
long renoncement à l'élégance du costume. On
les vit paraître avec une robe de mousseline des
Indes claire, brodée en soie et découpée, des
garnitures de dentelles autour du cou et des
manches, avec les cheveux frisés en boucles
détachées, et des plumes de coq jaunes, sur le
devant. Bientôt après, les voiles, rejetés en arrière, qui laissaient à découvert la moitié des
cheveux, et les turbans faits avec toutes sortes
de schalls, devinrent les deux coiffures les
plus à la mode. Presque toutes les tailles étaient
basses; les manches, larges de haut en bas, ou

bouffantes jusqu'au tiers du bras, le cédèrent, après un règne assez court, aux manches courtes, relevées en draperie, avec un bouton de pierre fine. Les schalls carrés, de drap de Smyrne, brodés en or, ornaient les épaules des élégantes. Au lieu de les plier en deux, elles aimaient mieux les étendre dans toute leur longueur.

Les douillettes à collet dressé et en rotonde descendaient fort bas; les manches en étaient longues, de moyenne largeur, et se retroussaient tant soit peu sur le poignet. Les spencers, non moins en vogue que les douillettes, avaient aussi un collet en rotonde, mais de très-petits revers. Après les schalls longs de cachemire, et les schalls carrés de drap fin, brodés en or, et les schalls en perkale de six quarts, il serait inutile et ennuyeux pour nos lecteurs, de leur offrir la description des robes, des schalls, des coiffures de nos dames, que chaque jour voyait, pour ainsi dire, se renouveler, de manière qu'une élégante, dans l'espace de vingt-quatre heures, avait changé trois ou quatre fois de costume depuis les pieds jusqu'à la tête.

Plus on s'éloignait de la révolution, plus le luxe, tout en s'éloignant de celui de l'ancien régime, augmentait. Les femmes, comme si

elles eussent rougi d'être Françaises, ne portaient plus, il est vrai, de robes à l'anglaise
ou à la polonaise, mais des vêtemens juifs,
grecs, égyptiens et même turcs. Celles du haut
parage couvraient leur tête d'un turban, d'une
aigrette, d'un peigne enrichi de pierreries, ou
décoraient leur front d'un diadème d'or, par-
semé de diamans; jamais, peut-être, on n'avait
vu en France une plus grande quantité de
pierres précieuses que dans les fêtes données
par Napoléon, au château des Tuileries. Ajou-
tez à ce luxe ces cachemires aux vives couleurs,
ces robes brochées d'or et d'argent, ces girandoles qui pendaient sur le sein, ces colliers de
perles fines qui entouraient le cou des jeunes
femmes, et vous aurez une idée de tout ce que
la parure peut offrir de plus brillant.

Ce faste des grandes dames de l'empire était
imité par les bourgeoises qui avaient des maris
riches ou trop complaisans, et celles-ci avaient
à leur tour pour imitatrices les femmes des
classes inférieures : c'était ainsi que le luxe,
en se modifiant, se répandait dans toutes les
conditions, au grand préjudice des époux et
des bonnes mœurs.

L'habillement actuel des femmes est infiniment plus favorable que l'ancien au dévelóp-

pement des attraits que la nature leur a donnés. Débarrassées des corps qui gênaient leur
mouvement, de ces robes à taille élevée et à
plis, elles se présentent avec infiniment plus
de grâce; leurs formes et leurs contours, qui
ne sont plus cachés sous de larges jupes, se
dessinent avec un art comparable à celui que
nous admirons dans les formes des belles statues de l'antiquité.

A l'exception des femmes de la campagne,
celles des provinces sont presque toutes vêtues
comme les femmes de la capitale. Si vous allez
à Lyon, à Rouen, à Nantes, à Marseille, etc.,
vous croirez n'y voir que des Parisiennes.
Au spectacle, en considérant les loges, vous
vous imaginerez être aux Français ou à Feydeau, et dans les promenades publiques vous
direz : *Voilà les femmes de Paris.*

Les villageoises n'ont pas été en arrière des
citadines, si ce n'est dans quelques provinces,
comme en Auvergne, où elles ont conservé
une partie de leur ancien costume. Voyez les
jeunes paysannes des environs de Paris : quelle
différence de leur manière de se vêtir et de se
parer, à celle qui était en vigueur il y a vingt-
cinq ans dans leur village ! Leur déshabillé, et
même leurs robes, sont en hiver de la plus belle

toile de Jouy; leur tablier est de soie noire ou
verte, leur fichu de mousseline brodée, et leur
bonnet d'un beau tulle qui imite la dentelle.
Leurs souliers, ou plutôt leurs escarpins, sont
peu différens de ceux des bourgeoises, et leurs
bas sont de soie ou d'un coton très-fin; il en
est même qui les portent à jour. Elles ont des
gants, une montre d'or au côté ou dans le cor-
sage, une chaîne d'or autour du cou, à laquelle
est quelquefois suspendue une petite croix ou
un cœur du même métal. Presque toutes ont
conservé leurs cheveux, qu'elles replient et
soutiennent avec un peigne doré ou de corail.
Celles qui ont fait couper leurs chevelure l'ont
remplacée par de faux cheveux qu'elles arrangent sous leur bonnet, de manière qu'il en sort
çà et là de petites touffes le long du front, des
tempes, et jusqu'auprès des oreilles. Les femmes et les filles des paysans riches, si elles ne
portent pas de chapeaux, sont en général plus
étoffées et plus parées de bijoux que les bourgeoises de Paris. Ce qui les distingue principalement, c'est une extrême propreté qui brille
surtout dans l'été avec leur déshabillé blanc.

TOILETTE DES FEMMES.

Ce n'était pas une petite affaire, autrefois, que la toilette d'une femme du grand monde. Trois grandes heures suffisaient à peine à la construction de l'édifice formé par ses cheveux. Le chignon, les boucles de côté, le toupet, exigeaient de longs efforts de la part de la femme de chambre ou de la coiffeuse de profession. Avant que le fer à friser, après avoir été chauffé pour rendre flexible par le moyen des papillottes la chevelure des côtés, que des coussinets eussent été placés sous celle de derrière, qu'une couche de pommade liquide, au jasmin, à l'œillet ou à la rose, eût été bien étendue sur le chignon, les boucles et le toupet, que le tout eût été cloué par quelques douzaines d'épingles noires, et ensuite couvert d'une poudre blanche ou grisâtre à odeur, avant que tout cela, disons-nous, eût été exécuté, deux heures et demie, au moins, s'étaient écoulées à la pendule du cabinet. Après cette longue opération, il ne s'agissait plus que de se laver la bouche, de rendre son éclat à l'émail des dents, de se peindre les sourcils en demi-noir, si on les avait trop rares, ou d'une

couleur trop éclatante, d'étendre sur ses joues
une légère couche de rouge, et sur le reste du
visage un blanc qui servait à déguiser la couleur pâle ou jaunâtre du front et du reste de
la figure, que le rouge ne devait pas atteindre.
Ce rouge, ce blanc et ce noir, étaient un vrai
masque qui exigeait une demi-heure au moins
pour être fabriqué. En se considérant alors
dans sa glace, une femme de quarante-cinq
ans s'imaginait, à la vivacité factice de son
regard, à l'éclat emprunté de sa carnation,
qu'elle n'en avait que vingt-cinq, et se conduisait alors en conséquence. Nous pourrions
citer vingt duchesses, cinquante marquises et
cent comtesses qui se faisaient une si folle illusion. Madame de Genlis se souvient fort bien
d'avoir dit un jour à un homme de lettres,
qu'elle admettait à l'honneur de lui voir appliquer deux ou trois mouches sur ses joues et à
son menton : « Eh bien ! qu'en dites-vous ? ne
me prendriez-vous pas pour une jeune personne de vingt ans ? »

Ce n'était pas une petite affaire pour une co-
quette, que de savoir bien placer les mouches
sur sa figure. Tantôt c'était un bouton ou une
tumeur quelconque qu'elle voulait cacher
adroitement par ce petit morceau de taffetas

gommé, tantôt un signal qu'elle plaçait tout
près de ces petits trous qui, au dire du cardinal de Bernis, donnaient tant de grâces au
sourire de madame de Pompadour.

> La jeune Pompadour
> A deux jolis trous sur la joue,
>   Où le plaisir se joue.

Les vieilles femmes n'étaient pas moins at-
tentives à relever leurs charmes surannés, par
les ressources de la toilette ; elles y mettaient
même d'autant plus de soins, que le temps leur
avait fait éprouver plus de ravages : chaque
ride était alors l'objet d'un travail de quelques
minutes ; il n'y avait effort que leur femme de
chambre ne fît sur leur visage, pour combler
ces malheureux sillons et les mettre de niveau
avec les parties proéminentes de la peau. Malheureusement la nuit effaçait tout cet appareil,
et ces dames ne paraissaient plus le matin qu'a-
vec toute la difformité de la décrépitude. Toutes ces opérations terminées, il s'agissait de
surmonter le galant édifice des cheveux par un
bonnet de dentelles dont les bords, relevés de
trois pouces, embrassaient tout le contour du
toupet jusqu'aux boucles de la face, et dont la
partie postérieure tantôt retombait sur le chignon en forme de barbes, tantôt s'arrêtait au-

dessus de ce chignon. Souvent à la place de ce bonnet la femme de chambre arrangeait un joli petit chapeau de taffetas, à forme élevée et à bords étroits, dans lequel le sommet de la tête entrait à peine, et qui se plaçait un peu obliquement sur le côté gauche, de manière à donner à la figure d'une jolie femme un certain air déterminé.

Dans le cabinet de toilette, autrement boudoir, étaient reçus seulement, outre le mari de la dame, l'ami du cœur, ou un homme de lettres habile dans l'art de conter des historiettes, et au courant de la chronique scandaleuse des jours précédens, ou quelque jeune abbé, qui faisait, dans ce réduit galant, son cours de lecture, avec quelques romans loués chez le libraire du voisinage. Eh! comment notre belle dame aurait-elle passé les quatre ou cinq heures de sa toilette, si elle n'eût eu pour se désennuyer que l'insipide parlage de sa femme de chambre ou de son coiffeur? Heureux l'abbé qui était admis à la toilette d'une jeune et jolie femme de la cour!

Lorsque la révolution eut éclaté, les femmes du bon ton eurent à songer à toute autre chose qu'à leur toilette. Adieu le blanc et le rouge, les mouches, les pommades à odeur, les chi-

gnons, la poudre grise, les bonnets à barbes,
les baigneuses, les jolis petits chapeaux. Nous
nous souvenons d'avoir vu, en 1792, dans une
petite ville d'Allemagne, au moment où l'armée du prince de Condé en sortait pour se rendre à un autre cantonnement, un bon nombre
de comtesses et de marquises, qui, comme les
vivandières, étaient juchées sur les sacs d'un
régiment d'infanterie, et remplissaient des voitures de paysans, traînées par des bœufs. O
vicissitude des choses humaines! dîmes-nous à
un si triste spectacle. Ces femmes respectables,
presque toutes jeunes épouses, avaient eu à
peine le temps, après avoir entendu le signal
du départ, de prendre les vêtemens les plus indispensables pour le voyage qu'elles allaient
faire dans la forêt Noire. Plusieurs avaient de
petits enfans à la mamelle, par l'impuissance
où elles étaient de payer une nourrice.

Quelle était alors la toilette des femmes qui,
par goût ou par nécessité, étaient restées en
France? Toutes, forcées d'adopter la simplicité
républicaine, s'étaient fait couper leurs longs
cheveux à l'exemple des *bonnes citoyennes*, qui
n'auraient pas manqué d'accuser du crime capital d'aristocratie, celles qui auraient conservé
une belle chevelure, la coiffure à barbes, les

petits chapeaux à fleurs ou à plumes, et les trompeuses couleurs du blanc et du rouge. Un simple bonnet, entouré d'un ruban tricolore, et presque en tout semblable à un bonnet de nuit, couvrait leur tête rase; voyez le portrait de la fameuse Charlotte Corday, cette héroïne antirépublicaine, et vous aurez une juste idée de la coiffure des femmes à cette époque.

Le directoire, un peu plus amateur de la toilette des dames que Roberspierre, rendit aux boudoirs une partie de leur empire et de leurs jouissances. Ce fut alors que les coiffeurs, auparavant peu nombreux, commencèrent à être à la mode, et à se décorer du nom d'*artistes*. Alors les cheveux, coupés jusqu'auprès de la racine, reçurent, de ces nouveaux génies, différens noms romains, comme ceux de cheveux à la Caracalla, à la Titus. Malgré les variétés de leur coupure, ces cheveux conservèrent ces dénominations jusqu'au moment où la restauration vint attaquer la plupart des noms et des usages révolutionnaires. Un bon coiffeur devint un homme important pour les dames à la mode. Les beautés du jour n'eurent presque rien de caché pour eux, et l'on oublia, pour ainsi dire, qu'ils étaient des hommes, pour songer que ce n'étaient que des femmes de chambre. Les grandes et petites dames n'eurent plus recours, pour relever leurs attraits et donner de la vivacité à leurs regards, au blanc, au rouge, ni aux mouches. Les faux toupets, les perruques de la nuance qui convenait le mieux à leurs joues décolorées et pâles, furent fabriqués par le génie inventif des coiffeurs qui n'avaient pas encore passé la quarantaine.

Les jolis abbés étant passés de mode, les poëtes, d'autres gens de lettres, et des *Montesquieu* au petit pied s'emparèrent des boudoirs. Ce fut là que les auteurs des nouvelles pièces de théâtre, des nouveaux romans, que les actes du directoire, de l'empire, de la royauté et des deux chambres, furent successivement jugés sans appel, et que s'établirent ou se défirent les réputations. Nous promettons le plus grand succès à l'écrivain de génie qui traitera de l'influence des boudoirs sur les gouvernemens, si toutefois il a été admis, pendant un assez long espace de temps, à parler politique avec une dame du haut parage lorsque sa tête était entre les mains d'un nouveau Léonard (1). Connaît-on bien toute l'influence que la comtesse de Beauharnais, devenue madame Bonaparte, eut

---

(1) Le coiffeur de Marie-Antoinette se nommait Léonard.

sur la révolution du 18 fructidor et sur celle du
18 brumaire? C'est dans leur cabinet de toilette
que les femmes tiennent conseil, et qu'elles ou-
vrent, sans presque y penser, des avis qui leur
échapperaient dans la société, ou qu'elles n'auraient pas le courage d'y manifester.

Il y a toujours eu en France plusieurs genres de toilettes pour les femmes, sans parler de
l'ère roberspierrienne où il n'en existait qu'une
seule, indigne de ce nom. Toilette pour le matin, toilette pour l'église, toilette pour les visites familières, toilette pour la cour, toilette
pour donner à diner chez soi, toilette pour aller dîner en ville, toilette pour le spectacle,
toilette pour recevoir le bon ami, toilette pour
la campagne, etc.: ce serait une entreprise immense que d'entrer dans le détail de toutes ces
toilettes, qui semblent réclamer presque toute
la vie d'une femme d'un certain rang, et ne
lui laisser d'autre idée que celle de se coiffer et
de se vêtir de telle ou de telle autre manière,
suivant les occasions et les circonstances dans
lesquelles elle doit se trouver.

Ce serait une autre entreprise d'une exécution
non moins longue et pénible, que de décrire la
toilette de la limonadière, de la bijoutière, de
l'orfèvre, de la lingère, de la marchande de

modes, en un mot de toutes les bourgeoises qui,
par état, sont à la tête d'un comptoir, et intéressées à attirer par leur mise les regards des
passans. Chacune de ces femmes fait une toilette particulière, toute relative à sa profession,
et d'une élégance plus ou moins recherchée.
Celle d'une limonadière du Palais-Royal ou des
boulevards est souvent digne d'être enviée par
les femmes même de la cour, ou par celles des
banquiers opulens. Telle était, il y a quelques
années, la toilette de la limonadière du café
des Mille Colonnes, où tout l'art d'un habile
coiffeur s'épuisait, comme s'il eût exercé son
génie sur la tête d'une grande princesse.

COIFFEURS OU ARTISTES EN CHEVEUX.

Nous avons dit dans l'article précédent que
les coiffeuses étaient autrefois employées presque exclusivement à la toilette des dames.
Depuis environ trente ans, elles ont été remplacées par des hommes qui, avec le nom de
coiffeurs, ont pris le titre pompeux d'*artistes
en cheveux*, par la raison qu'ils arrangent, suivant toutes les règles de l'art, une chevelure
véritable ou fausse.

Un coiffeur adroit et qui a du goût, est un

homme précieux pour les jolies femmes, et plus encore pour les laides. Il est antiquaire, géomètre, dessinateur, physionomiste, chimiste. S'est-il emparé de la tête d'une belle, il en examine attentivement toutes les formes; le compas à la main, il y trace des contours, des angles, des triangles; il observe les distances entre les angles du front, s'assure des proportions de la face, et s'applique à bien saisir les rapports entre les deux côtés du front et les deux côtés de la face, qui commencent à sa chute, et se terminent au-dessous des oreilles. La couleur des yeux et du visage n'est pas le moindre objet de ses observations, afin qu'il y ait une certaine harmonie entre elle et la couleur de la perruque ou des vrais cheveux. Si la physionomie de la belle est un peu trop gaie, il imagine un genre de coiffure qui la rend un peu sérieuse; si au contraire le sérieux y domine, il trouve le moyen de le tempérer par des formes légères qui plaisent à l'œil du spectateur.

C'est surtout à la coiffure d'une femme laide ou sur le retour de l'âge, que cet artiste fait briller son génie créateur et la finesse de son goût. Sous ses doigts, une certaine disposition des cheveux donne à un œil qui louche un agrément qu'il n'avait pas; à des faces trop découvertes, une juste proportion avec un front étroit; et à celui-ci, lorsqu'il est trop large, un contour gracieux qui accompagne bien l'ovale du reste de la figure. Combien de vieilles femmes les coiffeurs n'ont-ils pas rajeunies, soit par l'ordonnance des cheveux, soit par les cosmétiques de leur invention! Habiles à se servir tour à tour du peigne et du pinceau, il n'est presque aucun de ces ravages que causent dix lustres à la tête d'une femme, qui résiste à la puissance de leur art.

Un coiffeur à la mode ne possède pas les seuls talens dont nous venons de parler. L'usage du monde, bien loin de lui être inconnu, lui est très-familier. Nul homme ne sait mieux se présenter dans un boudoir, suivant la condition de la personne qui a besoin de son service. Respectueux, humble même devant une femme de qualité ou opulente, il aborde une simple bourgeoise, une actrice, une femme galante, chacune avec la nuance de politesse aisée qui leur convient. Aux questions des femmes riches ou de haut parage, il répond d'un ton doux et respectueux, mais il n'attend pas que les autres l'interrogent; il entre avec elles en conversation; il leur raconte les anecdotes qui sont ve-

nues verbalement à sa connaissance, ou qu'il
a apprises par la lecture des journaux. Il n'est
ni royaliste, ni ministériel, ni libéral, ou plutôt il est ces trois choses à la fois. Dans le boudoir d'une duchesse ou de toute autre femme
de qualité, il est pour l'*Aristarque* et la *Quo-
tidienne;* dans celui de la femme d'un chef de
division du ministère des finances ou de tout
autre, il ne jure que par l'*Étoile*, la *Gazette*,
le *Journal de Paris*, le *Drapeau blanc* et le
Moniteur; enfin, auprès des bourgeoises, des
actrices et des femmes galantes, il ne craint pas
de se prononcer en faveur du *Constitutionnel*
et du *Journal des Débats*. Par ce changement
continuel de couleurs, il se forme une utile
clientelle dans tous les partis.

Presque tous les coiffeurs en réputation ont
des boutiques sur le derrière desquelles est un
cabinet de toilette parqueté, orné de glaces,
de gravures encadrées, d'une élégante pendule, de chaises en acajou. C'est dans ce boudoir qu'ils travaillent à la coiffure des femmes
galantes, qui ne sont pas assez riches pour s'a-
bonner ou payer une course, et qu'ils coupent
les cheveux des jeunes gens qui veulent avoir
une tête à la mode. Comme ces messieurs se
rangent au nombre des artistes du premier

ordre, plusieurs d'entre eux croiraient compromettre leur dignité, s'ils exerçaient eux-mêmes leurs talens dans une boutique : aussi les plus renommés logent-ils au premier étage ou au moins à l'entresol, et ne font-ils leurs courses qu'en cabriolet, en tilbury, en bokey. Il en est plusieurs qui ont une de ces voitures sous la remise, et un joli cheval à l'écurie.

Un habile coiffeur n'emploie pas seulement son génie à l'arrangement des cheveux ; il étudie encore à se faire briller dans le placement de l'aigrette, des plumes, des fleurs, des épingles à pierres fines, du diadême. Par la promptitude de son coup d'œil, il détermine sur-le-champ l'endroit où doit être placée telle épingle et telle autre, telle fleur et telle autre fleur. Une tête a laquelle il a ainsi donné ses soins est bien assurée de triompher de ses rivales, et lui-même ne voit plus dans cette victoire de limites à sa renommée. Il a raison, et deux jours après il est appelé à la toilette de vingt beautés.

Au sacre de Charles X, les coiffeurs de la capitale, dont plusieurs s'étaient rendus en poste dans la ville de Reims, firent une abondante moisson de pièces d'or. Ces artistes ne savaient à qui entendre ; toutes les femmes se les arrachaient, à peine avaient-ils le temps de prendre pendant leurs courses un léger repas. Dans la nuit qui précéda la solennité, il y en eut un qui arrangea la coiffure de plus de vingt-cinq belles, à raison d'une pièce de quarante francs par tête. Les jours suivans ne furent pas moins lucratifs pour ces messieurs.

Ce serait ici le lieu d'examiner pour quelles raisons les coiffeurs ont remplacé les coiffeuses ou les femmes de chambre. Est-ce parce qu'ils ont montré plus de goût et plus d'habileté que les femmes? Nous avons peine à nous le persuader, quoi qu'on ait dit qu'un homme est plus capable qu'une femme de juger de ce qui convient mieux à la toilette d'une femme. Le penchant d'un sexe pour l'autre ne serait-il pas la cause de ce changement? une jolie femme n'aime-t-elle pas mieux confier sa tête à la main d'un jeune artiste qu'à celle d'une personne de son sexe? Moraliste, prononce!

REPAS DE LA NOBLESSE, DE LA BOURGEOISIE ET DU CLERGÉ.

Le nombre, l'heure des repas, ainsi que la qualité des mets, tout a changé depuis plus de quarante ans. Autrefois on déjeûnait, on dînait, on goûtait et on soupait. Le déjeûner, qui avait lieu à huit ou neuf heures, se composait assez ordinairement d'une tasse de chocolat, ou de café à la crême. Nous avons dit, dans le premier volume, que le peuple de Paris prenait son café au lait, tous les jours, avant le renchérissement de cette denrée et de celui du sucre.

On dînait généralement à deux heures, et même un peu plus tard, dans les grandes maisons; mais la bonne bourgeoisie prenait ce repas à une heure, ou un peu plus tard. Toutes les communautés et les pensions observaient l'ancienne coutume de dîner à midi ou à midi et demi. Sous l'assemblée constituante, comme les députés se contentaient d'un frugal déjeûner avant d'entrer dans le lieu de leurs séances, et qu'ils n'en sortaient au plus tôt qu'à cinq heures, il fallut bien que le dîner fût retardé jusqu'après leur sortie. Par la même raison, les ministres, tous les employés des administrations, et tous ceux en général qui participaient aux affaires publiques, furent obligés d'attendre, pour se mettre à table, que la séance fût levée.

Ce changement de l'heure du dîner, devenu presque général, fit aussi changer l'heure et la nature du déjeûner. Ce repas fut retardé jusqu'à onze heures, pour finir à midi. Si dans quelques maisons on retint l'usage du chocolat ou du café, dans un grand nombre d'autres on se mit aux huîtres, au poulet froid, aux côtelettes, aux œufs frais, à d'autres mets substantiels, et au vin de Bourgogne ou de Champagne : par ce repas on put attendre l'heure du dîner. Lorsque, trois ans après le commencement de la révolution, les amis du peuple sablaient le champagne avant d'aller jouer le rôle de législateur, le peuple, que la révolte des Noirs de Saint-Domingue avait privé de son déjeûner favori, se trouvait réduit à un morceau de pain et à un peu de mauvaise eau-de-vie.

Quant au souper, la coutume, avant la révolution, était, pour les personnes des hautes classes, de prendre ce repas à la sortie du spectacle. Comme c'était le temps de la journée où l'on se trouvait libre des visites et des affaires, les personnes riches étaient dans l'usage de donner à leurs connaissances des deux sexes, un souper plus ou moins somptueux, qui commençait à dix heures et ne se terminait guère avant minuit. Souvent le jeu le précédait et même le suivait. Une fois qu'on était admis à ces aimables soupers, c'était presque pour toujours. Un billet d'invitation était d'un mauvais présage. De là il arrivait que les convives, se connaissant tous, parlaient en toute liberté, sans prendre ombrage d'aucun d'entre eux.

Ces soupers disparurent en 1792, soit par l'effet de l'émigration, soit par la crainte qu'avaient les personnes qui les donnaient, de se compromettre à l'égard du gouvernement ombrageux de ce temps-là. D'ailleurs, l'heure des spectacles ayant été reculée par celle des dîners, il ne fut plus possible de se mettre à table avant onze heures du soir : ce qui rompit presque toutes les sociétés qui s'assemblaient à dix. Les soupers ne finirent cependant pas d'une manière absolue : ils furent remplacés par des collations, où ne furent plus reçus que les amis du cœur, c'est-à-dire ceux à qui l'on pouvait s'ouvrir en toute sûreté.

Les heures des repas dont nous venons de parler ne changèrent pas dans les provinces, comme à Paris. Il n'y avait point d'assemblées nationales, législatives ou conventionnelles ; point de grands fonctionnaires, peu de spectacles, mais des usages auxquels on était d'autant moins disposé à renoncer, qu'ils tenaient aux premières nécessités de la vie et de la société. On persista donc à déjeûner entre huit et neuf heures du matin, à dîner à une ou deux heures, et à souper entre huit et neuf heures du soir.

Aujourd'hui on fait généralement à Paris deux déjeûners, le premier à neuf heures, avec du chocolat ou du café, et le second entre midi et une heure, avec des viandes chaudes ou froides, qu'on fait quelquefois précéder d'un certain nombre d'huîtres, quand c'est la saison, ou d'anchois et de sardines. On appelle ce déjeûner, déjeûner à la fourchette. Il pourrait passer dans plusieurs maisons pour un véritable dîner, s'il s'y trouvait un potage et des entrées. On pense bien que les employés des administrations n'attendent point à déjeûner si tard.

Le dîner a, pour ainsi dire, remplacé le souper. Il est assez plaisant d'entendre des personnes, qui se mettent à table à huit ou neuf heures du soir, dire qu'elles vont dîner. Outre les causes que nous avons assignées au long retard de ce repas, les besoins du commerce en sont une non moins déterminante. Tous les négocians et marchands qui fréquentent la Bourse, et beaucoup d'autres qui restent dans leurs magasins, n'ont terminé leurs affaires que vers cinq heures, et par conséquent ne peuvent qu'après cette heure-là se livrer, au milieu de leur famille, au plaisir de satisfaire leur appétit.

La mode de prendre du thé, au retour du

spectacle, s'est introduite, depuis plus de vingt ans, dans un grand nombre de maisons opulentes. On y invite ordinairement un certain nombre de connaissances, hommes ou femmes, pour former un cercle, qui de cette boisson a pris le nom de *thé*. « Il y a, dit-on, aujourd'hui un thé chez madame la comtesse M***, chez le banquier L***; il s'y trouvera de jolies femmes. » A ces thés, les conversations sont ordinairement fort libres, politiquement parlant, parce que l'on n'y admet que des personnes bien connues, et dont la discrétion inspire toute confiance.

Sous l'ancien gouvernement, la vaisselle d'argent, et même la vaisselle en vermeil, couvraient la table des personnes riches, de la noblesse, et même celle de la haute bourgeoisie. Plats, assiettes, soupières, couverts, etc., tout était de ces précieux métaux. La révolution, la plus rigoureuse de toutes les lois somptuaires, eut bientôt fait disparaître tout ce luxe de table, soit par les dons patriotiques qu'elle imposa aux riches, soit par la crainte de la confiscation qu'elle leur inspira. Il fut remplacé par le plaqué et la porcelaine, et en partie enfoui dans les caves et enfermé dans des murailles. Quand ce long et terrible orage

eut cessé, les services d'argent et de vermeil
reparurent avec un nouvel éclat, qui augmenta
successivement par le goût et l'industrie des
orfèvres. Ainsi, à la place de cette vaisselle,
fabriquée sur des dessins communs, lourds et
sans grâce, il en parut une autre qui honora à
la fois le génie des artistes pour imaginer des
formes élégantes, et celui des ouvriers à les
exécuter. Cependant cette brillante et riche
vaisselle n'a pas entièrement banni la porcelaine et le plaqué. Celui-ci, par son éclat ar-
genté, rivalise avantageusement avec elle, en
trompant les regards des convives. C'est une
fausse richesse qui en fait attribuer une véritable à celui qui la possède.

Comme notre dessein n'est d'entrer dans aucun détail culinaire, nous nous bornerons à
dire que l'art du cuisinier a fait plus de progrès
parmi nous depuis trente ans, qu'il n'en avait
fait auparavant pendant un siècle. Si dans les
bonnes tables la propreté ou la richesse du
service flatte agréablement la vue, la délica-
tesse et l'apprêt des mets excitent vivement
l'appétit et le goût des gastronomes.

Ce que nous disons du luxe de certaines
tables, ne doit pas s'entendre des tables de
la moyenne bourgeoisie ni de celles des habi-

tans des départemens, si nous en exceptons
celles de messieurs les préfets, généraux de
division, et maires des grandes villes. On sait
fort bien que ces messieurs donnent souvent
d'excellens dîners, et qu'ils sont payés pour
cela. En général, les bourgeois et les personnes qui n'ont qu'une médiocre fortune, n'ont
qu'une vaisselle commune et quelques couverts
d'argent. Leur ordinaire ne consiste que dans
un potage, une entrée, un morceau de bœuf
bouilli, un rôti, une salade, et quelques fruits
ou un morceau de fromage : encore est-ce là un
ordinaire qui n'arrive pas tous les jours, mais
seulement lorsqu'on a un ou deux amis à dîner,
qu'on veut régaler avec du vin rouge de Mâcon
et du vin blanc de Chablis.

Henri IV, frappé de la misère des gens de
la campagne, disait que si Dieu lui donnait
vie et santé, il ferait en sorte que le moindre
paysan pût mettre tous les dimanches une
poule au pot. Ce bon prince verrait aujour-
d'hui son généreux dessein en partie accompli par la révolution. En effet, il est peu de
paysans, qu'ils soient propriétaires, fermiers
ou seulement manœuvres, qui ne fassent chaque jour un repas substantiel ; qui, les dimanches, ne mettent dans leur pot au feu un

morceau de bœuf ou de porc, ou une volaille
à la broche, et qui ne soient en état de donner,
de temps en temps, un repas à leurs parens
ou à des personnes de leur connaissance. Entrez chez le premier cultivateur des environs
de la capitale, à l'heure de son dîner ; vous y
verrez une table couverte d'un linge blanc,
deux couverts d'argent, un pour lui et l'autre
pour sa femme ; un fort potage, un gros morceau de bœuf ou de porc, avec un plat d'excellens légumes, et une bouteille de vin.

Nous avons assisté à un repas que donnait
un fermier des environs de Paris, pour la fête
de sa femme, aux fermiers des environs, et à
plusieurs bourgeois, dont quelques-uns étaient
décorés. Depuis trois jours un cuisinier de la
capitale travaillait avec deux aides aux apprêts
du festin. Tous les services indiqués par *le
Cuisinier royal*, parurent successivement sur
la table, à laquelle étaient assis trente convives
des deux sexes. Tous les mets furent servis dans
une vaisselle de plaqué ; mais tous les couverts,
les grandes cuillères et les soupières étaient
d'argent. Dix sortes de vins d'entremets et de
dessert furent successivement servies. Tout le
monde s'empressa de faire honneur à ce beau
repas, par l'appétit le plus vif, et en vidant au

moins vingt-cinq bouteilles. Le curé, qui était de la fête, ne fut pas le moins gai des convives.

A Paris et dans les villes de province, les ouvriers font régulièrement trois repas par jour ; à neuf heures, à deux heures, et le soir lorsqu'ils sont revenus de leurs occupations. Le matin, c'est la soupe, un morceau de bœuf et du vin ; à deux heures, c'est un fruit, du fromage, et encore du vin ; après le travail de la journée, c'est du rôti ou de la charcuterie, ou une salade, et encore du vin. Si nous nous trompons pour quelques-uns des objets de ces trois repas, nous avons dit la vérité sur le vin. Or, il est constant qu'autrefois les ouvriers étaient beaucoup plus sobres, et que leur boisson de la journée se composait de quelques verres d'eau et d'un peu de vin, sans qu'ils renonçassent toutefois à en boire, le dimanche, une plus forte quantité. On explique cette différence par celle du temps passé où la main d'œuvre se payait beaucoup moins, à celle du temps actuel où cette même main est établie à un prix beaucoup plus élevé. Mais si les ouvriers sont mieux salariés aujourd'hui, on doit cependant convenir que tous les objets de consommation sont parvenus à un taux dont ils étaient autrefois bien éloignés. Ainsi l'aisance, fille de l'industrie, est devenue dans les campagnes et dans les villes le partage des classes de la société qui devaient s'y attendre le moins. Mais, dira un sot partisan des vieux usages, est-il convenable que des paysans et des ouvriers se nourrissent si bien? Oui, sans doute : un laboureur bien nourri cultive mieux la terre, et un ouvrier qui a fait ses trois repas, comme nous venons de le dire, est bien mieux disposé le lendemain à recommencer son pénible travail.

Nous ne terminerons pas cet article sans parler des repas du clergé. C'est par les fêtes gastronomiques de cet ancien premier ordre de l'état, que nous aurions dû commencer; mais qu'y faire? *Mieux vaut tard que jamais*, dit le proverbe.

Il ne faut pas croire que le clergé, quoiqu'il soit obligé, par état, de nous prêcher, par ses discours et ses exemples, la nécessité de mener une vie austère et pénitente, ait renoncé aux joies innocentes des festins. Il n'a point oublié que le fils de Dieu honora de sa présence les noces de Cana, et qu'il voulut bien s'asseoir à la table d'un pharisien. Certes, l'Évangile, qui n'offre que

... Pénitence à faire et tourmens mérités (1),

(1) Boileau.

ne condamne point les réunions d'ecclésiastiques, assis autour d'une table servie un peu
moins frugalement que dans leur ménage particulier, à la suite d'une conférence instructive sur les devoirs de leur état. Un vieux
prêtre, curé de campagne avant la révolution,
nous a instruit de ce qui se passait dans les
dîners où il se trouvait avec ses confrères.
Après avoir débattu de graves questions de
théologie, on songeait à satisfaire un appétit
que de longues discussions n'avaient fait que
stimuler. De la viande de boucherie, du gibier, quelques pièces de volaille, deux ou trois
plats de légumes, formaient l'ordonnance d'un
repas pour douze ou quinze pasteurs ou vicaires. Quand tout le monde était assis, il n'é-
tait plus question de cas de conscience à résoudre. Le bon vin n'était pas épargné ; et nos
théologiens, à l'exemple du vieux Caton,
avaient souvent recours à la bouteille, placée
à côté d'eux, pour réchauffer leur vertu. Ainsi
que dans toutes les réunions de ce genre, il se
trouvait toujours un convive qui, plus jovial,
plus instruit ou plus spirituel que les autres,
les divertissait par des saillies et des contes qu'il
avait lus dans quelque vieil auteur, tel que d'Ou-
ville. Ces dîners ecclésiastiques, après avoir

commencé à une heure, se prolongeaient souvent, dans la belle saison et dans l'été, jusqu'à la nuit. Chaque pasteur prenait alors le chemin de sa paroisse, sans trop se souvenir des matières sur lesquelles la conférence avait roulé.

Comme la fureur de parler politique a pénétré partout, que des différences d'opinions se font remarquer parmi les pasteurs d'un même arrondissement, que tous les souvenirs du schisme ne sont pas encore effacés, et de plus que les jeunes prêtres affectent en général des airs de supériorité à l'égard des vieux, les modernes réunions des pasteurs n'offrent point cet esprit de confraternité et de familiarité qui les distinguaient, il y a trente-six à quarante ans. On s'observe à table, on craint de prononcer une parole qui puisse être rapportée aux supérieurs ecclésiastiques; on cause à voix basse avec son voisin, et l'on croirait se rendre coupable d'intempérance si l'on ne versait dans son verre de l'eau avec le vin.

Les repas les plus gais et les plus copieux chez les curés, sont ceux qu'ils donnent à leurs confrères le jour de la fête du patron de leur église. Après l'office du matin, huit ou dix pasteurs de l'arrondissement, arrivés les uns après les autres, les principaux bourgeois du village et les marguilliers, prennent place à une table de vingt ou vingt-cinq couverts, dont les mets ont été préparés dès la veille et le matin, sans désemparer, par deux cuisinières, l'une bourgeoise et l'autre curiale. Une gaîté franche règne pendant le festin, auquel des femmes sont admises. Après l'office du soir, qui a commencé à trois heures et demie, et qui s'est terminé à cinq, on rentre dans la salle à manger pour faire la clôture de la fête par de nouvelles libations, qui se prolongent souvent jusqu'à neuf ou dix heures du soir. Les officiers-subalternes de l'église ne sont pas négligés.

Comme la plupart des fêtes patronales se célèbrent dans l'été et l'automne, les dîners qui se donnent à leur occasion chez les curés, soit des villes, soit des campagnes, sont fournis de presque tous les mets que procurent ces deux belles et fécondes saisons.

Après avoir entretenu nos lecteurs des modestes repas des pasteurs du second ordre, pouvons-nous passer sous silence les festins de ceux du premier? Dans le nombre de ces prélats, il y en avait autrefois plus d'un tiers qui se distinguaient par une frugalité vraiment évangélique, qu'ils y fussent portés soit par leurs principes, soit par la modicité de leurs revenus. Mais quelle cuisine et quelle table que celles de ces princes de l'Église, qui jouissaient depuis deux cent jusqu'à six cent mille francs de rente! Si les jours d'abstinence le service se composait de maigre, quel maigre! C'était alors que le génie de leur cuisinier brillait de tout son éclat, par l'apprêt infiniment varié des poissons de mer et d'eau douce, des laitages, des œufs, des légumes, des racines et des pâtisseries. Dans les jours de la semaine sainte, la table du grand-aumônier offrait dans ce genre tout ce que la sensualité du gastronome le plus difficile pouvait désirer. Il y avait loin de cette somptuosité à l'extrême frugalité de la table de saint Charles Borromée, de don Barthélemy des Martyrs, de saint François de Sales, et de M. de Lamothe, ancien évêque d'Amiens. Un ecclésiastique nous disait un jour que le meilleur dîner qu'il eût jamais fait, était celui où il fut invité le vendredi-saint chez un prêtre attaché à la grande-aumônerie. La révolution, en renversant ces tables somptueuses, a rappelé le haut clergé à cette frugalité dont lui a donné l'exemple le divin fondateur du christianisme, qui, un jour de sabbat, se trouva réduit à manger des épis avec ses disciples.

Avant 1789, plus de quarante mille moines étaient répandus sur la surface du territoire français. Ceux qui faisaient les plus nutritifs et succulens repas, étaient les bernardins, les prémontrés, les bénédictins de l'ordre de Cluny, dont la table était habituellement aussi délicatement qu'abondamment servie. Ces moines donnaient à dîner assez souvent à des étrangers de marque et aux seigneurs de leur voisinage; et ces derniers étaient embarrassés pour leur rendre la pareille.

Un de nos collaborateurs, épris, à l'âge de vingt-un ans, d'une belle passion pour la vie austère des religieux de Septfonts, monastère du Charolais, qui suivait la règle de celui de la Trappe, se mit un jour en route pour l'embrasser, sans prévenir sa famille. Lorsqu'il fut arrivé à Paray-Monial, patrie de Marie A-la-Coque, il alla loger au couvent des bénédictins, dont un de ses oncles était procureur. Après que les moines l'eurent fait souper, comme on ne dîne pas aujourd'hui à Paris dans de bonnes maisons, ils l'envoyèrent se coucher dans la chambre qu'occupait le cardinal de La Rochefoucauld, lorsqu'il se rendait au chapitre général de Cluny. Les trois jours suivans, il fit, à dîner, avec les moines, une chère plus déli-

cate encore que celle qu'il avait faite au premier repas. Il fut, en un mot, si bien choyé,
qu'il perdit l'envie de continuer sa route vers
Septfonts, et que le quatrième jour il s'en retourna dans sa famille, vivement inquiète de
son absence.

L'oisiveté et les bons repas des moines riches
avaient depuis long-temps donné naissance au
proverbe : *Il est gras comme un moine*, qui s'ap-
pliquait à tout individu chargé d'embonpoint.

PREMIER JOUR DE L'ANNÉE ET JOUR DES ROIS.

De temps immémorial, toutes les nations de
l'Europe, depuis la réforme du calendrier par
le pape Grégoire XIII, célèbrent le premier
jour de janvier, qui est aussi chez les catholiques la fête de la *circoncision de Jésus-Christ*.
Les Français, peuple qui a atteint le plus haut
point de la civilisation, se distinguent par la
solennité qu'ils mettent à cette célébration.

Dans ce grand jour, ils ont constamment observé des usages et rempli des devoirs dictés
par le respect, par l'amitié, par la simple bien-
séance, et souvent par l'ambition et l'intérêt.
C'est pour eux l'époque des rapprochemens,
des réconciliations, des protestations d'amitié,

des promesses de services, et aussi de la dissi-
mulation, de l'hypocrisie, et des perfidies couvertes du voile de l'attachement et même du
dévouement. Les enfans donnent, dès le point
du jour, de tendres embrassemens à leurs
parens, les maris à leurs femmes, celles-ci à
leurs maris; les domestiques arrivent humblement à la file, et souhaitent une bonne année,
accompagnée de plusieurs autres, dans l'espérance d'être généreusement payés de leurs
vœux. Ils sont remplacés par tous les ouvriers
ou commis qui ont travaillé pour la maison,
pendant l'année qui vient de s'écouler. Chacun
de ces bien-intentionnés observe avec attention
si la main du monsieur va mettre quelque chose
dans la sienne.

Ainsi, le premier jour de l'an, toute la société française se partage entre ceux qui donnent et ceux qui reçoivent. L'épouse reçoit de
son époux un tendre baiser, ensuite un bijou
ou tout autre ornement qu'elle aurait voulu
acheter elle-même; les enfans reçoivent, avec
les baisers, des cadeaux proportionnés à leur
âge et analogues à leur sexe, depuis les jouets
et les bonbons jusqu'aux schalls, et aux petites
montres d'or; les valets partagent entre eux
une somme d'argent, dont le premier s'adjuge,

en vertu de son grade, la portion la plus considérable. Les commis et les ouvriers s'en retournent avec quelques pièces d'or, dont ils
vont augmenter le nombre chez d'autres personnes, par lesquelles ils ont été employés
dans le cours de l'année qui vient d'expirer.

A la cour, et dans les différens ministères, les
commis et les valets reçoivent aussi des étrennes
proportionnées à leurs services. Les valets de
chambre du roi et des princes et princesses obtiennent des cadeaux, différens de ceux des valets de pied et des garçons de peine, qu'on ne
croit point humilier en leur faisant délivrer
des espèces. Le domestique le mieux partagé
est le suisse ou portier de la principale porte du
palais. On peut évaluer à plus de cent cinquante
pièces d'or le montant des étrennes qu'il reçoit
dans les premiers jours de janvier. Oh! combien de membres de la Légion-d'Honneur se ré-
jouiraient de recevoir, pour toute leur année,
un quart de cette somme!

Si les ministres accueillent les vœux de leurs
chefs de division, des directeurs-généraux, des
conseillers d'état, des préfets, des généraux, des
évêques, des membres des cours de justice; si ces
courtisans reçoivent en retour des étrennes plus
ou moins précieuses, on peut dire que les sim-

ples commis sont les plus mal partagés, et qu'il arrive, d'année en année, que plusieurs, au lieu d'éprouver la munificence ministérielle, reçoivent, quelques jours après celui des étrennes, la triste nouvelle de leur destitution. Tout bien considéré, c'est la valetaille, à commencer par le valet de chambre et le portier, qui se trouve le mieux partagée, parce qu'elle reçoit des espèces sonnantes de toutes les personnes que leurs affaires appellent auprès des ministres.

Ce fut un vif sujet de douleur pour le plus grand nombre des familles, et surtout pour tous ceux qui, le premier jour de l'an, prétendaient à des étrennes, que l'établissement du gouvernement républicain et l'abolition du calendrier grégorien. Dès-lors les familles et les individus qui auraient osé braver la convention, en observant l'usage antique et solennel, se seraient exposés au péril imminent de leur liberté, et même de leur vie. Si, dans plusieurs maisons, les enfans et les domestiques ne se dispensaient point de ces devoirs proscrits, les uns envers leurs parens, les autres à l'égard de leurs maîtres, c'était, pour ainsi dire, en cachette, comme s'ils se fussent rendus coupables du crime de lèse-nation.

Les rues des Lombards, Saint-Honoré, Saint-Denis, Saint-Martin, le Palais-Royal, n'offraient

aucune boutique plus fournie ou plus éclairée
que de coutume; point de bonbons, point de bijoux, point de jouets d'enfans, point d'étoffes précieuses, point de livres magnifiquement reliés
en étalage; nulle ombre de cette affluence de
piétons et de gens en voiture qui remplissait,
sous la monarchie, presque toutes les rues de
la capitale et des grandes villes des départemens.
Ce n'était, en un mot, qu'un jour comme tous
les autres, et peut-être plus triste encore par
le regret que la majeure partie de la population
éprouvait de ne plus le célébrer comme auparavant.

Lorsque le général Bonaparte, après avoir
pris les rênes du gouvernement, eut fait son
concordat avec le pape Pie VII, et supprimé le
calendrier républicain, le premier jour de l'an,
quoiqu'il ne fût plus une fête religieuse d'o-
bligation, rentra dans tous ses droits, comme
solennité civile et fête des familles. Alors recommencèrent avec plus d'ardeur encore qu'autrefois les visites, les étrennes, les baisers sin-
cères ou perfides, les protestations de dévouement, les promesses de protection. Alors le
palais des Tuileries se remplit de princes de
l'Église, de grands officiers, de généraux, en un
mot, de courtisans de toutes les couleurs, qui

venaient souhaiter à Napoléon la continuation
de son excellente santé, et un long règne. Alors
les magasins et les boutiques se remplirent
d'une infinité d'objets de luxe, dont la forme
attestait les progrès de l'industrie, et les boutiques des libraires parurent toutes brillantes
de l'éclat des livres reliés pour la circonstance.
La femme d'un banquier, d'un agioteur, ou
même d'un simple marchand, ne fut plus con-
tente de recevoir pour ses étrennes une montre, des bracelets, une bonbonnière, un alma-
nach, un fichu ou un bonnet de dentelles ; il
fallut que son complaisant époux lui présentât
un cachemire de cent pièces d'or, sous peine
d'exciter contre lui une rancune de six mois,
et de provoquer peut-être une criminelle infidélité.

Depuis la restauration, le premier jour de
l'an n'est pas moins chômé comme fête religieuse que comme fête civile. Mais si les églises
renferment le matin un grand nombre de fidèles, le soir, malgré la pompe de l'office divin,
elles se changent en une véritable solitude.
C'est le temps où les familles s'assemblent autour des grands-pères et des grands'mères,
pour souhaiter au vieillard de quatre-vingts
ans encore plusieurs années de santé et de

prospérité. Hélas! au bout de six mois, combien de ces vœux, dictés par le respect et la
tendresse, le trépas n'a-t-il pas démentis!

Dans les campagnes, le même empressement
se fait remarquer pour souhaiter la bonne année, et recevoir des étrennes. Dès la pointe du
jour, on voit sur les routes des troupes d'hommes, de femmes et d'enfans, s'acheminer vers
les villages où résident leurs grands-pères,
leurs grands'mères, et ceux de leurs autres
parens auxquels ils doivent des témoignages de
respect et d'amitié. C'est le soir un spectacle
vraiment intéressant, que tous ces enfans qui
s'en retournent, tenant à la main les jouets
qu'ils ont reçus pour étrennes; que ces jeunes
filles, toutes fières du mouchoir de cou que la
grand'maman leur a donné; que les garçons de
vingt ans qui tiennent à la main la montre d'argent que le grand-papa leur a offerte.

A Paris, dans les villes de province, et dans
toutes les campagnes, c'est un mouvement social, universel, digne de toute l'attention de
l'observateur et du politique, depuis le soir du
31 décembre jusqu'à la fin du 2 janvier. C'est
par cette innombrable multitude de rapprochemens partiels, qui s'effectuent entre les familles et les familles, les individus et les indi-

vidus, que se soutient le grand corps de la société générale, ou la grande famille des Français. Il ne faut donc pas s'étonner que le gouvernement révolutionnaire, dont le but était de dissoudre cette société pour en former une nouvelle, eût compris la fête du premier jour de l'an au nombre de toutes celles qu'il avait abolies.

La fête des Rois ou de l'Épiphanie était autrefois, comme elle est redevenue depuis la restauration, une suite de celle du premier de l'an. C'était une ancienne coutume, dont les rois donnaient l'exemple, qu'au repas qui terminait cette journée, les familles partageassent un gâteau en plusieurs portions, dans l'une desquelles il se trouvait une fève, que celui des convives à qui tombait cette fève, fût proclamé roi du festin, et qu'à chaque coup qu'il buvait, on criât : *Le roi boit !*

Chaque province, pour ainsi dire, observait différens usages dans la célébration de cette fête. A Paris, les gâteaux étaient faits de pâte feuilletée ; à Lyon et dans plusieurs villes, c'étaient des couronnes de la même pâte que les brioches, et de la même forme que les pains bénits ; en Normandie et ailleurs, des galettes de pâte ferme. On divisait les gâteaux en autant de parts qu'il y avait de convives ; on y ajoutait celle qui devait être d'abord une offrande à l'auteur de tous les biens, et ensuite donnée aux pauvres. Tous ces morceaux ayant été déposés dans un linge blanc, le convive le plus jeune de la famille, après avoir fait le signe de la croix, prenait dans la serviette le premier morceau qui tombait sous sa main, et disait : *Voilà pour le bon Dieu ;* et si l'usage était dans le pays d'en offrir un à la Vierge, il disait, après avoir tiré le second morceau : *Voilà pour la sainte Vierge.* Tous les autres morceaux, à mesure qu'ils sortaient de la serviette, étaient distribués successivement aux convives, en commençant par le père de famille, ou par le plus ancien de la compagnie, et en suivant à la droite, sans distinction d'âge ni de sexe.

Cette distribution faite, chacun s'empressait de chercher la fève dans la portion qui lui était échue. Le convive qui avait eu le bonheur de la trouver, après avoir été proclamé roi, choisissait une reine parmi les femmes les plus âgées de la société. Si la fève s'était trouvée dans la portion du bon Dieu, elle était adjugée au père de famille ou au plus âgé des convives ; celle de la Vierge était destinée à la mère de famille ou à la femme la plus avancée en âge. Cette

reine devait partager sa royauté avec un convive de son choix ; car dans cette monarchie
gastronomique de quelques heures, on ne souf-
frait sur le trône aucun célibataire.

Le roi et la reine de la fève ayant été pro-
clamés, chacun s'empresse de faire honneur au
festin, dont la pièce principale est un gros
dinde, qui a été coupé et dépiécé par le plus
habile des convives. La joie éclate sur tous les
visages ; tous les yeux sont fixés sur le roi et sur
la reine. Dès l'instant qu'ils saisissent leur verre
pour entrer en exercice de leur royauté, à
peine l'un ou l'autre l'a-t-il approché de ses lè-
vres, que retentissent simultanément les cris
de *le roi boit*, *la reine boit*. Si le monarque est
un de ces vieillards pour lesquels la liqueur de
Bacchus est un lait nécessaire, les cris cesse-
ront avant qu'il ait cessé de se montrer roi,
et peut-être faudra-t-il, à la fin du repas,
prier sa majesté de se laisser transporter dans
son lit.

En Normandie et dans quelques autres provinces, on préludait à la fête des Rois par des
feux allumés dans tous les villages, et autour
desquels toute la jeune population dansait jusqu'à ce qu'ils fussent éteints, tiraient des pé-
tards et des coups de fusil. Dans ceux qui avoi-

sinent la mer, c'était comme un incendie, dont la lueur était aperçue à plusieurs lieues par les navigateurs. La révolution avait aboli cet usage; la restauration l'a remis en vigueur, au grand contentement des peuples de cette province et de quelques autres.

On n'est pas étonné que le gouvernement révolutionnaire de la convention et du directoire ait proscrit la fête des Rois, comme celle du premier de l'an, parce que le gouvernement, ennemi déclaré de la véritable royauté, prenait même ombrage de ce qui n'en était qu'une fugitive image. C'était ainsi qu'il s'efforçait de briser tous les antiques liens qui unissaient les familles, pour établir sa tyrannie sur la dissolution de toutes les chaînes sociales.

Sous le consulat et sous l'empire, le roi de la fève, détrôné pendant plus de huit années, conçut l'espérance de reprendre sa couronne; mais, dépourvu de la protection de Bonaparte, et de l'encouragement des grands fonctionnaires de l'état, il se vit réduit à n'avoir pour sujets que les familles que la convention et le directoire avaient forcées de se soustraire à son obéissance, et celles qui n'avaient rien à demander aux consuls ou à l'empereur. Ainsi, quoique la fête des Rois ne fût point célébrée aux Tui-

leries, rien n'empêchait qu'elle ne le fût dans la
majorité de la population française; et le cri
antique, *le roi boit*, ne fut point poursuivi
sous le régime impérial, comme un crime de
lèse-nation ou de lèse-majesté.

Depuis la restauration, la fête des Rois ne se
célèbre pas avec moins de solennité à l'église et
dans les familles, que celle de la Circoncision ou
du premier de l'an. La famille royale donne à
toute la France l'exemple du gâteau, sans craindre qu'un roi de la fève vienne usurper le
trône du souverain légitime. Tous les usages des
villes et des campagnes ont repris vigueur,
et les Normands font, chaque année, provision
plusieurs mois d'avance d'une grande quantité
de chaume, pour y mettre le feu la veille de
ce grand jour.

SALON DE BONNE COMPAGNIE.

« Un salon de bonne compagnie, à coup sûr,
» c'est le mien », dit au fond du Marais la riche
veuve d'un ancien conseiller de grand'chambre. Un vaste salon, orné d'antiques doru-
res, de meubles historiques, de bronzes, de
consoles, de peintures, qui repoussent tout
soupçon de fortune nouvelle; grand feu sous

une vaste cheminée, candélabres à sept branches, bougies, point de lampes, de vieux domestiques en livrée, des hommes de la vieille
roche et de la politesse la plus scrupuleuse;
trois bostons, un piquet, une table d'écarté
pour nos petits-enfans : voilà le salon de notre
douairière.

Trois pièces de plain pied, un billard dans
l'une, deux écartés dans l'autre, dans la troisième des hommes qui s'entretiennent de finances, de politique; des femmes qui babillent
sur les modes et les spectacles; des meubles de
Jacob, des bronzes de Ravrio, des colifichets
du Petit-Dunkerque; profusion de glaces, de
petites pâtisseries, de rafraîchissemens, voilà
ce qui constitue un salon de la bonne compagnie dans le quartier de la Chaussée-d'Antin.
Des banquiers, des agens de change, de riches
manufacturiers y sont les acteurs principaux.
Quelques artistes fourvoyés, quelques hommes
de lettres sans conséquence, quelques nobles
parasites, ou spéculateurs, complètent comme
accessoires les figurans de ces représentations
de Plutus.

Des femmes élégantes et coquettes, des hommes qui se tutoient, une bazoche malicieuse
et caustique, des cliens utiles, des plaideurs

qui viennent de gagner leur procès, cinq ou
six avoués, trois avocats, deux commissaires
priseurs, un notaire, se réunissent dans un
brillant salon éloigné de l'étude. On y joue
gros jeu, on y parle haut, on y rit de même :
jamais un bon mot inquiet n'y meurt avant
d'éclore. Cela s'appelle, avec raison, la bonne
compagnie, chez les successeurs élégans et riches des introuvables Jérômes Pointus et des
fabuleux avocats patelins.

Le piano est dans le salon, les chevalets ont
disparu de l'atelier, le mannequin s'est réfugié
dans un cabinet. Un tapis vert couvre la table
de la salle à manger. Ne croyez pas qu'on y
joue; fi donc! on y dessine à la lampe, on y
cause, on y rit, on y taquine à plaisir la con-
voitise de certains *album* ; et, tandis que des
messieurs et des dames s'extasient derrière
vous, prodiguant à haute voix les hyperboles
d'une admiration quêteuse, on donne son dessin à la femme d'un camarade, qui vous dit
ces seuls mots : « Merci, Horace; il est charmant! » Cependant les premiers artistes se font
entendre. On chante, on improvise au piano,
sur la harpe; les voix ne sont plus enrhumées,
les virtuoses ne se font plus prier; les *album*,
les porte-feuilles sont ouverts aux curieux ;

les esprits sont à l'aise ; les rivalités, les pré-
tentions ne troublent point le plaisir qu'on a
d'être ensemble. Tout est gai, spirituel, original et sans souci. On ne fait pas semblant de
s'amuser dans une soirée d'artistes, et voilà ce
qu'on peut appeler la bonne compagnie.

Entrons dans un salon du faubourg Saint-
Germain : devant un grand feu, sont assis en
demi–cercle, sur de larges fauteuils de tapisserie ou de damas cramoisi, à pieds et contours
dorés, deux pairs de France, trois députés du
côté droit, un officier général, un évêque, un
abbé décoré, deux douairières. Ces graves personnages s'entretiennent du temps passé en le
comparant avec celui qui court. Les deux
vieilles duchesses ou marquises ne trouvent
rien d'aussi ridicule que les pantalons et les
cheveux à la Titus, et cependant les deux pairs,
les trois députés et le lieutenant général des
armées du roi, portent des pantalons et ont les
cheveux coupés. L'une de nos douairières ne
se rappelle plus qu'au temps jadis elle ne pouvait entendre prononcer le nom de *culotte*, et
qu'elle criait *fi donc !* en détournant la tête,
lorsque ses regards étaient tombés sur des hauts
de chausses trop étroits.

Nous passons dans une salle voisine, et nous

y trouvons deux vieillards, chevaliers de Saint-Louis, de l'ordre de Malte et de la Légion-d'Honneur, qui s'escriment au trictrac; à six pas d'eux, un garde-du-corps et un lieutenant de la garde royale jouent à l'écarté avec deux jeunes comtesses ou baronnes. La maîtresse de la maison fait sa partie de piquet à écrire avec un aumônier du roi. Il arrive de temps en temps que de ce salon s'échappe une nouvelle, vraie ou fausse, qui, les jours suivans, donnera de la tablature aux habitués de la Bourse et aux journalistes.

Si c'est là la bonne compagnie, comme toute l'aristocratie nobiliaire le prétend, c'est assurément la plus ennuyeuse.

Les employés d'administration ont aussi leurs coteries ou réunions. Lorsqu'ils ont dîné, ils se rassemblent chez l'un d'eux, au nombre de sept ou huit, et même plus, avec leurs femmes ou leurs filles. Dans le même salon se trouvent un pupitre, un piano, et trois ou quatre tables de jeu pour le piquet et l'écarté. Après les complimens ordinaires, chacun prend place, et une jeune personne, qui passe pour la virtuose de la société, est priée de s'accompagner d'une romance sur le piano. Un profond silence règne dans l'assemblée. Lorsqu'elle a fini, une autre

demoiselle chante au pupitre une ariette de
Feydeau ou du théâtre de Madame. Après la
musique, les femmes, qui veulent causer, se
rapprochent les unes des autres, et les hommes
se partagent pour jouer les uns à l'écarté, les
autres au piquet à deux, ou à trois, ou à quatre. Les plus forts enjeux sont d'un demi-
franc. La réunion commence en hiver à six
heures et demie, et se termine à dix. Pendant
tout cet espace de temps, il ne s'est pas prononcé un seul mot sur la politique, ni sur les
événemens du jour, ni sur le travail des bureaux. *Quatorze d'as, sept cartes au point,
quinte majeure, levées égales, le roi, un point,
la vole,* voilà tout ce que l'on entend au jeu des
hommes. « Elle n'est pas si jolie qu'elle se l'i-
magine ; elle a de grosses jambes, un grand
pied. — J'avais hier une migraine affreuse. —
J'ai un billet pour aller demain aux Français.
— Avec les six mille francs de mon mari, nous
ne pouvons pas joindre les deux bouts. — Il y
aura jeudi un grand dîner chez M. B***, directeur général. Comme nous y sommes invités,
mon mari et moi, il faudra bien que je me
mette en état d'y paraître avec avantage. »
Beaucoup d'autres propos semblables sont tenus par les femmes de nos commis.

Au-dessous de l'ennui des salons du faubourg Saint-Germain, est donc celui du salon des commis.

CONVERSATIONS.

Nul peuple de l'Europe ne montre autant de goût pour la conversation que la nation française. C'est là que la légèreté de son caractère, que cette mobilité d'idées qui met toutes sortes d'objets à sa portée, pour être effleurés, sans être approfondis, se montrent dans toute leur évidence aux yeux des observateurs nationaux et étrangers. Cependant cette légèreté et cette mobilité ne sont pas tellement inhérentes à notre caractère, qu'elles nous empêchent de nous entretenir avec nos amis sur des sujets sérieux, qui naissent de circonstances dont l'intérêt est celui de toute la nation.

Depuis la mort de Louis XV, nous n'avons pas manqué de sujets importans pour nous entretenir. Le rappel des parlemens et les utiles réformes ordonnées par Louis XVI, occupèrent utilement les cercles de la capitale et des provinces. Le fameux procès du collier fournit une ample matière à leurs entretiens et à leur malice. Ici on jasait contre le cardinal de

Rohan ; là les amis de cette maison se permettaient contre Marie – Antoinette des discours
peu respectueux, et surtout contre la manière
insolite dont un prince de l'Église romaine,
un grand-aumônier de France, avait été arrêté
au milieu d'une grande solennité, et de fonctions qui rendaient alors sa personne respectable sous ce double rapport.

Six ans avant le procès du collier, la guerre
d'Amérique avait été pendant plusieurs années,
dans les salons de Versailles et de Paris, un
sujet inépuisable de discussions. Dans les uns,
de grands seigneurs, que la philosophie avait
rendus partisans de la liberté républicaine,
approuvaient hautement la déclaration en faveur de l'indépendance des colonies anglai-
ses; et dans les autres, des hommes qui se
croyaient plus clairvoyans dans l'avenir, sou-
tenaient que notre gouvernement avait commis une faute des plus dangereuses en se déclarant pour des rebelles, dans un temps où
les idées de liberté qui germaient de toutes
parts en Europe, y préparaient une révolution.
Les femmes n'étaient pas les dernières à dire
leur mot sur ce grand sujet, et presque toutes,
les douairières à part, défendaient chaudement
la cause des insurgés américains.

La résistance des parlemens au sujet des édits de l'impôt territorial et du timbre, l'exil du duc d'Orléans et de quelques conseillers, la première assemblée des notables, la cour plénière, le changement du ministère, les états-généraux demandés par tous les parlemens et par le vœu national, tant d'événemens d'une si haute importance, bannirent de toutes les conversations de la cour, de la capitale et des provinces, les discours frivoles; et il n'y eut plus que ces hommes et ces femmes dont la légèreté est incurable, qui, dans leurs réunions, continuassent à s'entretenir de modes, de colifichets et de spectacles. Jusque dans les villages et dans les chaumières, les affaires d'état étaient devenues le principal et presque l'unique sujet des conversations des laboureurs.

Les états-généraux sont convoqués; une révolution complète se déclare dans toute la France; il n'y a plus moyen de parler d'autre chose que de cet immense événement. Les femmes sont les premières à agiter les plus hautes questions de droit public. Les opinions se choquent dans les salons; les partis se forment, se tranchent; des duchesses se déclarent pour la démocratie, et des bourgeoises pour l'aristocratie. Tels hommes étaient amis avant d'avoir entamé une conversation sur les affaires, qui, après avoir vivement disputé l'un contre l'autre dans un cercle, en sortaient ennemis irréconciliables et disposés même à s'entr'égorger.

Lorsque la révolution eut produit ce gouvernement exécrable qui noya la liberté dans des torrens de sang, un silence universel succéda aux conversations bruyantes, et la plus grande partie de la population se rappela en tremblant le proverbe qui dit que *les murailles ont des oreilles.* La pluie et le beau temps, des nouvelles insignifiantes, les modes républicaines, les nouvelles pièces de théâtre, les débats de la convention, racontés sans nulle observation, voilà à quoi étaient réduites les bouches qui, naguère, avaient fait retentir les salons de leurs déclamations, pour ou contre les décrets des deux précédentes assemblées législatives. Tout ce qu'il était possible de faire dans beaucoup de maisons, c'était de se parler à l'oreille, pour n'être pas entendu des valets, dont la plupart étaient les espions et les ennemis secrets de leurs maîtres. Cependant, si l'on était obligé de se parler tout bas, ce langage presque muet avait ses inconvéniens, si, dans la compagnie, il se trouvait quelqu'un d'une opinion contraire à celle des interlocuteurs.

Ils chuchottent, donc ils conspirent contre la
république : tel était le raisonnement du républicain.

La liberté des conversations reparut jusqu'à
un certain point après la constitution de
l'an III. A cette époque les sociétés se refor-
mèrent, de nombreux salons s'ouvrirent dans
la capitale et dans les principales villes des départemens, les causeries recommencèrent sur
les affaires publiques ; des femmes aimables et
une foule de jeunes gens ressuscitèrent, pour
ainsi dire, le caractère français par des entretiens dans lesquels la politique, la galanterie,
les modes, les spectacles, les journaux, la littérature étaient passés en revue, comme dans
une lanterne magique, et avec une légèreté que
ne pouvait faire prévoir la stupeur silencieuse
dont on avait été frappé pendant plus de deux
ans.

Sous le consulat, sous l'empire et sous la
restauration, tous les entretiens se sont trouvés mêlés de politique, de récits militaires,
d'anecdotes vraies ou fausses, de jugemens sur
les pièces nouvelles et sur les ouvrages nouveaux. Depuis la dernière époque, la liberté
de la presse périodique leur fournit de temps
en temps une ample matière, soit par les im-

putations dirigées contre le ministère, soit par
la nouvelle des vicissitudes journalières qu'é-
prouvent les effets publics. Depuis environ
trois ans, on peut dire que M. de Villèle et ses
trois pour cent ont fait prononcer plus de
phrases dans les conversations particulières,
qu'il n'en entrerait dans cent gros volumes in-folio. S'il faut ajouter tout ce qui a été dit sur la
guerre d'Espagne, l'indemnité des émigrés et
des colons de Saint-Domingue, sur la Grèce
et le pacha d'Égypte, sur le général Foy et
l'empereur Alexandre, et sur le droit d'aînesse, il faudrait encore plus de cinquante volumes de la même grosseur et du même format.
Cependant, quel a été le résultat de toutes ces
causeries, de tous ces bavardages de salons et
de cafés? à quel abus ont-ils remédié? C'est,
dit-on, de ces conversations particulières que
se forme l'opinion publique, si tant est qu'il y
ait une opinion de cette espèce. A en juger par
le peu d'influence qu'elle exerce sur les ministres, on peut dire que ce n'est qu'un être
de raison, un vain fantôme dont on voudrait
leur faire peur, et dont ils se moquent, et dont
se moquent peut-être aussi intérieurement ceux
qui la leur opposent.

Nous n'avons parlé que des conversations

qui se tiennent dans un certain monde. Il serait trop long de dire le sujet de celles qui ont
lieu dans la bourgeoisie moyenne et dans les
autres états de la société. Les affaires publiques et la politique le cèdent ici assez souvent
aux intérêts particuliers et individuels : sujet
plus positif que des conjectures vagues, que
les raisonnemens hasardés sur des données in-
certaines, que des nouvelles souvent fausses et
plus souvent inexactes. Là, on ne voit point de
femmes s'ériger en censeurs du gouvernement,
point de jeune homme qui, d'un ton pédan-
esque et décidé, prétend dicter aux différens
pouvoirs de l'état la conduite qu'ils doivent
tenir. Les amis causent de leurs affaires, les
parens de leurs enfans, les jeunes gens de leurs
plaisirs et de leurs projets, les dames de leur
toilette, de leur couturière, des modes et des
ajustemens qu'elles préfèrent; les jeunes personnes avec leurs amies, de ce qu'elles ont fait
au pensionnat, des défauts de leurs maîtresses,
sous-maîtresses, et surtout de l'amabilité de
leur maître de danse et de celui de chant.

La conversation n'est pas toujours générale.
Si dans une société il se trouve un conteur, il
aura bientôt pris la parole, de manière à imposer silence à tout le monde durant un espace

de temps assez considérable pour endormir la plus grande partie de ses auditeurs. Lorsque enfin l'ennui ou le sommeil les ont gagnés tous, un léger murmure, suivi de chuchote- mens, se fait entendre; le bruit augmente, les entretiens particuliers recommencent, et notre conteur est forcé de mettre fin à son bavar- dage niais, qu'il recommencera quelques jours après avec une nouvelle provision de pavots.

VISITES.

Ce que nous avons dit des salons et des con- versations nous conduit naturellement aux vi- sites. On en distingue de trois sortes : les visites d'obligation, les visites d'intérêt et les visites d'honnêteté ou de politesse. Les premières sont celles que les enfans doivent rendre à leurs pa- rens, et les inférieurs à leurs supérieurs, dans certaines occasions, dans certains temps de l'année. Les secondes se rendent par les per- sonnes qui sollicitent des services ou des grâces auprès de ceux qui peuvent leur rendre les uns ou leur accorder les autres : telles sont les visites que l'on fait aux ministres, à leurs commis, aux fonctionnaires publics, aux ju- ges, aux avocats, en un mot, à tous ceux dont la protection ou l'intervention est nécessaire pour le succès d'une réclamation, d'une entreprise, d'un procès ou de toute autre affaire. Les troisièmes visites sont celles que se rendent des amis, de simples connaissances, par amitié, par politesse, par réciprocité et même par désœuvrement, avec l'intention de tuer le temps dans un entretien frivole, et, comme on dit, en parlant pour parler.

Il n'y a jamais eu que des enfans dénaturés ou ingrats qui se soient dispensés de visiter, s'ils le pouvaient, leurs parens, soit le jour de leur fête, soit au premier jour de l'an, soit dans des circonstances où c'était pour eux un devoir de partager leur joie ou leur affliction. La révolution, qui voulait désunir tous les Français pour les unir ensuite par les chaînes d'un esclavage nommé *liberté*, mit souvent obstacle à ces visites. Des enfans patriotes dans le sens de ce temps-là, si leurs parens étaient connus pour leur opposition au gouvernement républicain, trouvaient, en ne les voyant pas, une sorte d'excuse dans le danger qu'ils auraient pu courir en les visitant; et, dans le cas contraire, ils auraient pu les compromettre, en les faisant passer pour de mauvais citoyens. Qui peut ignorer, en effet, qu'à cette

déplorable époque, les sentimens de la nature
devaient le céder aux principes républicains,
et que si des parens étaient entachés ou seulement soupçonnés de royalisme et d'aristocratie, leurs enfans n'avaient rien de mieux à
faire que de les éviter et de rompre ostensiblement avec eux? D'ailleurs, les fêtes de famille et celle du premier de l'an ayant été
abolies par le calendrier républicain, toutes
les visites qui avaient lieu à ces différentes
époques furent suspendues, en attendant des
jours plus heureux, ou ne se firent que dans
le plus grand secret.

Sous le directoire, ces visites recommencèrent, en dépit du nouveau calendrier, sinon
aussi publiquement et généralement qu'auparavant, du moins sans que ceux qui les faisaient eussent à craindre l'animadversion des
gouvernans. Elles reprirent entièrement faveur
sous le consulat et sous l'empire. Depuis la restauration, la dissidence des opinions politiques
n'est point un motif pour s'en dispenser; le
père royaliste reçoit avec plaisir la visite et les
complimens de son fils libéral, et personne
n'oserait blâmer ni l'un ni l'autre.

Que dirons-nous des visites intéressées?
Aucune circonstance n'y a jamais apporté le

moindre obstacle, tant l'esprit d'intérêt inspire
de hardiesse contre les dangers, les humilia-
tions et les refus. Les courtisans surtout sont
fameux par leur intrépidité à braver tout ce
qui répugne à une âme fière et délicate. Qu'on
le demande à tous les ministres passés et présens : ils connaissent parfaitement les sentimens d'humilité des grands seigneurs et des
grandes dames. M. Turgot, M. Necker, n'étaient
que des roturiers : cependant ces nobles si fiers
de leur naissance et de leurs titres ne craignaient
point d'envoyer demander à ces excellences
quel jour, à quelle heure il leur serait loisible
de recevoir leur visite. Le jour et l'heure indiqués, ils se rendaient en pompeux équipage
à l'hôtel du ministre, se faisaient annoncer, de
peur d'attendre, entraient le chapeau bas dans
le cabinet du banquier génevois, le saluaient
par une profonde courbette, et d'un ton soumis lui exposaient leur demande. Mais de quels
courtisans ai-je voulu parler? Sans doute de
ceux de l'ancien régime. Si ceux du nouveau
s'y reconnaissent, à qui en est la faute?

En général, nul homme n'est plus bassement
hypocrite, nul ne se respecte moins lui-même
que celui dont l'intérêt guide les pas chez la
personne dont il a besoin. Le plus orgueilleux

paraît alors le plus humble des hommes; le plus irascible, le plus doux; le plus envieux, le plus bienveillant. L'ennemi secret se couvre alors de tous les dehors de l'amitié, et l'ingrat s'épuise par toutes les protestations de la reconnaissance.

Dans le nombre des visites intéressées, il faut comprendre celles des éligibles à la chambre des députés, des fonctionnaires publics chez ceux qui sont plus élevés qu'eux dans la hiérarchie politique, des candidats à l'académie chez les académiciens.

Voyez comme cet homme, qui paie plus de mille francs d'imposition foncière, s'agite auprès des électeurs pour les engager à lui donner leur voix. Il jouit de cent mille francs de rente, et il se présente humblement chez l'électeur qui ne paie au fisc que cent écus, et sur qui peut-être il n'a jamais daigné faire tomber un de ses regards. Il est du parti de l'extrême droite, et il proteste de son attachement à la charte; il regrette les anciens priviléges de la féodalité, et il jure de prendre avec le plus grand zèle les intérêts et les droits constitutionnels de sés commettans; il expose en détail tous ses titres à la confiance de ses concitoyens, et, à l'entendre, l'électeur le prendrait pour le plus chaud partisan de la démocratie.

Les visites des fonctionnaires publics présentent le même caractère de soumission et d'humilité. Monsieur le maire, si hautain avec ses administrés, n'aborde le sous-préfet qu'avec les démonstrations d'un respect profond, et monsieur le sous-préfet, plus impérieux encore que monsieur le maire, ne se présente à monsieur le préfet que comme un valet devant son maître, un sujet devant son souverain. Après cela, que dire des visites que les préfets rendent au ministre qui, d'un trait de plume, peut les destituer? Les provinciaux qui tremblent devant un préfet escorté de plusieurs brigades de gendarmes, seraient bien étonnés s'ils le voyaient attendre dans une antichambre l'honneur de parler à son excellence, ou s'ils entendaient les reproches que, dans son cabinet, son excellence adresse au préfet.

Lorsqu'un membre de l'Académie-Française vient d'y laisser, par sa mort, un fauteuil vacant, tous les gens de lettres, qui se regardent comme des notabilités littéraires, s'empressent de le solliciter. Un usage ancien, qui a force de loi, exige qu'ils fassent une visite à chacun des membres de ce corps, qui n'a pour lui sur les autres académies de l'Institut que le droit

d'ancienneté. Voilà donc un auteur de deux ou
trois tragédies ou comédies, dont on ne parlera
plus dans cinq ou six ans, un poëte roman-
tique ou dithyrambique, un prédicateur, un
grand seigneur, qui, chacun de leur côté, vont
heurter à la porte d'un académicien, pour
solliciter son suffrage. Comme dans les trente-
neuf académiciens restans, il s'en trouve toujours cinq ou six absens, c'est environ trente-
trois visites dont les candidats ont à supporter
la corvée.

Ce n'est pas une petite affaire pour ces petits
ambitieux, que d'étudier le rôle qu'ils auront
à remplir auprès de chacun de leurs juges.
Que dire à cet académicien journaliste qui m'a
traîné dans la boue? à celui qui court la même
carrière que moi, et me hait comme un rival?
Que dire à ce philosophe disciple de Voltaire,
qui prêche la tolérance, moi qui suis un prince
de l'Église? « Comment me présenter à ce roturier, moi le plus grand seigneur de France; à
ce savant littérateur, moi qui n'ai écrit que des
lettres au monarque et à ses ministres, ou à
ceux qui, par l'ancienneté de leur origine, se
prétendent mes égaux? — Je suis connu avantageusement par une traduction, qui l'emporte
de beaucoup pour l'élégance sur celle de Per-

rot d'Ablancourt, et de M. *Trois étoiles* : quel
accueil celui-ci voudra-t-il bien me faire? J'ai
chanté les victoires de nos armées; j'ai célébré
les triomphes des Hellènes sur les infidèles; je
me suis déclaré pour la charte constitution-
nelle : n'ai-je point à craindre d'être mal accueilli par M. Lac***, etc. ? » Allons! un peu
de honte est bientôt passée; partez, monsieur
le candidat.

Notre auteur se met donc en route, dans un
remise qu'il a pris à la journée. Une heure son-
nait lorsque le cocher est monté sur son siége,
et, au premier coup de cinq heures, il n'a
encore visité que dix académiciens. « Je suis
charmé de vous voir, lui a dit l'évêque d'H***;
nous allons causer un peu. J'ai toujours eu
beaucoup d'estime pour les gens de lettres, et
surtout pour ceux de votre mérite. — Vous êtes
bien bon, monseigneur. — Vous avez fait de
très-beaux vers; vous avez parfaitement tra-
duit un poëte latin, des plus difficiles. Malheureusement, vous l'avez fait beaucoup trop connaître. — Ce poëte était pourtant bien connu
de ceux qui entendent la langue de Lucrèce,
de Virgile et d'Horace. — Sans doute, mais
monsieur Lemaire a pensé autrement que vous;
il n'a pas compris votre poëte dans sa belle col-

lection des *Classiques latins*. — Cette omission, je pense, ne doit pas lui être attribuée ; je suis persuadé qu'il voudrait bien y remédier. — Adieu, monsieur ; je suis infiniment flatté de votre visite. »

Notre candidat, après avoir quitté le prélat, s'est rendu chez M. Lém**, qu'il a trouvé en robe de chambre et en bonnet de nuit, se promenant en long et en large dans son cabinet : la figure ignoble et le regard louche de l'académicien l'ont d'abord un peu effarouché ; mais certaines manières aisées, acquises dans le grand monde, un petit air patelin, une voix mi-sucrée, mi-aigre, l'ont bientôt mis à son aise : « Je vous salue, monsieur ; je désire vivement que vous veuilliez bien, lorsqu'il sera question à l'Académie de nommer au fauteuil qui vient de vaquer, me favoriser de votre vote. — Ce serait rendre service à l'Académie, a répondu M. Lém**, que de leur proposer un homme de lettres d'un mérite aussi distingué que vous, monsieur, et je vous promets de vous appuyer de tout mon crédit auprès de mes collègues. Mais je vous avouerai qu'il en est un bon nombre qui sentent la nécessité de relever l'éclat de notre compagnie par un de ces grands noms qui sont un des ornemens de notre histoire.

Comme il se peut faire que, malgré toute ma bonne volonté, je ne réussisse qu'à vous procurer quelques voix, je vous invite à prendre patience, en attendant qu'il vienne à vaquer un autre fauteuil. J'ose espérer qu'il ne vous échappera pas, s'il ne dépend que de moi de vous y faire asseoir. — Eh bien ! j'attendrai. » En achevant ces paroles, le candidat salue l'académicien et se retire.

Après cette dernière visite, il en fait trois ou quatre autres. Il y reçoit beaucoup d'éloges, de complimens sur son talent poétique, et beaucoup de promesses conçues en termes équivoques. Découragé par ces accueils, si humilians pour un homme qui sent la dignité de sa profession, il plaint de bon cœur le sort d'une académie qui fait dépendre une partie de sa gloire du nom d'un grand seigneur.

Restent les visites d'amitié et de simple politesse. Ce sont les plus communes et celles qui demandent le moins de façons, comme se rendant d'égal à égal. Elles se font ordinairement le matin, entre le déjeûner et le dîner. Les femmes ne font alors qu'une demi-toilette, qui leur sied souvent beaucoup mieux qu'une toilette dans toutes les règles. Celles qui ont une voiture à leur disposition ne s'en servent pas toujours,

surtout si elles n'ont pas passé l'âge de quarante
ans. Dans ce cas, elles se font suivre de loin
par un laquais. Celles qui montent en voiture
font quelquefois cinq ou six visites dans l'intervalle de quatre heures. Nous avons connu
autrefois la vieille marquise de Bén**, qui commençait ses visites à midi, et ne les terminait
souvent qu'à cinq heures. Plusieurs personnes
qui dînaient chez elle d'habitude, ou qu'elle avait
priées la veille, l'attendaient jusqu'à trois heures ; impatientées, elles se mettaient à table,
se faisaient servir, dînaient bien, et partaient.
De retour à son hôtel, elle nous rencontrait
quelquefois dans l'escalier, et nous priait à dîner pour le surlendemain, en nous promettant
d'achever plus tôt ses visites. Elle n'avait garde
de tenir sa parole, et nous dînions encore sans
elle.

Il serait curieux de connaître tout ce que les
femmes se disent dans ces visites du matin.
« Marquise, avez-vous lu le dernier numéro
du *Journal des Dames et des Modes?* —Non,
ma chère baronne ; j'y suis pourtant abonnée.
—Il nous indique une mode nouvelle dont je
n'ai vu encore qu'un exemple au thé de my-
lord M***. Qui a pu en donner la description
au journaliste? Je suis dans l'indécision si je

'adopterai, quoique je sois petite, et qu'elle
ne convienne qu'à ces colosses de femmes. —
Baronne, avez-vous été à l'Opéra avant-hier ?
—Oui, ma belle ; je raffole de la Cinti. C'est un
gosier ! ah ! un gosier... — Pour moi, je suis
allé au théâtre de Madame : j'y ai vu cette lai-
deron de comtesse de M***. Fi du goût du public ! toutes les lunettes étaient braquées vers
sa loge. Il est vrai qu'elle était mise, mais mise
comme vous ne pouvez l'imaginer ; il est encore vrai qu'elle est fort blanche, qu'elle a
d'assez beaux yeux, et ces petits airs de fille
qui plaisent à la jeunesse ; pourtant je ne suis
pas si vieille, et je la vaux bien. — Comme ce
public est injuste ! — Irez-vous à Longchamps ?
— Non sans doute, ma chère. Mon mari a fait
à la Bourse, sur les trois pour cent, une perte
qui l'empêche de remplacer notre voiture qui
vieillit, par une neuve. — Je puis vous en
dire autant ; mais le jeune chevalier de F** m'a
promis de m'y conduire dans son tilbury, at-
telé de deux chevaux gris-pommelés. »

Parmi les visites de simple politesse, qui néanmoins ont été consacrées par l'usage, il faut
comprendre celles qui se font après un baptême par les parrain et marraine de l'enfant,
pour complimenter l'accouchée ; après un dé-

cès, pour consoler les parens du défunt ou de
la défunte; après un mariage, pour féliciter
les nouveaux époux; et même le lendemain
d'un dîner chez la personne par laquelle on a
été invité. Quoique cette dernière visite ne
soit pas de rigueur, on peut dire qu'elle est
prescrite par la plus délicate politesse. Si l'on
compte les naissances, les mariages et les décès
qui ont lieu, chaque année, dans la ville de
Paris, on en trouvera près de soixante mille;
c'est donc soixante mille visites faites ou rendues
par six cent mille individus; ce qui porte à
environ trois mille le nombre de personnes
qui les font journellement. Si à ce nombre il
faut ajouter ceux qui font des visites d'obligation, d'intérêt et d'amitié, on sera convaincu
que la majeure partie des habitans de Paris
courent chaque jour les rues pour se visiter
les uns les autres. Ne soyons donc pas étonnés
de cette prodigieuse quantité de voitures bourgeoises, de fiacres et de cabriolets qui, depuis
onze heures du matin jusqu'à onze heures du
soir, se croisent sans cesse sur les ponts, les
places, les quais et dans les rues.

Ce qui se passe à Paris a lieu, proportion
gardée, dans les autres villes du royaume, si
ce n'est que les visites s'y font plus générale-

ment et plus fréquemment à pied qu'en voiture. De belles dames, bien parées, ne rougissent pas, si elles n'ont point de voitures sous la remise, de relever un peu leur robe de la main gauche, en donnant la droite au monsieur qui les accompagne. A Lyon, à Marseille, à Rouen et à Nantes, c'est la coutume de presque toutes les femmes de la moyenne bourgeoisie, et même de celles d'une condition plus relevée.

ÉTIQUETTE.

Ce mot signifie au propre une marque qui se place sur un objet quelconque pour le faire reconnaître. C'est dans ce sens qu'on dit *l'étiquette du sac*. Dans le langage des cours, il signifie la manière dont les personnes qui les fréquentent doivent s'habiller, se coiffer, se conduire dans telle ou telle circonstance. L'étiquette alors est comme un plan tracé au compas et à la règle, dont il n'est permis sous aucun prétexte de s'écarter. C'est à Louis XIV que nous devons l'établissement de l'étiquette à la cour de France. Celle de Suède l'a empruntée de ce monarque ; mais les autres s'en sont formé une particulière ou mixte , qui a plus ou moins de rapport avec la nôtre.

Nous n'avons garde d'entrer dans tous les détails ou formules de l'étiquette française : ce serait un travail aussi pénible que peu intéressant pour nos lecteurs. Les formules en étaient si nombreuses et si gênantes, que Marie Antoinette n'eut rien de plus pressé, après être montée sur le trône, que de s'en affranchir comme d'une insupportable servitude. En vain la vieille maréchale de Noailles, sa première dame d'honneur, s'efforça de lui en faire une remontrance ; elle l'eut bientôt congédiée en la nommant *madame l'étiquette*.

Par les lois de cette étiquette, toutes les actions du monarque lui-même étaient réglées, tous ses pas, pour ainsi dire, comptés, tous ses discours déterminés, pour ainsi dire, dans leurs expressions. Il en était de même des princes de la famille royale et des princes du sang ; mais le poids de cette servitude se faisait beaucoup plus sentir aux princesses. Peu s'en fallait qu'un sourire ne leur fût imputé comme une violation des bienséances prescrites par l'étiquette.

Ce tyran exerçait son empire jusque dans les cercles, jusque dans les promenades et autres parties de plaisir. Partout la majesté se

montrait, même en redingote et en pet-en-
l'air ; de sorte qu'il ne restait plus au monarque
et aux princes de sa famille et de son sang, que
de se rendre invisibles, ou de se faire adorer
comme les despotes orientaux.

Dans les grandes maisons on singeait l'étiquette de la cour. Une duchesse, ou toute autre
femme qualifiée et présentée, ne laissait pas,
dans de certaines occasions, d'observer avec
une scrupuleuse attention la manière dont elle
était reçue par des femmes ses égales ou ses
inférieures, et si les personnes qu'elle recevait chez elle ne manquaient à aucun des égards
qu'elles lui devaient. Ainsi, toute personne
qui avait une visite à lui faire, devait s'informer exactement de la manière dont elle
devait se présenter devant elle, lui parler
et se conduire pendant la visite, dont la durée était marquée pour les différentes conditions.

L'étiquette était un cours de civilité féodale
que l'orgueil des grands prescrivait, comme
une sorte de vasselage, à leurs égaux, ainsi qu'à
ceux qui étaient d'un rang au-dessous du leur.
Comme la science du blason était celle qui les
occupait le plus, celui qui l'entendait le mieux
était réputé pour un homme important, quoi-

qu'il ne fût qu'un être bien frivole aux yeux
de ceux qui pensaient que le vrai mérite de
l'homme consiste tout entier dans les bonnes
qualités de son cœur et de son esprit. Si nous
faisions le portrait d'un personnage à étiquette,
homme ou femme, on y trouverait tout ce
qu'on peut imaginer de plus maussade, de plus
vain, de plus puéril et de plus vide. Aux yeux
d'un tel original, l'homme du plus grand mérite, s'il ignorait l'étiquette, n'était qu'un
homme sans usage du monde, un sot, un rus-
tre, un manant, qu'on ne devait ni voir ni
recevoir, sous peine de se compromettre.

· L'exemple de la reine Marie Antoinette avait
déjà porté un terrible coup à l'étiquette des
femmes de la cour, lorsque la révolution vint
achever la ruine de ce code de brillante servitude; mais il faut convenir qu'en renversant
ce rempart de la grandeur et de l'orgueil, elle
porta une furieuse atteinte au respect dû à la
majesté royale, ainsi qu'à ces règles de politesse qui distinguaient les hautes classes de la
société du reste de la population. Une fois ces
utiles barrières détruites, la rusticité, la grossièreté, l'impudence se précipitèrent sur la civilisation. Les témoignages de politesse et de
déférence, les plus naturels et les plus simples,

furent presque regardés comme des actes con-
tre-révolutionnaires, comme des crimes de
royalisme et d'aristocratie. Quelle étiquette
aurait pu se conserver dans le palais d'un monarque à qui l'on refusait les démonstrations
même du respect dû à sa haute dignité ; qu'on
retenait prisonnier dans son palais, ouvert à
tout venant ; qu'on forçait à se coiffer du bonnet rouge, et devant qui on se présentait sans
plus de cérémonie que dans la maison du plus
obscur particulier !

Les députés aux assemblées constituante et
législative s'étaient affranchis la plupart, conformément aux principes d'une égalité absolue, des lois les plus indispensables de l'étiquette ; ceux de la convention foulèrent aux
pieds, en supprimant pour eux et pour les
autres, les formules de la civilité et de la plus
simple politesse. Plus on paraissait grossier et
cynique à leurs yeux, plus on devait compter
sur leurs éloges et leurs services.

De cette révolution dans les usages civils,
naquit la coutume de ne se présenter devant
les chefs du gouvernement que dans une espèce de déshabillé ; c'est-à-dire en redingote
ou en houppelande, en chapeau rond, en bottes
et en pantalon. Le même usage fut observé à

l'égard des femmes, dont un grand nombre applaudirent à un changement qui les mettait elle-mêmes plus à l'aise. De vieux courtisans, de vieilles douairières, déploraient en vain cet oubli des bienséances; il fallait bien que, sous peine de vivre dans un entier isolement, ils dissimulassent leur mauvaise humeur et leur chagrin. Cependant la nouvelle coutume dont ils se plaignaient n'aurait été qu'un bien, par la liberté qu'elle introduisait dans les relations sociales, si elle n'eût produit une licence non moins condamnable que la contrainte de l'étiquette avait été ridicule et pénible.

Le directoire et ses ministres auraient bien voulu rétablir quelques règles de l'ancienne étiquette, parce qu'ils comprenaient fort bien que, pour être respecté, le pouvoir doit placer, pour ainsi dire, en avant de lui des avant-postes ou des barrières vers lesquelles le respect doit s'arrêter. Mais comme ces magistrats républicains devaient, en dépit de leur dignité ou de leur naissance, s'assujettir aux formes sans façon du gouvernement à la tête duquel ils avaient été placés, l'étiquette, quoique mutilée, restait à la porte de leur palais, et à une certaine époque ils auraient volontiers couvert leur tête du bonnet rouge, et porté les sabots du jacobinisme.

Le général Bonaparte, devenu consul par sa propre élection, et fier de ses victoires en Italie, auxquelles son expédition d'Égypte avait ajouté un nouvel éclat, recomposa, autant que les circonstances le permettaient, le règne de l'étiquette que la comtesse de Beauharnais, sa femme, connaissait parfaitement. Mais ce ne fut qu'après son élévation à l'empire, qu'on vit reparaître l'ancien cérémonial de Versailles, à l'exception d'un certain nombre de puérilités, repoussées par l'opinion dominante, que sous ce rapport il croyait devoir respecter. Ses maréchaux et les autres généraux qui avaient partagé ses triomphes, furent alors obligés de se tenir à une distance respectueuse de cette nouvelle majesté. Ceux qui avaient vécu avec lui de pair à compagnon, pour être admis à son audience, devaient la solliciter humblement, et attendre avec patience la réponse à leur demande. Joséphine, moins vaine et moins difficile, ne laissait pas que de prescrire aux personnes de sa cour les égards et les marques de respect qu'exigeait sa dignité d'impératrice. La cour de Napoléon était, en général, soumise à une sévérité qu'on n'aurait pas dû attendre d'un élève de la république. Pour ne parler que des réceptions, l'habit à la française y était de rigueur, même pour les premiers officiers de l'armée, dont plusieurs, qui ne portaient habituellement que des pantalons, étaient obligés de se pourvoir de culottes pour ces seules occasions.

Le retour des Bourbons rassembla, autant que les nouvelles habitudes nationales le permirent, presque tous les débris de l'ancienne étiquette, pour les hommes et pour les femmes. Le château des Tuileries devint comme une salle de spectacle, où il n'est possible d'être admis que par billets. A Versailles, un roturier, en habit noir, le claque sous le bras, et l'épée au côté, pouvait, sans être arrêté par un portier ou par la sentinelle, monter le grand escalier, s'arrêter à l'œil-de-bœuf, se promener dans la galerie parmi les courtisans, et suivre le monarque, lorsqu'il se rendait à la chapelle. Les choses ont bien changé : nul ne peut se présenter au château des Tuileries sans avoir été présenté, ou sans être porteur d'un billet d'entrée.

L'homme de lettres, qui obtient l'insigne honneur de présenter son livre au roi, n'est point dispensé, par son génie, de se soumettre à l'é-

tiquette : quelque pauvre qu'il soit, c'est pour
lui une obligation indispensable de remplacer
son modeste costume par un habit noir ou
de couleur brune, et liseré, une épée, et un
grand chapeau à cornes. Dans ce grand jour,
qu'il regarde comme le plus beau de sa vie,
malgré sa morgue philosophique et ses préten-
tions à l'immortalité, il ne tarde pas, en paraissant devant la majesté royale, à éprouver quelques sentimens d'humilité. Il approche d'elle
avec une sorte de tremblement, s'incline profondément, lui offre son livre, sans pouvoir
lui en dire un mot, reçoit une réponse courte,
et disparaît comme à reculons. Vingt, trente
présentations, qui ne durent pas un quart
d'heure, ont lieu dans le même temps et toutes
de la même manière.

Pour la présentation des dames, l'étiquette
est moins froide, et même moins rigoureuse ;
une jeune et jolie duchesse ne s'en aperçoit
guère que par quelques formes auxquelles elle
n'est point accoutumée, mais dont la galanterie
française lui a bientôt adouci la rigueur.

Comme les courtisans sont ordinairement les
singes du maître, ceux d'entre eux qui portent
un plus grand nom, ou qui possèdent de plus
grandes richesses, ou qui sont élevés à de plus

hautes dignités, ont établi chez eux des règles d'étiquette, dont il faut que ceux qui ne sont pas leurs amis subissent l'humiliation. C'est bien autre chose chez les ministres. Costume français dans toute sa rigueur, antichambre, profondes courbettes, langage soumis jusqu'à la servilité ; toujours *monseigneur*, toujours *son excellence*, retraite à reculons ; voilà les formes que doivent observer tous les solliciteurs, à l'exception de ceux que ces excellences se croient obligées de ménager pour leurs propres intérêts.

On peut dire enfin qu'à la cour, dans les grandes maisons, chez les ministres et chez la plupart de ceux que la révolution a fait parvenir, tout ne se règle qu'avec le compas. Aussi rien n'est-il plus aisé que de connaître ceux qui ne suivent que la ligne tracée par cet instrument. Nous ne pouvons mieux comparer les esclaves du cérémonial qu'aux grammairiens de profession : ainsi que ceux-ci, qui ne peuvent écrire une ligne sans craindre de commettre une faute contre les principes qu'ils enseignent, ceux-là veillent sur leurs paroles et leurs actions avec une attention qui les distrait de tout autre objet, et les fait trembler d'avoir fait quelque gaucherie, capable de les déshonorer. Malheur à ceux qui les approchent, sans

observer les puérilités auxquelles ils attachent
tant de prix ! Ce ne sont que d'ignorans provinciaux, gens sans usage, sans savoir-vivre,
qu'il faut bannir à toujours de la bonne compagnie.

Si jamais quelqu'un pense à nous donner un
code de l'étiquette, nous pouvons assurer d'a-
vance qu'aucun livre n'aura mieux fait connaître encore le caractère vaniteux et frivole des
personnes qui s'astreignent à ses règles.

BAINS SUR LA RIVIÈRE ET DANS LA VILLE.

LES bains d'Albert sur la rivière, près du quai
d'Orsay, sont les plus anciens que nous ayons vus
à Paris; mais le prix des baignoires était trop
élevé pour le plus grand nombre de ceux qui auraient été tentés de s'y placer. Outre ces bains,
on en comptait plusieurs autres dans la ville,
dont les propriétaires étaient connus sous le
nom de *baigneurs étuvistes*. Comme l'usage du
bain était plutôt regardé comme un moyen de
guérison dans certaines maladies, que comme
un moyen de propreté, il ne faut pas s'étonner
que dans la capitale, et dans les grandes villes
de province, ces établissemens ne fussent qu'en
petit nombre.

Quelque temps avant la révolution, un nommé Poitevin, profitant du dégoût qu'inspiraient aux Parisiens les bains obscurs des étuvistes, fit construire sur la rivière, près du pont Royal et du quai du Louvre, un grand bâtiment, composé d'environ vingt cabinets à baignoires, de chaque côté, et dans lesquelles l'eau de la Seine était versée d'un réservoir où elle avait été élevée par une pompe. Le procureur Vigier, s'étant rendu propriétaire de ces bains, y fit de nouvelles réparations et de nouveaux embellissemens, qui attirèrent chaque jour un grand nombre de baigneurs et de baigneuses, jusqu'au moment où ils furent submergés par une débacle arrivée dans l'hiver de 1799. Enrichi par la foule qui fréquentait cet établissement, Vigier l'eut bientôt remplacé par des bains plus vastes et plus somptueux. Ce nouveau bâtiment, devenu célèbre dans toute l'Europe, se compose de deux étages qui renferment au moins cent vingt baignoires, placées dans autant de cabinets ornés de glaces.

Vigier, devenu aussi propriétaire des bains d'Albert, non moins attentif aux besoins de la population parisienne qu'à l'accroissement de sa fortune, fit construire, quelque temps après, deux nouveaux bâtimens de bains, l'un au bas

du pont Neuf, et l'autre près du pont Marie,
sur la rive droite de la Seine.

Ces quatre établissemens, entourés de galeries, forment dans tous les temps de l'année,
principalement dans la belle saison, et l'été, un
des ornemens de la capitale. On y aborde par
de petits sentiers de verdure qu'ombragent de
beaux peupliers et des saules pleureurs. Le
long des galeries sont des banquettes, où les
personnes qui attendent leur tour peuvent res-
pirer à leur aise le parfum des lilas, des ché-
vre-feuilles, des jasmins, des jonquilles, des
giroflées, des roses, et de plusieurs autres fleurs
odorantes, dont les pots ou les caisses forment
un charmant cordon autour des bains.

Si feu Vigier a eu l'intention d'amasser de
grandes richesses par ces belles et coûteuses entreprises, il ne s'est point fourvoyé. La Seine,
si féconde en naufrages, est un Pactole qui a
roulé pour lui et roule encore pour son fils des
flots d'or. Par le luxe, les commodités, la propreté et l'activité qui règnent dans ces magni-
fiques thermes, il a inspiré à toutes les classes
de la société la passion du bain, à un tel point
que dans l'été les cabinets de ces quatre établissemens ne désemplissent que pendant quelques heures de la nuit, et que, dès la pointe du

jour, ils sont assiégés par une foule d'hommes
et de femmes, que les ordonnances d'Hygie en-
gagent à y chercher cette bonne disposition
du corps qui résulte de sa propreté.

Le prodigieux succès des bains Vigier, et le
goût général qu'ils ont fait naître, parmi les habitans de la capitale, pour les eaux purifiantes
de la Seine, ont encouragé plusieurs entrepreneurs à établir sur cette rivière un certain nombre de bateaux couverts pour les deux sexes,
où les hommes peuvent, sans perdre pied et
sans craindre de s'égarer dans les endroits pro-
fonds du voisinage, s'ébattre tous ensemble dans
un état de nudité complète; et où les femmes,
pour quelques centimes, ont la même faculté,
sans redouter les regards indiscrets du sexe
masculin. Ces bains peu coûteux ne contribuent pas moins que ceux de Vigier à entretenir, pendant les chaleurs, la propreté et la
santé dans les classes les moins aisées de la population, et surtout à empêcher une multitude
de jeunes garçons à se baigner nus aux yeux
des passans.

Outre les bains établis sur la rivière, il en
est un grand nombre d'autres dans l'intérieur
de la ville, principalement dans la partie située
du côté droit de la rivière, tels que ceux des

rues Saint-Thomas-du-Louvre, Montesquieu,
Saint-Sauveur et du Temple, près les boulevards. Tous ces établissemens, entretenus par
les eaux de la Seine, ne laissent, par la modicité de leur prix, aucune excuse aux personnes qui croupissent dans la malpropreté, ou qui
négligent un moyen aussi salutaire, aussi facile
de s'entretenir à peu de frais dans un bon état de
santé. Tel est l'empire de la mode, que tous les
bains sont fréquentés en toute saison, et que,
dans celle des chaleurs, il n'est pas moins difficile
d'y trouver place qu'aux fameux bains Vigier.

Depuis quelque temps, l'utilité hygiénique
des bains a fait concevoir à des entrepreneurs
l'idée des baignoires ambulantes, qui se trans-
portent dans les maisons; mais ce moyen, quelque avantageux qu'il paraisse et avec quelque
emphase qu'il ait été annoncé, ne convient ni
aux gens aisés ni à ceux qui ne le sont pas.
Les premiers se servent toujours des baignoires
de cuivre, et font chauffer l'eau dans leur appartement; les autres se passent fort bien des
baignoires de cuir, dont le prix n'est pas toujours à leur portée; d'ailleurs la propreté n'y est
pas toujours exactement observée, et le drap
qui doit les garnir manque souvent aux personnes peu favorisées de la fortune.

A tous les établissemens dont nous venons de parler, il faut ajouter les bains aromatiques, les bains à vapeur et ceux d'eaux minérales, établis à l'usage des personnes attaquées de douleurs rhumatismales, d'autres maladies, pour la guérison desquelles l'expérience a fait connaître leur efficacité.

La ville de Paris n'est pas la seule qui possède des thermes, où la commodité se trouve réunie à la magnificence. Lyon, Marseille, Nantes, Rouen, Toulouse et plusieurs autres cités, se glorifient des bains qu'elles renferment dans leur enceinte, et auxquels ceux de la capitale ont servi de modèles.

Que faut-il conclure de ce grand nombre de thermes qu'on rencontre dans presque toute la France, si ce n'est que les Français ont ajouté à leurs anciennes habitudes particulières celle de prendre le bain? Les Orientaux, dont c'est un devoir religieux, ne sont pas plus exacts à l'observer que les Français, dont c'est une pratique hygiénique. Aujourd'hui il n'est ni homme ni femme qui, dans les classes distinguées ou opulentes de la société, ne prennent le bain, sinon tous les jours, au moins trois ou quatre fois la semaine.

BOUTIQUES.

Sɪ nous nous reportons aux années qui ont précédé la révolution, nous ne trouverons dans la capitale et dans les villes de province que des boutiques de l'apparence la plus commune, et dont l'intérieur répondait à leurs modestes dehors. Nulle espèce d'ornement ne les distinguait les unes des autres, et à peine leurs étroites croisées, garnies de verres de petite dimension, y laissaient pénétrer la lumière du jour. Les cafés, par exemple, aujourd'hui si brillans, et dont les verres de Bohême laissent aux regards des passans la liberté de découvrir tout ce qu'ils renferment, n'avaient alors la plupart presque rien qui les distinguât de ce que nous appelons aujourd'hui un estaminet. L'extérieur des boutiques de bijoutiers et de joailliers n'annonçait guère les richesses qu'elles renfermaient. Les marchands de draps et d'étoffes, les bonnetiers, les chapeliers, les lingères, faisaient peu d'étalage ; leur enseigne consistait dans la vieille réputation de leur probité et de la bonne qualité de leurs marchandises. Les apothicaires, aujourd'hui pharmaciens et chimistes, les confiseurs, ne laissaient point apercevoir aux passans l'arrangement fastueux et symétrique de leurs bouteilles et de leurs vases. Il y avait loin des boutiques de ces derniers à celle de Berthellemot et de beaucoup d'autres, qui brillent dans plusieurs rues de la capitale.

Quel hideux aspect ne présentaient pas les étaux des bouchers! Les passans n'y voyaient qu'avec horreur les traces d'un massacre sanglant, que des ruisseaux d'un sang noir qui coulait dans la rue, qu'un pavé toujours teint de ce sang, que des hommes dont les vêtemens en étaient constamment souillés. Les boutiques des charcutiers, moins ensanglantées, ne s'annonçaient que par le nom du propriétaire, inscrit au-dessus de la porte. D'ailleurs, nul autre étalage que quelques jambons, saucissons et cervelas, même après la semaine sainte. L'industrie des marchands de chair cuite était encore dans l'enfance, si nous en exceptons ceux de Lyon, dont la réputation n'a souffert aucune atteinte par la rivalité de ceux de la capitale. On passait vingt fois devant la boutique d'un pâtissier sans y faire nulle attention. Celles de Lesage, rue de La Harpe, et du Puits-Certain, ne se distinguaient pas beaucoup de celle d'une fruitière qui les avoisinait.

Les cordonniers en réputation n'étaient pas
moins modestes, quant aux ornemens exté-
rieurs de leurs boutiques, que la plupart des
savetiers de notre temps. Nulle décoration,
nulle peinture, nul étalage que celui des souliers auxquels ils travaillaient pour leurs pratiques.

Les grandes boutiques de modistes étaient rares. Ces artistes et agens du luxe n'avaient point
encore imaginé d'exposer aux yeux des passans les chefs-d'œuvre commandés de leur industrie ; seulement quelques boutiques des galeries de bois du Palais-Royal, pour attirer les
regards des promeneurs, étalaient quelques
bonnets et chapeaux à la mode, avec les minois
prétention de cinq ou six grisettes, qui travaillaient avec de fréquentes distractions.

Les boutiques des libraires, situées presque
toutes dans le pays latin, et sur le quai des
Augustins, affectaient une simplicité qu'on
pourrait appeler philosophique, et dont l'effet
n'était point de faire illusion aux amateurs de
livres, sur le mérite des ouvrages qui s'y ven-
daient. Plusieurs de ces dépôts bibliographi-
ques, placés sous les galeries de bois du Palais-
Royal, n'occupaient qu'un petit emplacement,
et ne se montraient qu'à la faveur de quelques

brochures ou romans du jour, étalés sur une planche un peu saillante. Celles de Desenne, de Debray, de Cussac et de Gattey, qui étaient les plus fréquentées, étaient loin de briller par les reliures de Thouvenin et de Simier, comme celles de Dalibon et autres.

Les boulangers ne mettaient pas plus de recherche que les autres marchands dans la décoration extérieure de leurs boutiques. Un simple grillage en fil d'archal, qui laissait apercevoir quelques pains de quatre livres, et surtout l'odeur qui s'en exhalait, étaient les seuls avertissemens qui invitaient le public à y entrer. Celle du boulanger du roi, dans la rue de *Notre-Dame-des-Victoires*, au tournant qui conduit à la rue Montmartre, nous donne une juste idée de ce qu'elles étaient autrefois, mais non pas de ce qu'elles sont aujourd'hui. On peut aussi en voir d'autres dans les quartiers éloignés et dans les faubourgs, qui ont conservé ce caractère de simplicité; mais aujourd'hui nous pourrions décrire les dehors somptueux et brillans de plus de cent boutiques de boulangers.

Que dirons-nous des anciens cabarets? On ne peut rien s'imaginer de plus dégoûtant que leurs dehors et leur entrée. Un enduit rouge et grossier, qui jaunissait bientôt, était leur seule enseigne, sur laquelle un barbouilleur avait représenté, tant bien que mal, une ou deux bouteilles, ou la figure d'un ivrogne, ou même quelquefois un Bacchus couronné de lierre et à cheval sur un tonneau.

Pendant plusieurs années de la révolution, presque toutes les boutiques restèrent, les unes dans leur état de simplicité et de modestie, les autres dans leur vieille difformité et malpropreté. La terreur, la loi du *maximum*, le danger de paraître riches, les assignats et les emprunts forcés, n'étaient guère propres à engager les marchands à donner de l'éclat à leurs magasins. La plupart d'entre eux, craignant de trop paraître et de trop vendre, ne s'empressaient guère de frapper les yeux des passans pour se procurer des acheteurs; mais lorsque Napoléon eut saisi les rênes de l'État, que par la sagesse et la fermeté de ses mesures il eut rétabli la confiance dans le commerce, excité l'industrie par ses encouragemens, rendu le numéraire plus abondant, et appelé en France de nombreux étrangers par ses victoires, les marchands de la capitale s'empressèrent à l'envi d'embellir, non-seulement les dehors, mais encore le dedans de leurs boutiques, par des

comptoirs élégans, des glaces de grande dimension, des marbres, des bronzes, des tablettes
peintes suivant le genre de leur commerce. Les
cafés s'annoncèrent au Palais-Royal, sur les
boulevards et dans un grand nombre de rues,
par un luxe extérieur de décorations, auquel
répondit la magnificence des ornemens intérieurs. Les boutiques des modistes se changèrent en autant de riches boudoirs où les femmes du haut parage ne rougirent plus d'entrer,
et dont les verres permirent aux passans d'admirer les nouvelles inventions de la mode, et
de contempler à leur aise les jeunes grisettes
chargées de les exécuter. L'art de la peinture,
appelé au secours des marchands d'étoffes et
des lingères, embellit le dessus de leurs portes
de tableaux dignes de l'admiration des connais-
seurs. Horlogers, marchands de bronze, marchands de porcelaine, marchands de cristaux,
tous s'évertuèrent pour attirer les acheteurs,
par le nombre, l'éclat et la belle disposition
de leur marchandise, dans des boutiques où la
splendeur des lumières est répétée mille fois
dans les glaces dont elles sont décorées.

Autrefois, dans un grand nombre de boutiques, on ne marchait que sur le pavé ou tout
au plus sur un plancher commun qu'il fallait

balayer souvent. Aujourd'hui, si vous entrez dans tel magasin de modes, d'horlogerie, de bronze, de porcelaines, de cristaux, vous poserez vos pieds sur un tapis de moquette, ou sur un parquet bien ciré, ou, sur une jolie mosaïque. Plusieurs coiffeurs se distinguent par ce genre de luxe ; ces boutiques, où l'honnête homme aurait rougi d'entrer, où, de quelque côté qu'on se tournât, on exposait son vêtement à être graissé par la pommade ou souillé par la poudre d'un perruquier malpropre, se sont changées en autant de petits boudoirs qui ne sont point dédaignés par nos jeunes élégans et nos petites maîtresses. Voyez et admirez la propreté et la recherche qui régnent jusque dans celles des cordonniers. Rien n'y manque : glaces, chaises à lyre, comptoir d'acajou, tablettes façon du même bois, tapis de pied, vitrages au travers desquels sont rangés, dans le plus bel ordre, des milliers de paires de souliers de toutes les mesures, de toutes les modes, de toutes les couleurs. A ces ornemens il faut ajouter cinq ou six jeunes bordeuses, proprement vêtues, qui travaillent sous l'inspection de la maîtresse, dont le costume rivalise avec celui des femmes d'une profession plus relevée.

Les boutiques des bouchers, charcutiers,

boulangers, marchands de vin, ne sont plus re-
connaissables ; on pourrait dire en effet, d'un
grand nombre : *Où diable le luxe va-t-il se ni-
cher?* Celles des premiers sont défendues à l'extérieur par des barreaux de fer luisant, qui y
laissent pénétrer l'air la nuit comme le jour.
Le sang ne souille plus les dalles qui en forment
le pavé, et le marchand ne porte plus de traces
sanglantes sur le linge qui lui sert de tablier. La
bouchère, coiffée d'un bonnet de dentelles,
n'est plus assise sur une chaise de bois devant
un comptoir malpropre, mais dans un petit
cabinet vitré, décoré d'une glace, dans lequel
elle reçoit l'argent des pratiques.

Quoi de plus brillant que la boutique d'un
charcutier ! au dehors, représentations peintes
d'une charcuterie diversifiée de cent manières ; verres ou glaces de grande dimension, qui
permettent à l'œil de parcourir tous les objets
qui s'y vendent ; balances d'argent ou de plaqué ; charcutière jolie et d'une propreté recherchée sur sa personne ; glace derrière elle
et banquette de velours d'Utrecht, sur laquelle
elle est assise. Voyez la boutique de la rue Montesquieu, et admirez.

S'il existe encore des boutiques de boulangers et de marchands de vin, sans apparence,

dans les quartiers habités par le bas peuple, presque toutes celles des autres quartiers se distinguent par des devantures en fer luisant, dont plusieurs ont coûté depuis quatre mille francs jusqu'à vingt mille, en menuiserie, serrurerie, dorure et peinture.

Quiconque veut se former une idée juste du luxe actuel des boutiques, doit se promener au Palais-Royal, dans la rue Vivienne, dans le passage de la rue Neuve-des-Petits-Champs, dans la rue de la Paix, dans le passage de l'Opéra et sur les boulevards ; dans les passages Delorme, du Panorama, et de Véro-Dodat. Ce dernier est infiniment remarquable et digne de toute la curiosité des nationaux et des étrangers. Sur une longueur d'environ trente toises, il offre de chaque côté dix-huit boutiques, dont l'extérieur est orné de pilastres, de baguettes de cuivre doré, de grands verres qui laissent une entrée libre à toute la lumière du jour, et entre lesquelles des glaces de toute hauteur, et d'une largeur médiocre, donnent aux passans la facilité de s'y considérer depuis les pieds jus-qu'à la tête. L'intérieur de ces boutiques répond à l'éclat de leur dehors : toutes parfaitement éclairées par le gaz hydrogène, ainsi qu'un grand nombre d'autres de la rive droite de la Seine,

elles ne cachent rien de ce qui peut exciter les
désirs des acheteurs, dont le nombre augmente
de jour en jour par l'accroissement de la population parisienne.

Les grandes villes de province rivalisent jusqu'à un certain point, pour la décoration des
boutiques, avec la capitale. Celle de Lyon se
distingue entre toutes les autres par l'élégance
et même par la somptuosité de plusieurs des
siennes. Les cafés y offrent de l'élégance; et
une multitude d'autres établissemens de commerce de détail, dans lesquels on n'entrait qu'à
tâtons, par l'obscurité profonde qui y régnait,
attirent maintenant la lumière de l'astre du jour
sur les riches marchandises qu'elles renferment.

Cependant la superbe décoration des boutiques de quelques marchands ne prouve point
l'opulence de leurs propriétaires; elles brillent
souvent d'un faux éclat, et les ballots qui y
sont accumulés ne sont que des montres qui
en imposent aux passans sur la fortune du propriétaire.

ÉCLAIRAGE DES BOUTIQUES ET DES APPARTEMENS.

Autrefois l'obscurité de la nuit succédait à
celle du jour dans presque toutes les boutiques;

des chandelles, ou de petites lampes, ou des quinquets à trois becs au plus, éclairaient les plus grands magasins. Les cafés seuls, par la multitude de leurs quinquets, ou par un lustre antique, ne fournissaient qu'un peu de lumière pour éclairer leurs habitués, et les lecteurs de deux ou trois journaux. Les boutiques des orfèvres et des bijoutiers, situées au midi, perdaient tout leur éclat après le coucher du soleil. Celles des confiseurs n'invitaient plus alors, par leurs ténèbres, les amateurs de sucreries à y entrer. Ce n'était qu'au premier jour de l'an qu'elles faisaient paraître leurs bonbons, à force de quinquets, aux regards des passans. La rue des Lombards et son *Fidèle Berger* nous donnent encore une idée de l'apparence qu'offraient alors les autres boutiques de confitures. Au Palais de Justice, où à cette époque on allait faire emplette des nouvelles modes, les marchandes, en montrant leurs ouvrages aux pratiques, se promenaient le long de leurs échoppes, un chandelier à la main. Dans la rue de Gêvres, les belles bijoutières, au nombre desquelles on comptait la jeune veuve Gilbert, qui devint, dans la suite, comtesse de Saint-Alouarn, et, après la dissolution de son second mariage, épouse d'un homme de lettres de la capitale, n'avaient d'au-

tre moyen de frapper les regards des amateurs
que leur beauté, mise en évidence par quelques
bougies.

Pendant la révolution, les quinquets étaient
généralement adoptés dans les cafés et estami-
nets. La plupart des boutiques se fermaient à
la chute du jour, à l'exception de celles dès
épiciers et marchands de vin, dont un grand
nombre n'étaient éclairées que par des chandelles ou de petites lampes.

Les quinquets à trois ou quatre becs, et
d'une forme dont l'élégance augmentait de jour
en jour, éclairèrent, sous le consulat et sous
l'empire, les boutiques du Palais-Royal et des
boulevards. Alors aussi commencèrent à paraître les lampes astrales, qui, en concentrant
la lumière, en augmentaient l'éclat. L'industrie se perfectionnait de jour en jour, pour la
manière de s'éclairer, et des lustres qui ré-
fléchissaient la lumière, à beaucoup moins de
frais qu'auparavant, suspendus dans un grand
nombre de cafés, y appelèrent les amateurs des
autres cafés qui avaient conservé les lampes et
les quinquets.

Cependant les chimistes s'occupaient à des
moyens de suppléer à la lueur que donnaient les
lampes, les quinquets, et même les lustres à

la mode. D'après la vapeur ou le gaz que fournissaient, par la combustion, certaines matières animales, ils parvinrent, après plusieurs
expériences, dont les premières n'eurent qu'un
succès incomplet, à produire une lumière
presque aussi éclatante que celle de l'astre du
jour. Au moment où nous écrivons, cette lumière, obtenue par le gaz hydrogène, éclaire un
grand nombre de boutiques de la capitale, sur
la rive droite de la Seine. Nul doute que cet
éclairage, après avoir triomphé d'un grand
nombre de préjugés, d'intérêts et d'opposition,
ne s'établisse dans les quartiers de Paris où il
manque, et même dans les grandes villes de
provinces. Depuis cette belle découverte, les
boutiques qui l'ont adoptée frappent les regards des passans, principalement celles des
limonadiers, confiseurs, orfèvres et bijoutiers,
qu'elle fait resplendir de tout l'éclat du plus
grand jour.

Autrefois les appartemens intérieurs des hôtels n'étaient guère moins éclairés que les boutiques. Au bas de l'escalier des hôtels, une grande
lanterne où était renfermée une lampe, guidait
les pas des personnes qui montaient ou descendaient. Au-dessus, une autre lanterne leur
faisait connaître la porte qu'ils devaient se faire

ouvrir. Dans l'antichambre, une autre lanterne
éclairait les valets.

La salle à manger et le salon recevaient leur
lumière d'un vieux lustre suspendu au plafond.
Dans la chambre à coucher, quelques bougies
placées dans des flambeaux ou candélabres, ou
sur les bras de la cheminée, répandaient un
éclat dont les vues faibles étaient souvent fati-
guées. Dans le cabinet, deux bougies produisaient une lumière suffisante pour lire et pour
écrire au bureau.

Les appartemens des riches bourgeois n'é-
taient pas moins bien éclairés que ceux des
hôtels, et ni la dépense en bougies moins considérable. Mais la moyenne bourgeoisie était
réduite à la chandelle : éclairage malpropre et
dégoûtant, surtout pendant le repas, et qu'il
fallait entretenir sans cesse à l'aide des mouchettes.

L'industrie, qui ne néglige rien de ce qu'exigent les besoins et les commodités de la société,
s'est appliquée avec ardeur à perfectionner
l'éclairage de nos maisons. Dans un grand
nombre de boutiques de la capitale, ainsi que
nous l'avons dit plus haut, le gaz hydrogène a
remplacé l'huile à quinquet ; et si cette espèce
de lampes en éclaire encore un bon nombre,

elle a reçu, avec une huile plus épurée, des formes plus élégantes et moins sujettes aux inconvéniens de la fumée. Quelle splendeur que celle de ce gaz, qui le dispute, pour ainsi dire, à celle de l'astre du jour! Quel étranger n'est pas frappé d'admiration, en se promenant pour la première fois sous les brillantes galeries du Palais-Royal? Il n'en est presque aucune boutique qui n'éblouisse ses regards. Dans les unes un nombre prodigieux de pierreries empruntent la vivacité de leurs couleurs de l'éclat pompeux du gaz; dans les autres c'est le cristal, qui, après avoir reçu ce même éclat, le rend, par des divisions multipliées, à tous les objets qui l'environnent. Ici, l'or et l'argent, travaillés en vases de toutes les formes, se montrent tout brillans de la parure qu'ils ont reçue de la main industrieuse de l'ouvrier; là, le génie de l'horloger et celui de l'opticien se manifestent par les superbes apparences de leur travail; les glaces des cafés répètent mille fois les vingt jets du fluide lumineux; les superbes reliures des livres, rangés sur les tablettes des libraires, paraissent encore plus belles, et les brochures montrent de loin leurs titres lithographiés pour attirer les amateurs de nouveautés. Il n'est pas jusqu'aux boutiques des tailleurs où les draps ne reçoivent du gaz un lustre qui en impose aux acheteurs.

Après avoir visité le Palais-Royal, l'étranger est frappé d'une nouvelle admiration en entrant, au commencement de la nuit, dans les passages Véro-Dodat, Vivienne, de l'Opéra et du Panorama. C'est principalement dans le premier qu'il ne revient pas de sa surprise, tant les jets du gaz de la galerie et des boutiques répandent autour de lui et devant lui des flots de lumière, accumulés encore et dispersés par les larges glaces qui séparent les boutiques les unes des autres.

Sortons de ces brillans passages, et entrons dans les rues qui les avoisinent. Les boutiques de charcutiers, les salles de restaurateurs, les magasins de marchands d'étoffes, les cafés, les marchands de vin, presque tous brillent de l'éclat du gaz ou de la lumière plus douce des lampes à calotte transparente, dites pompeusement lampes astrales. Où est le temps où toutes ces boutiques, fermées à neuf heures du soir, laissaient les passans dans l'obscurité de quelques réverbères, élevés à cinq cents pas de distance les uns des autres ?

Si le gaz n'a encore peut-être pénétré qu'au premier étage de quelques établissemens publics, tels que les cafés, les restaurans et les maisons de jeu, il n'en faut pas conclure que les appartemens des gens riches, nobles ou bourgeois, soient moins éclairés. L'industrie y a multiplié les lustres entourés de bougies, et les lampes astrales ; on ne voit plus de flambeaux sur les tables de jeu. La chandelle et les mouchettes ont été bannies des dîners où des soupers de presque toute la bourgeoisie. Les yeux ne sont plus fatigués par une lumière vacillante, mais récréés par une lumière douce qui permet aux convives de distinguer tous les mets, et de se considérer les uns les autres. Sous ce rapport, sans parler de beaucoup d'autres, notre siècle est vraiment le siècle des lumières.

GENS DE LETTRES.

Depuis long-temps on parle des lettres comme d'une république indépendante, qui n'a pas d'autres limites que celles de l'Europe. Nous ignorons le motif qui leur a fait donner ce nom. S'il existe une république de cette espèce, il n'en est assurément aucune où l'inégalité des conditions soit aussi choquante, aucune dont les citoyens soient moins unis entre eux, aucune où l'on trouve une aristocratie plus égoïste et plus insolente, et une démocratie plus turbulente; aucune où l'on remarque autant de penchans à la tyrannie dans les uns, autant de servilité dans les autres.

Ce n'est pas toujours le génie qui occupe les premières places dans cette oligarchie; l'intrigue y mène plus souvent que les talens; et tel se trouve au dernier rang, dédaigné et oublié, que sa modestie, compagne inséparable d'un grand mérite, a empêché de se montrer, et conséquemment d'avancer.

Parmi les gens de lettres, il en est beaucoup qui sont traités en raison inverse de leur mérite. Tel est bien accueilli des grands et des riches, et comblé de places lucratives, qui n'a jamais rien produit que de médiocre, et dont aucun ouvrage ne fera passer son nom à la postérité; tel autre plein de science, et que recommandent à l'estime publique plusieurs ouvrages utiles, végète dans l'obscurité et même dans le besoin. Lorsque Dorat dînait chez les grandes dames, Gilbert et Malfilâtre avaient à peine un morceau de pain à se mettre sous la dent.

Dans tous les temps, l'homme de lettres qui veut parvenir aux honneurs et à la fortune, doit avoir une autre dégaîne que Coln***,

Roqu**, Teys**, Bou** de Cr**, Bab**, Ch**, etc.
Il faut qu'il soit vêtu à la nouvelle mode ; qu'il
ait une démarche assurée ; qu'il porte la tête
haute, qu'il parle avec facilité ; qu'il paraisse
ne douter de rien et ne rien ignorer ; qu'il se
présente dans un cercle avec grâce ; qu'il y
parle peu et sentencieusement ; que, sans avoir
l'air d'y penser, il jette dans la conversation
le titre d'une romance ou d'un petit poëme de
sa façon, et que ce ne soit qu'après de vives
sollicitations qu'il consente enfin à en réciter
quelques vers. Mais surtout que notre homme
n'oublie pas de faire une cour assidue au chef
de la division des belles-lettres du ministère
de l'intérieur, s'il ne lui est pas encore donné
d'être admis à l'audience du ministre. S'il né-
gligeait ce devoir que son intérêt lui impose,
il aurait beau être aussi savant que Newton ,
Locke ou Leibnitz, aussi éloquent que Bossuet,
aussi grand poëte que Racine, Voltaire ou
l'abbé Delille, il végéterait dans l'abandon ,
lorsque son nom serait prononcé par toutes les
bouches de la renommée.

L'histoire littéraire ne rapporte que trop
d'exemples du délaissement dans lequel se sont
trouvés des gens de lettres du premier mérite,
par leur négligence à se produire auprès des

grands, des ministres et des favoris de Plutus.
Qui le croirait? Pendant ce gouvernement révolutionnaire qui a été si funeste à tant de
gens de lettres, ceux-là seuls qui s'empressèrent d'en adopter les principes et d'en cour-
tiser les chefs, étaient assurés de conserver
leur vie, d'obtenir des places et d'aller rapidement à la fortune. Que d'hommes médiocres
ne seraient jamais sortis de l'obscurité ni de la
misère, s'ils n'eussent point encensé successivement la Convention, le Directoire et Bonaparte. *Il est des nôtres*, disait un gouvernant,
d'un mauvais poëte; *il a de bonnes intentions,
il faut le placer*. La plupart de ces écrivains,
que nous nous abstenons de nommer, se sont
mis au nombre des girouettes, et ont chanté
la palinodie de toutes leurs forces; aussi ont-
ils conservé les places lucratives qu'ils avaient
obtenues sous Napoléon, et même en ont-ils
obtenu de nouvelles.

La conduite que nous avons indiquée aux
gens de lettres qui veulent s'élever et s'enrichir,
est si sage, que plusieurs d'entre eux se trouvent
admirablement bien de s'y être conformés. Ce
n'est point avec de gros et bons livres qu'ils
sont parvenus au but de leur ambition; mais
sur les ailes de quelques feuilles volantes, em-

preintes du cachet de l'adulation et du roman-
tisme; mais à l'aide de leurs humbles courbettes auprès des agens du pouvoir, et de leurs
phrases mielleuses auprès des femmes de la
haute volée ; à l'aide de petits contes bien vi-
des, bien niais, bien frivoles, mais imprimés
sur papier vélin satiné, et ornés de gravures,
de vignettes et culs de lampe. Par de tels
moyens, ces messieurs, pour nous servir d'une
locution proverbiale, sont parvenus, en donnant un œuf, à se procurer un bœuf.

Ces ambitieux appartiennent au grand monde bien plus qu'à la modeste république des
lettres. Ennemis de la vie retirée, ils ne se
plaisent que dans la dissipation. S'ils sacrifient
quelques heures de la matinée à compasser
quelques phrases, à rimer quelques hémisti-
ches, après les avoir laborieusement enfilés les
uns aux autres, tout le reste du jour et une
grande partie de la nuit se passent à la table
des riches, dans les salons, au théâtre, aux
thés, dans les coteries. Aussi ne s'aperçoit-on
jamais que leurs ouvrages sentent l'huile de la
lampe.

Et toi, savant et modeste littérateur, qui
dédaignes de brûler ton encens devant les idoles
du jour; qui, croyant n'en jamais savoir assez,

consumes ton temps et ta santé à cultiver ta
raison pour éclairer celle de tes semblables ;
qui, amant passionné d'une noble indépendance, préfères le besoin à la servilité, tu n'as
point de Mécène ni à la cour, ni chez les ministres, ni chez les grands ; on ne t'invite à
aucun festin, à aucune fête ; les salons te sont
fermés ; ton nom est à peine connu dans un
certain monde, et si, par hasard, tu te présentes
dans un cercle, les belles dames, ou de jeunes
sots, se demandent les uns aux autres : « Quel
est cet homme-là ? » Cependant les libraires de
la capitale et des provinces, et un grand nombre d'hommes de mérite, te connaissent et te
considèrent ; mais à quoi te sert l'estime des
libraires et celle de gens qui n'ont ni or ni
places à donner ?

La vie de cet homme de lettres est celle d'un
sage. Dès que l'aube du jour commence à paraître, il sort de sa couche, adresse une humble prière à l'auteur de toutes choses, et re-
commence ses utiles travaux de la veille, avec
un cœur libre d'ambition, et un esprit dégagé
de toutes pensées étrangères au dessein qu'il
s'est proposé. Soit qu'il analyse avec son jugement, soit qu'il compose avec son imagination
et sa mémoire, rien ne vient distraire son at-

tention ; un goût sévère et l'amour de la vérité dirigent sa plume dans tout ce qu'il écrit. Sobre et frugal dans ses repas, s'il les prend seul, son esprit ne cesse point de se livrer à d'utiles méditations ; mais s'il est à table avec un ami ou plusieurs, il se prête aisément au plaisir de la conversation, qu'il anime de temps en temps par ses bons mots et par une franche gaîté. Son habillement est aussi éloigné du luxe que de la malpropreté ; il ne porte ni le clinquant de la richesse ni les livrées de l'indigence. Sa démarche est modeste, et lorsqu'il se promène, l'habitude de la réflexion se montre dans tout son maintien et sur l'air de son visage. S'il fait quelque excursion à la campagne, le spectacle de la nature devient la matière de toutes ses pensées, et la puissance infinie de l'auteur des choses l'objet de son admiration. Il aime alors à être seul, mais jamais il ne l'est moins. Si une pensée frappe soudainement son esprit, il tire ses tablettes, et l'y inscrit de peur de l'oublier. Ce n'est pas à lui que peut s'appliquer le *væ soli !*

De retour au logis, il se livre à la lecture d'un ouvrage instructif et analogue à ses occupations, ou bien il satisfait son appétit par une légère collation qui ne l'empêche pas de re-

prendre, quelques instans après, avec une nouvelle ardeur, la composition qu'il a suspendue
pendant quelques heures. C'est dans le silence
de la nuit, comme aux heures du matin, qu'il
éprouve plus de facilité à rédiger ses pensées
et à les revêtir des couleurs convenables. Il
s'étudie principalement à les ranger dans l'ordre le plus naturel, et à leur donner l'expression la plus simple et la plus propre à les faire
entrer dans l'esprit des personnes dont l'instruction est le but de ses travaux. Oh ! combien serait belle une *république des lettres*
toute composée d'hommes qui lui ressemble-
raient !

AUTEURS DRAMATIQUES.

LE plus difficile de tous les arts est celui qui
consiste dans la composition d'une tragédie ou
d'une comédie en cinq actes. Cette œuvre, après
les nombreuses merveilles qu'a produites notre
scène, est plus que jamais celle du *démon*.
Cependant un jeune homme, à peine est-il
échappé du collége, à peine a-t-il eu le temps
d'étudier les règles de la versification, ainsi
que les préceptes poétiques d'Horace et de Boileau ; à peine son goût sait-il apprécier une

partie du mérite de nos grands poëtes drama-
tiques, à peine a-t-il assisté à la représentation de quelques pièces modernes aux Français, qu'il prend, sans consulter ses forces, la
périlleuse résolution de travailler pour le théâtre, et de s'exposer au triste sort d'Icare, ou
bien à celui de la laitière de La Fontaine.

« Si je réussis, se dit-il à lui-même, ma fortune et ma réputation seront bientôt faites ;
mon nom, mon génie seront célébrés dans tous
les journaux ; après chaque représentation,
j'aurai ma bonne part d'auteur ; je serai admis
dans le boudoir des premières actrices, et peut-
être à leurs parties de plaisir ; je marcherai de
pair avec les premiers acteurs ; j'aurai pour ma
vie mes entrées à toutes les représentations ; et
sans doute le monarque, protecteur des arts,
daignera m'accorder une pension pour m'en-
courager à faire de nouveaux efforts et à obtenir de nouveaux succès. Ah ! je ne vois que des
fleurs et des fruits dans la carrière où je veux
décidément m'engager ; je trouverai bien, il est
vrai, quelques épines en y entrant ; mais courage ! *La fortune favorisera mon audace.* »

A peine notre jeune homme, comme il y en
a tant, a-t-il achevé ce monologue, qu'il se
frotte les mains, l'occiput et le sinciput, pour

trouver un sujet de tragédie qui n'ait point encore paru sur la scène. Assez peu versé dans les histoires ancienne, romaine, moderne, de France, d'Angleterre, de Russie et autres, il s'empare des abrégés de toutes ces histoires, les compulse, les parcourt rapidement, et s'il y rencontre un fait qu'il croit être échappé à tous les dramaturges qui l'ont précédé : « Ah! s'é-« crie-t-il, voilà mon affaire! Est-il possible « que tant de bons auteurs n'aient pas fait at-« tention à un fait d'une si haute importance « dramatique! » Cela dit, notre futur succes-seur des Corneille, des Racine, des Molière et des Voltaire, se met à réfléchir sur le plan de son ouvrage. Il n'ignore point qu'Aristote veut que trois unités soient observées dans toute pièce destinée à être représentée sur la scène. Ces trois unités, qui sont de rigueur, l'em-barrassent un peu, pour ne pas dire beaucoup. Comment renfermer une seule action avec tous ses accessoires dans un seul lieu, et dans le petit espace de vingt-quatre heures? L'abbé d'Aubignac, qui a fait une pitoyable tragédie dans toutes les règles, et le malheur qui pour-suit celles de M. Lemercier, qui s'est un peu affranchi de ces règles, imaginées par un ancien philosophe dont le nom, depuis Gassendi et

Descartes, ne fait plus autorité dans l'école, le jettent dans le plus grand embarras. Enfin, toutes réflexions faites, il se décide pour la saine doctrine et pour les trois unités.

« Ma tragédie aura-t-elle cinq actes ou n'en aura-t-elle que trois? Les grands maîtres ont toujours mis cinq actes à leur action; je suivrai donc leur exemple. » Cette nouvelle résolution prise, il faut commencer; car bien commencer est tout, parce qu'il ne faut pas mettre, comme le dit Horace, au milieu ce qui doit être à la fin, ni au commencement ce qui doit se trouver au milieu. De plus il faut, suivant le précepte de Boileau, que le trouble aille toujours croissant de scène en scène, et que l'intrigue, arrivée à son comble, se débrouille sans peine et sans miracle. Ce n'est pas tout : chaque personnage doit parler et agir constamment d'après le caractère que l'auteur lui a donné; il faut de plus, et ce n'est pas une petite affaire, il faut que la versification soit aisée, élégante, et qu'elle ait de la couleur. Ah! que de choses, et encore que de choses il faut pour consommer cette œuvre diabolique, que nous appelons tragédie !

Comment donc se fait-il que les jeunes gens qui veulent se faire jouer, présument ordinairement assez d'eux-mêmes pour croire qu'ils pourront chausser le cothurne? C'est que n'ayant éprouvé encore aucune difficulté dans la composition de petites pièces sans conséquence, et dans lesquelles réussissent des talens médiocres, ils pensent qu'après avoir ainsi essayé leurs forces sur de petits théâtres, il leur sera facile de triompher sur celui dont dépendent les grandes renommées; ou c'est peut-être que leur jeunesse les empêchant d'acquérir cette connaissance du cœur humain et des mœurs dominantes, laquelle ne peut être que le fruit de l'expérience de l'âge mûr, ils jugent qu'il est plus aisé de réussir en travaillant sur des sujets historiques, dont les personnages ont déjà été dessinés, et des mœurs desquels il n'est pas difficile d'offrir la peinture, d'après les mœurs bien connues du temps où ils ont vécu.

Nous revenons à notre jeune auteur, que nous considérons, sans craindre de nous tromper, comme le type de tous ceux qui se précipitent dans la carrière dramatique, sauf quelques rares exceptions qui confirment la vérité de ce que nous avons dit.

Dès l'instant donc qu'il a eu le bon esprit de rappeler à sa mémoire ce qu'il a lu, dans nos bons écrivains tragiques, sur les règles de leur art, il se met tout entier et sans réserve au travail. Son imagination, exaltée par son sujet, se remplit d'images ; ses idées se multiplient, se heurtent, se confondent ; jour et nuit, son esprit va, vient, se replie sur lui-même, fait des excursions hors de son sujet, et y revient, pour le quitter encore, et ensuite pour y rentrer. A quoi aboutira tout ce travail ? à trouver l'exposition du sujet dans la première scène. Écoutez, lecteur ; nous ne serons pas aussi longs pour raconter les travaux de notre jeune écrivain, qu'il l'a été pour se préparer un triste refus.

Après six grands mois, pendant lesquels il a tout négligé jusqu'au soin de sa propre personne, n'a eu l'esprit préoccupé que d'un seul objet, a perdu le sommeil, l'appétit, et presque la raison, au point de se faire passer pour monomaniaque, il a mis enfin la dernière main aux cinq actes de sa tragédie. Dans la joie qui le transporte, il a pourtant l'heureuse idée de soumettre son pénible travail à quelques personnes qu'il croit capables de lui donner quelques bons conseils. Les uns lui font observer qu'il a mal choisi son sujet ; les autres, que l'action en est mal exposée, et les scènes mal intriguées ; un autre accuse sa versification d'être inégale, lui montre des tirades pleines de verve, énergiques, rapides, et d'autres morceaux lâches, sans couleur, prosaïques. Ces avis divers exaltent et irritent son amour-propre, et bouleversent ses idées. Il reprend son travail, et passe plusieurs semaines à y faire les corrections qui lui ont été indiquées.

Lorsqu'il croit avoir accompli son œuvre, qu'il a bien raison d'attribuer au démon, par la peine indicible qu'elle lui a coûté, il la porte à l'un des premiers acteurs du Théâtre-Français, à qui un de ses amis l'a bien voulu recommander. L'accueil qu'il en reçoit, lui fait espérer que sa pièce sera bientôt présentée et lue au comité. Il sort tout joyeux, et bien persuadé qu'il ne tardera pas à en recevoir de bonnes nouvelles. A peine quinze jours se sont écoulés, qu'il retourne chez son protecteur. « Ah ! lui dit celui-ci, vous me paraissez bien pressé. Apprenez, mon cher, que malgré ma recommandation, votre pièce ne passera qu'à tour de rôle, et que dans ce moment le comité en a cinq ou six, toutes de jeunes gens de votre âge, et trois ou quatre d'anciens auteurs, qui tous sont protégés par des hommes et des femmes de la plus haute distinction, ou par des succès antérieurs. Attendez encore un mois; je vous marquerai le jour où vous serez admis à lire votre tragédie. Il serait inutile de revenir. »

Notre jeune homme se décide donc à attendre encore un grand mortel mois. Ce temps s'écoule, et point de nouvelles. Enfin, au bout de six mois, il comparaît devant l'aréopage tragique, et lit sa pièce, avec toute l'âme, toute la chaleur qu'on peut imaginer. Cette lecture faite, on lui donne quelques éloges, et on le congédie, en lui disant assez froidement que le comité lui fera connaître sa décision. Le maladroit ! il n'a fait sa cour qu'à un acteur ; et, beau garçon, il ne s'est présenté chez aucune actrice ; et il a mal distribué ses rôles.

Après avoir attendu encore six mois, avec une impatience journalière, la décision du comité, il reconnaît enfin que l'existence la plus malheureuse est celle d'un jeune homme qui compose une tragédie.

MAÎTRES AMBULANS DE LANGUES, D'ÉCRITURE, D'ARITHMÉTIQUE, DE DANSE.

Sous l'ancienne monarchie, une foule de maîtres de langues, presque tous en habit noir ou brun, et portant des cheveux courts, battaient le pavé et sautaient les ruisseaux de Pa-

ris pour aller donner chez les bourgeois des
leçons de langues française, latine, anglaise,
italienne. C'est ce qu'on appelait et qu'on appelle encore aujourd'hui *courir le cachet*. Le
maître le plus actif et qui avait le plus de leçons journalières à donner, pouvait se faire un
revenu annuel de plus de quatre mille francs.

Les maîtres d'écriture et de calcul se regardaient comme des hommes non moins importans que les maîtres de langues. Une écritoire,
deux ou trois plumes enfermées dans un cor-
net, un canif, étaient des instrumens qu'ils ne
quittaient jamais. Il y en avait de mieux huppés
que les autres, et leur costume dépendait de la
qualité et de la fortune de leurs pratiques. Les
plus élégans étaient ceux qui donnaient des
leçons à des enfans de banquiers et d'autres
riches bourgeois, et ceux qui avaient été adoptés par le parlement comme experts en écritures. Ceux dont la clientelle ne se composait
que des enfans des petits rentiers et des petits
marchands, annonçaient au public ce qu'ils
étaient par un habit noir ou gris, râpé, et par
une plume qui dépassait par une de ses extrémités une gouttière de leur chapeau à trois cornes.

Ces messieurs, qui se donnaient alors le titre modeste de *maîtres écrivains*, ont voulu

depuis s'élever jusqu'au professorat, et se sont
dits pompeusement *professeurs d'écriture*. La
ronde, la coulée et la cursive tout court,
étaient les seules figures des lettres, enseignées
par eux, avant qu'ils eussent adopté la *cursive
anglaise*, qui aujourd'hui est presque généralement en usage dans les bureaux. C'était
aux jeunes gens élevés dans la maison paternelle, ou qui venaient d'achever leurs huma-
nités, qu'ils étaient appelés le plus souvent à
donner des leçons. On n'ignore point qu'au-
refois les élèves des colléges et pensionnats n'y
apprenaient ni les principes de l'écriture ni
ceux du calcul, et que tel jeune homme qui
avait remporté une foule de prix, même celui
l'honneur, rentrait au sein de sa famille, après
six années d'étude, avec une écriture presque
illisible. C'était alors que, s'il était destiné au
commerce, ou à l'étude du droit, ou à un
emploi dans les bureaux du gouvernement, il
tait livré au maître écrivain, qui lui apprenait
en même temps les quatre règles de l'arithmé-
tique, avec celles de trois et de compagnie.

Les personnes de distinction ne chargeaient
que très-rarement les maîtres d'écriture de
donner des leçons à leurs enfans, qui, pour la
plupart, n'avaient, comme leurs pères, qu'une

écriture presque indéchiffrable, et passaient leur vie dans une ignorance absolue des plus simples notions du calcul. Pour ce qui est des filles nobles ou bourgeoises, à peine savaient-elles former leurs lettres, même après avoir été enfermées pendant cinq ou six années dans un couvent. Les exceptions étaient rares, et sur cent demoiselles, nous ne pourrions qu'en nommer deux ou trois dont l'écriture était aussi lisible que correcte.

La révolution fut le triomphe des maîtres d'écriture. Comme l'étude du grec et du latin n'absorbait plus le temps des jeunes gens de dix à quinze ans, et que le plus grand nombre des maisons d'instruction avait été entraîné dans la chute de l'Université, les pères de famille, qui ne voyaient plus d'autre carrière ouverte à leurs fils que le commerce, l'industrie, le barreau, ou les bureaux, s'ils pouvaient les soustraire aux réquisitions, ne s'occupèrent plus que de leur faire donner une *belle main*, et des leçons qui pussent les rendre bons calculateurs. Dès-lors l'art de l'écriture fit, de jour en jour, de rapides progrès, en prenant des formes nouvelles, calculées, pour ainsi dire, sur les plus exactes proportions de la géométrie. Enorgueillis de leurs succès, les maîtres écrivains n'hésitèrent plus à s'arroger le titre de professeurs d'écriture et de calcul.

Le nombre de ces nouveaux professeurs ne fit que s'accroître par les longues guerres que nous eûmes à soutenir contre les puissances de l'Europe, depuis 1792 jusqu'en 1814. Plusieurs cessèrent de courir le cachet et ouvrirent chez eux des cours, annoncés sous les galeries du Palais-Royal et ailleurs, par des tableaux modèles, véritables chefs-d'œuvre d'écriture. Cinq ou six autres, au nombre desquels on vit une femme, s'établirent dans de petits cabinets du passage de la seconde cour du même Palais à la cour des Fontaines. C'est là que les officiers en retraite et qui sollicitent une pension ou la décoration de la Légion-d'Honneur, font rédiger leur état de service; que d'autres personnes, qui veulent présenter des pétitions ou des mémoires aux différentes autorités, vont implorer le secours de ces plumes vénales; que la jeune fille amoureuse va se faire écrire une lettre, soit en réponse à une déclaration d'amour qu'elle a reçue, soit pour marquer à son amant un rendez-vous, soit pour se plaindre de son indifférence ou de son absence.

Confidens de toutes sortes d'affaires, ces

écrivains se regardent comme obligés au même secret que les confesseurs. Pourvus d'une certaine dose d'instruction relative à leur profession, ils entendent parfaitement la manière dont il faut s'énoncer à l'égard des personnes des divers états de la société, depuis le monarque, pour ainsi dire, jusqu'au berger. Le style des pétitions et requêtes leur est parfaitement connu; mais le style érotique est celui qu'ils possèdent le mieux. Nous devons ajouter qu'au talent d'une belle écriture et à celui de rédiger des mémoires et de composer des lettres d'amour, plusieurs d'entre eux réunissent celui de la poésie légère, sans qu'ils s'élèvent néanmoins au-dessus de la chanson, de l'ariette, du madrigal, du bouquet de famille, du quatrain et du logogriphe.

Comme on a toujours dansé en France, le royaume a toujours été fourni d'un bon nombre de maîtres à danser, ou, si l'on veut, comme le prétendent ces messieurs, de professeurs de danse. Il en a toujours été de ces artistes comme des maîtres d'écriture, avec cette différence que la considération dont ils jouissaient autrefois et dont ils jouissent encore plus aujourd'hui, est en raison bien directe de la frivolité de leur art. Un maître à danser en réputation dans le grand monde, quel homme d'importance ! quel heureux mortel ! aussi, quelle suffisance et quel orgueil ! Si un artiste coiffeur a souvent le privilége de contempler en toute liberté les appas de la belle dont il arrange la chevelure véritable ou empruntée, il peut à loisir considérer les jambes fines et les jolis pieds qu'il met en mouvement.

Pendant les affreux jours du gouvernement révolutionnaire, comme les jacobins et les jacobines étaient les seuls qui dansassent, les grands maîtres du menuet, de la gavotte et de l'allemande se trouvèrent condamnés à un repos bien funeste à leur bourse, et forcés de céder leur place aux maîtres d'un ordre inférieur. Ceux-ci trouvèrent plus de pratiques qu'ils n'en désiraient, parmi les citoyennes des faubourgs Saint-Antoine et Saint-Marceau, dont les pères ou les jeunes maris se montraient indifférens aux scènes sanglantes qui se passaient sur la place de Louis XV ou à la barrière du Trône.

Après le 9 thermidor, les joies et les danses recommencèrent avec d'autant plus d'éclat et plus généralement qu'elles avaient été plus long-temps comprimées. Alors, il n'y eut pas une seule jeune fille qui ne s'empressât de prendre des leçons d'un art si propre à la faire distinguer dans les réunions publiques et particulières. Aussi les maîtres à danser de courir de tous côtés, leur violon sous le bras, ou sous la redingote, d'aller enseigner leur art charmant de maison en maison, et de ne rentrer chez eux que le soir, haletans de fatigue et tout couverts de sueur. Ce fut à cette même époque où tant de familles déploraient la mort tragique de leurs chefs et de ce qu'elles avaient de plus cher, que l'on vit s'établir des danses sur le terrain de l'ancien cimetière de Saint-Sulpice.

Les professeurs de danse eurent plus que jamais la vogue sous le consulat et sous l'empire. La cour, les palais, les hôtels, les pensionnats de jeunes demoiselles, les maisons des banquiers, toutes les portes, en un mot, leur furent ouvertes; toutes les belles s'empressèrent de recevoir leurs leçons.

Ce fut alors une révolution complète dans l'art chorégraphique. Les maîtres de danse, afin de se rendre dignes de la confiance de leurs pratiques, et d'augmenter leur réputation, s'occupèrent d'inventer de nouvelles figures, de nouveaux pas, de nouvelles contredanses, ou à emprunter à l'étranger ce que leur génie ne pouvait imaginer. Ce fut ainsi que la walse,

exécutée lourdement par les danseurs et les
danseuses de la Germanie, fut importée en
France pour le désespoir des mères de famille
et des époux. Cette danse lascive fut d'abord,
et pendant plusieurs années, à la mode dans
les grandes maisons et chez les bourgeois. Aujourd'hui elle n'est plus guère en usage que
dans les bals les plus communs et les guinguettes.

Aujourd'hui les professeurs de danse doivent, pour se procurer de belles pratiques,
avoir fait leur cours au Conservatoire. Avec
cette condition, ils peuvent espérer d'avoir
pour élèves des jeunes gens et des jeunes personnes des familles les plus distinguées ; mais
sans elle, ils ne peuvent prétendre qu'à des
élèves de la moyenne bourgeoisie et des états
inférieurs de la société.

Ainsi que les coiffeurs en réputation, les
professeurs d'écriture et ceux de danse, qui
ont la vogue, ne vont donner leurs leçons que
transportés dans un élégant cabriolet qui leur
appartient. Ce serait en effet une inconvenance
bien nuisible à leurs intérêts, s'ils se présentaient devant un élève, garçon ou demoiselle,
avec des souliers ou des bottes tachées de boue,
et quelques éclaboussures à leur pantalon. De

cette manière, tel de ces brillans artistes peut donner dix leçons de son art, depuis dix heures du matin jusqu'à cinq heures du soir, et gagner au moins deux pièces d'or de 20 francs.

Les leçons des maîtres de chorégraphie, qui jouissent d'une renommée un peu étendue, se paient chacune 5 francs, au moins, et souvent elles ne durent qu'une demi-heure. Il en est dont le prix s'élève jusqu'à une pièce d'or. Autrefois l'écu de six livres était la plus haute rétribution que le plus habile maître pouvait espérer pour une leçon d'une heure. Ceux d'un ordre inférieur, pour la plupart, ne reçoivent qu'un cachet de 2 francs, ou seulement même de 1 franc 50 centimes. Ils n'ont point de cabriolet en propriété, et n'en louent point. Il en est qui sont assez désintéressés pour aller à pied, à deux lieues de la capitale, pour la modique somme de 3 francs. Toute leur toilette de pied consiste à faire décrotter leurs souliers en sortant de leur logis. Cependant plusieurs d'entre eux pourraient lutter avec avantage contre leurs opulens rivaux.

MAÎTRES D'ÉQUITATION. — MANIÈRE DE MONTER
A CHEVAL.

Ne nous étant proposé que de tracer quelques tableaux des mœurs publiques ou privées, nous nous abstenons des détails techniques relatifs à l'art de monter à cheval. D'ailleurs, l'aridité de ces notions élémentaires ne serait d'aucun intérêt pour nos lecteurs, malgré tous les efforts que nous pourrions faire pour leur donner quelque agrément.

Les maîtres d'équitation, ainsi que les manéges, étaient autrefois beaucoup moins nombreux qu'ils ne le sont aujourd'hui. Si ces messieurs, qui se sont aussi arrogé le titre de professeurs, enseignaient leur art dans les casernes de cavalerie et dans les écoles militaires, aux soldats et aux jeunes nobles qui se destinaient à l'arme du cavalier, et s'ils avaient encore un grand nombre d'élèves parmi les jeunes seigneurs qui regardaient comme une partie essentielle et comme le complément de leur éducation l'art de bien gouverner un cheval, on n'en comptait, dans les autres classes de la société, qu'un petit nombre qui ne don-

naient des leçons qu'à des fils de banquiers ou
d'autres riches bourgeois.

L'Angleterre n'avait pas oublié de nous imposer, avec toutes les autres modes qu'elle
nous envoyait, celle de son équitation. Dociles
à ses leçons, pour ne pas dire à ses ordres, de
jeunes seigneurs de la cour traversaient le Pas-
de-Calais pour aller se faire instruire à Londres par ses écuyers et ses jockeys. On se rappelle le bon mot de Louis XV sur une réponse
que lui fit le duc de Lauraguais. Ce seigneur
s'étant présenté à la cour, peu de jours après
son retour d'un voyage en Angleterre, ce monarque lui demanda ce qu'il était allé faire
dans ce pays. « Sire, répondit-il, je suis allé
apprendre à penser. —A panser des chevaux ? »
lui répliqua le prince.

On sait que le dernier duc d'Orléans s'engoua
jusqu'à la folie de la manière anglaise de monter à cheval, et que ce fut son exemple qui contribua le plus à communiquer cette anglomanie
aux Français. Lorsqu'il eut amené avec lui
des coursiers, des écuyers et des jockeys anglais, la plupart des jeunes gens de la cour et
de la ville s'empressèrent de l'imiter. Bientôt
l'art français de l'équitation fut exclus des manéges où ne furent plus admis que des maîtres

anglais. Dans les promenades publiques, sur les boulevards, au bois de Boulogne, on ne vit que des cavaliers qui, d'après les nouveaux principes, obéissaient à tous les mouvemens de leur cheval; que des jockeys, vêtus à la mode de leur pays, et montant des coursiers anglais. Alors les maîtres français se voyaient obligés de céder le pas à ceux qui étaient venus des bords de la Tamise, ou de se conformer à leurs leçons et à leurs exemples. Les jeunes gens que ces écuyers n'avaient pas instruits, avaient la douleur d'entendre dire, lorsqu'ils étaient à cheval, que leurs jambes ressemblaient à des pincettes.

C'était principalement dans les courses de chevaux, suivant l'usage d'Angleterre, que l'on pouvait s'assurer des progrès que le duc d'Orléans avait fait faire à cette anglomanie. A voir cette multitude de chevaux, d'écuyers et de postillons étrangers, on pouvait se croire transporté aux fameuses courses des environs de Londres.

Pendant la révolution, c'eût été d'un extrême danger que de monter à cheval comme le duc d'Orléans et ses imitateurs. Quiconque eût eu cette audace, n'aurait pu échapper au tribunal révolutionnaire, comme un agent du ministre

Pitt. Les maîtres français rentrèrent dans leurs
droits, non pour instruire les jeunes républicains à monter et à se tenir à cheval avec la
grâce des jockeys, à briller dans les promenades en faisant caracoler un fringant cour-
sier, mais à se tenir ferme sur un cheval d'es-
cadron, à le serrer fortement des genoux, à
ne point lâcher l'étrier, quelque brusques que
pussent être les mouvemens de l'animal, enfin
à le gouverner sagement en lui tirant ou ser-
rant la bride à propos. Plus de courses de
chevaux étrangers, plus de jockeys, plus de
cavalcades au bois de Boulogne ou à Vin-
cennes; mais de bons soldats de la grosse cavalerie ou de la légère, capables de lutter avec
succès contre ceux de la cavalerie autrichienne.

Sous le gouvernement de Napoléon, les principes de l'équitation anglaise reprirent faveur
avec des chevaux français. Les jeunes gens
riches, ne craignant plus d'être accusés d'in-
telligence avec les ministres de la Grande-
Bretagne, s'empressèrent de fréquenter les
manéges qui s'étaient ouverts dans quelques
quartiers de la capitale. Les coursiers nationaux les plus fins, élevés dans nos haras, firent
presque oublier les rapides coursiers d'Albion;
et telles furent l'activité des professeurs d'é-

quitation et la docilité de leurs élèves, qu'à
peine quelques années s'étaient écoulées, que
leur art avait fait des progrès tels, qu'il paraissait ne pouvoir plus en faire de plus grands.
Alors l'avenue des Champs-Élysées et les allées
du bois de Boulogne offrirent chaque jour,
depuis deux heures après midi jusqu'à cinq,
des pelotons de jeunes cavaliers qui montaient,
avec autant de grâce que d'aplomb et de fermeté, des coursiers dont quelque temps auparavant ils auraient tremblé de s'approcher.

Le fameux Asthley qui, comme écuyer, s'é-
tait fait une si grande réputation, avait été dignement remplacé par les frères Franconi,
dont un terrible incendie vient d'anéantir l'é-
tablissement et la fortune. C'est à ces hommes,
habiles dans l'art de rendre dociles les coursiers les plus récalcitrans, que l'équitation doit
d'avoir atteint en France le haut degré de per-
fection auquel elle paraît être arrivée. Ce fut
principalement lorsque la garde nationale à
cheval eut été formée, qu'il fut aisé de voir
combien la jeunesse parisienne avait su profi-
ter des leçons qu'elle avait reçues de ses maîtres de manége.

La restauration apporta avec elle de nouvelles formes d'équitation, ou plutôt rappela

celles que la révolution avait exportées. Le
long séjour en Angleterre d'un grand nombre
d'émigrés leur avait fait adopter, avec beaucoup d'autres modes de ce royaume, celle de
se tenir, d'une certaine manière, sur un cour-
sier et d'en diriger l'allure. Des nuées d'écuyers
et de jockeys passèrent la mer avec eux pour
venir se faire les rivaux de nos maîtres. Tout,
dans les cavalcades et dans la plupart des équipages de la cour, fut bientôt à l'anglaise, et
l'on ne put que difficilement distinguer ceux
qui appartenaient à des Français de ceux qui
étaient la propriété des Anglais. La France fut
encore une fois menacée de devenir anglo-
mane. Afin de ne pas laisser le champ libre aux
écuyers de la Tamise, il faut bien encore que
ceux de la Seine se mettent à l'unisson avec
eux, en adoptant leurs usages.

Les maquignons n'ont pas de meilleurs amis
que les professeurs d'équitation, ni de plus
utiles protecteurs. Comme c'est à ces derniers
que les jeunes gens qui veulent faire l'acquisition d'un cheval demandent conseil, les premiers ont grand soin de cultiver leur amitié,
en leur donnant un intérêt dans les ventes
qu'ils leur procurent. Les professions de maître d'équitation et de marchand de chevaux

ont entre elles des rapports si étroits, qu'elles peuvent difficilement, sans se nuire, se passer l'une de l'autre.

MAÎTRES D'ARMES OU D'ESCRIME.

Depuis long-temps, l'art de tuer son ennemi dans un combat singulier et suivant de certaines règles, est enseigné en France par des hommes qui portent le nom de *maîtres d'armes*. Chez une nation aussi belliqueuse, aussi sensible au point d'honneur que la nôtre, il était impossible qu'un tel art n'y fût pas en grande faveur, et que ceux qui l'enseignaient, ne trouvassent pas un grand nombre de jeunes Français empressés à prendre leurs leçons, même dans le temps d'une profonde paix. Voyez ce jeune homme qui n'a pas encore atteint sa vingtième année : il semble déjà prévoir le jour où il se croira obligé d'appeler sur le terrain un ami par des paroles duquel il aura cru son honneur offensé, et où lui-même sera appelé pour la même cause. Il faut donc qu'un maître l'instruise à manier l'épée, à porter des bottes et à les parer.

Autrefois, comme on ne se battait le plus souvent qu'à l'épée, on ne se servait guère que

du fleuret pour l'exercice de l'escrime. Ce n'é-
tait que de cette manière que le fameux Cadet
de Provence et le chevalier de Saint-Georges
donnaient leurs leçons. Lorsque la plus grande
partie de la jeunesse française fut appelée, par
les guerres de la révolution, sur les champs
de bataille, les maîtres d'armes, devenus extrê-
mement nombreux dans les troupes, n'eurent
plus à enseigner aux jeunes militaires qu'à se
servir du sabre, du briquet ou de la baïon-
nette, soit contre l'ennemi, soit pour se battre
entre eux. Cependant l'usage de l'épée subsista
parmi la plupart des officiers, qui auraient tenu
à déshonneur d'en agir entre eux comme les
simples soldats.

La restauration a rendu fréquent dans les
duels l'usage du pistolet, qui nous est encore
venu des Anglais, qu'effraie la vue de l'arme
blanche. Depuis dix ans, plusieurs combats
singuliers ont été livrés de cette manière, entre des officiers et même entre des bourgeois.
Voilà donc une arme dont il faut que les maîtres enseignent le maniement à leurs élèves,
non plus dans une salle, mais dans un lieu ouvert, où ils font placer une cible à une distance plus ou moins considérable. C'est là qu'ils
enseignent le tir, de manière que l'élève puisse

atteindre le but jusqu'à vingt et même trente pas de distance.

Si ces maîtres, qui se donnent aussi le nom de *professeurs d'armes*, invitent de temps en temps le public à des assauts qu'ils doivent se livrer entre eux, le fleuret à la main, ce n'est qu'un spectacle qu'ils donnent, soit pour gagner de l'argent, soit pour se faire des pratiques, et qui ne tire point à conséquence contre l'usage des autres armes.

Il est des maîtres d'armes pour tous les états, depuis ceux qui donnent des leçons aux princes, aux gens de distinction et aux fils de riches bourgeois, jusqu'à ceux qui instruisent les commis et les fils de petits marchands. Les premiers courent dans d'élégans cabriolets, et les autres, presque tous anciens militaires sans fortune, vont modestement à pied donner leurs leçons.

MAÎTRES DE DESSIN ET MAÎTRES DE MUSIQUE.

Ces maîtres forment, comme les précédens, deux catégories; la première comprend ceux qui excellent dans leur art, et la seconde les artistes médiocres. Nous ne faisons entre eux

aucune distinction pour ce qui les regarde
particulièrement, ainsi que les personnes auxquelles ils donnent leurs leçons, par la raison
qu'il n'y a de différence des uns aux autres que
du plus au moins ; que tel dessinateur est admirable dans une grande composition, et non
dans une petite, et que tel autre l'emporte sur
lui dans une composition de ce dernier genre,
qui souvent n'exige pas moins de talent que la
première.

Les dessinateurs dont nous voulons parler,
ne sont point ceux qui n'exercent leur art que
dans leur cabinet, mais seulement ceux qui,
pour en donner des leçons, courent le cachet
dans les pensionnats et dans les maisons particulières.

Il n'y a pas quarante ans que le dessin n'é-
tait qu'une partie fort accessoire de l'éducation
des personnes des deux sexes, et qu'un jeune
homme ou une jeune fille qui apprenaient à
dessiner, ne se livraient à cette occupation que
par manière de délassement ; encore apparte-
naient-ils à des familles opulentes : point de
maîtres de dessin dans les couvens, et fort peu
dans les maisons particulières. Aussi les dessinateurs étaient-ils presque tous réduits à travailler dans leur cabinet pour le compte des

riches amateurs, des marchands d'estampes ou des libraires.

Depuis vingt-cinq ans, la nécessité de connaître l'art du dessin, moins sous le rapport de l'agrément que comme un moyen de bien apprécier les chefs-d'œuvre des grands maîtres dans les arts de la gravure, de la peinture et de la sculpture, s'est fait généralement sentir; et la plupart des pères de famille qui jouissent d'une certaine aisance, croiraient n'avoir donné à leurs enfans qu'une éducation incomplète, s'ils ne leur avaient fait apprendre à dessiner le paysage ou quelques têtes. De là est venue cette multitude de maîtres de dessin, et cette aptitude d'un si grand nombre de jeunes gens et de jeunes personnes à prononcer sur le dessin d'une gravure, d'un morceau de sculpture ou d'un tableau. Quiconque a eu la patience de prêter l'oreille aux divers jugemens portés dans les différentes expositions du salon, a dû et pu se convaincre des progrès que l'art du dessin avait faits dans presque toutes les classes de la société.

Un maître de dessin est un homme dont les pensionnats de jeunes demoiselles ne peuvent plus se passer, puisque son art est devenu une partie essentielle de l'éducation d'une jeune

personne, à laquelle on ne pardonne point
si elle ne sait au moins représenter avec le
crayon un arbre ou une fleur, et même si, en
sortant du pensionnat, elle ne peut présenter
à ses parens un ou deux *chefs-d'œuvre* de sa
façon.

Les maîtres de musique se partagent en deux
classes ; les uns enseignent le chant, les autres
les instrumens. Comme on a toujours chanté
en France, les musiciens ont toujours été considérés comme des hommes infiniment précieux
à la société. Autrefois leur nombre n'était pas
moins considérable qu'aujourd'hui, mais leur
méthode était bien différente. Aussi en est-il
des vieux musiciens, comme des vieux chimistes. Ce n'est plus Gluck, Piccini, Sacchini,
ni même Mozart, ni même Haydn, que veulent aujourd'hui nos *dilettanti*, et bientôt peut-
être ils oublieront Grétry, et ensuite Rossini.
Ainsi, messieurs les musiciens, soit que vous
chantiez, soit que vous touchiez du piano, que
vous pinciez de la harpe, que vous jouïez du
violon et de la flûte, ne comptez plus pour la
plupart sur de brillantes pratiques, si vous
avez passé la cinquantaine. Placez-vous dans
un orchestre de théâtre, ou, si vous ne le pouvez, tâchez de trouver une bonne guinguette

de la Courtille, dont les habitués applaudiront à vos talens surannés.

Il n'y a plus chez nous de ces castrats d'Italie, comme on en voyait plusieurs avant la révolution. Nous avons connu le célèbre Albanèse, que toutes les jolies femmes de qualité s'arrachaient, lorsqu'elles donnaient des concerts. C'était un grand homme sec, fluet, pâle, sans barbe, et triste, qui avait la voix d'un petit enfant de chœur. Quelle pensée devait occuper les jeunes personnes et les femmes qui le voyaient et l'entendaient ? Le lecteur le sait fort bien.

Les musiciens du premier ordre font mentir, depuis long-temps, le proverbe qui accusait tous les artistes de trop aimer la bouteille. Ils ont en général le ton de la bonne compagnie, qu'ils doivent à la fréquentation du grand monde. Si l'on disait autrefois *ivrogne comme un musicien*, comme l'on disait *gueux comme un peintre*, aujourd'hui ni l'un ni l'autre ne se disent, si ce n'est des musiciens des guinguettes et des peintres de cabaret. Rossini assurément boit d'excellent vin sans être ivre, et Gros est loin d'être gueux.

Les professeurs de musique vocale ou instrumentale, en réputation, seraient, pour ainsi dire, déshonorés, s'ils ne faisaient pas leurs courses dans un cabriolet élégant, et s'ils entraient dans un brillant salon avec des souliers crottés et des pantalons marqués de taches de boue.

C'est assurément un très-joli emploi que celui d'un aimable et jeune virtuose qui, assis auprès d'une jeune personne ou d'une jeune femme qui touche du piano ou pince de la harpe, porte des yeux attentifs sur ses doigts pour les diriger sur les touches, et prête l'oreille aux doux sons de sa voix pour la guider sur les notes. Combien d'amans voudraient être musiciens pour jouir d'un si doux avantage! combien de musiciens sont devenus amans, et amans favorisés par cette méthode, qu'on croirait avoir été imaginée par l'amour! Mère de famille, ne perds pas de vue ta fille, lorsqu'un jeune musicien lui donne sa leçon!

MAÎTRES DE LANGUES LATINE ET FRANÇAISE.

Au-dessous des professions dont nous avons parlé dans les articles précédens, est celle des maîtres de langues latine et française, qui, pourtant, n'ont pas encore pris le nom fastueux de professeurs. Avant 1790, les maîtres

de grec et de latin, ambulans, étaient rares,
parce que les colléges de plein exercice étaient
ouverts à tous ceux qui, par la volonté de leurs
parens, devaient apprendre ces langues, et
qu'alors l'université de Paris ne prenait point
de rétribution pour l'externat.

. Pour ce qui est de la langue française, comme elle n'était point enseignée dans les colléges, il fallait bien que les jeunes gens qui
avaient achevé leurs études, eussent-ils remporté le prix d'honneur, apprissent en particulier, après leur sortie, les principes de cette
langue. C'était une bonne aubaine pour ceux
qui étaient en état de leur donner, chez leurs
parens, des leçons de la langue nationale.

Le temps était arrivé où les fils et les filles
des seigneurs grands ou petits, ne pouvaient
plus se dispenser d'écrire et de parler correc-
tement ; ce n'était plus celui où le moindre
gentilhomme pouvait se glorifier de son ignorance, et où les femmes, occupées exclusivement de frivolités, dédaignaient les premiers
élémens de l'orthographe, ou ne savaient pas
même faire une panse d'*a*. Alors les grammairiens pullulèrent, portant la grammaire de
Restaut et d'autres sous le bras, les bons ou
mauvais abrégés qu'ils en avaient faits eux-

mêmes. Leurs succès passèrent leurs espérances. Nous avons connu plusieurs femmes de la
plus haute qualité, qui se seraient accusées
comme d'une faute irrémissible d'en avoir fait
une contre l'orthographe dans un simple billet.
La reine Marie-Antoinette est un grand exemple de cette application à l'étude de la langue
française. Lorsqu'elle épousa Louis XVI, elle
la parlait et l'écrivait déjà avec autant de correction qu'aucune femme de la cour. La lettre
qu'elle écrivit de la Conciergerie à madame
Élisabeth, sa belle-sœur, prouve, malgré quelques petites incorrections, les progrès qu'elle
avait faits depuis dans cette langue, par les
leçons de l'abbé de Vermont, son lecteur, et
sans doute aussi par ses entretiens avec madame Campan, sa première femme de chambre.

Aujourd'hui, il n'est pas de si petite bourgeoise qui ne fasse apprendre à sa fille la
grammaire de Lhomond, et ne paie un maître
ambulant à douze francs par mois pour douze
leçons d'une heure chacune. Des maîtres si désintéressés ne sont pas rares. Aussi la concur-
rence est-elle cause que les pères et mères de
famille les ont à tout prix, et qu'à peine, avec
toute leur science, ont-ils le moyen de faire
décrotter leurs bottes ou leurs souliers. Il est

tel d'entre eux qui parcourt tout Paris, depuis huit heures du matin jusqu'à quatre heures du soir, pour gagner un écu.

Les maîtres de langues étrangères sont beaucoup plus heureux. Si avant la révolution leur enseignement se bornait aux langues italienne et anglaise, et si pendant le règne de là terreur la plupart d'entre eux se virent forcés de le suspendre, les victoires du général Bonaparte en Italie, et le goût déclaré de la nation pour la littérature anglaise, lui rendirent son activité, et l'augmentèrent même au point que la connaissance de la langue du Tasse et de celle de Milton devint, pour ainsi dire, indispensable pour les jeunes gens et les jeunes personnes des classes aisées de la société. Les rapports, aussi divers que nombreux, qui s'établirent ensuite, par nos triomphes en Allemagne, entre ce pays et la France, donnèrent naissance parmi nous à l'enseignement de la langue des Klopstock, des Gessner, des Wieland, des Goëthe, et autres écrivains distingués de la Germanie. Alors les maîtres qui enseignaient cette belle langue, si long-temps négligée parmi nous, devinrent encore plus communs que ceux d'anglais. L'espagnol et le portugais, que nos victoires nous forcèrent aussi d'apprendre, produisirent une foule de nouveaux maîtres. Ainsi presque toutes les langues de l'Europe, y compris le russe et le suédois, furent enseignées, pour ainsi dire, simultanément à Paris et dans les autres principales villes du royaume, soit par des nationaux, soit par des étrangers.

Ces derniers sont ordinairement préférés, avec raison, aux maîtres français, pour l'enseignement de la langue de leur pays natal, et sont beaucoup mieux rétribués. Hardis, actifs, ils ne cherchent qu'à se produire, soit dans les institutions de l'université, soit dans les maisons particulières. La paix générale que la restauration a procurée à la France, leur a été infiniment favorable, surtout aux maîtres d'anglais, qui, presque tous, nous sont venus de Londres. Non-seulement ils donnent des leçons en ville, mais plusieurs d'entre eux sont admis dans les tribunaux et les ministères, comme interprètes assermentés.

MÉDECINS. CHIRURGIENS. CHARLATANS.

Quoi qu'en ait dit Molière, la profession du médecin est infiniment respectable, parce qu'elle est infiniment utile aux hommes. Depuis long-temps la France en compte un grand

nombre qui ont des droits à nos hommages et
à notre reconnaissance. Les facultés de Montpellier et de Paris s'honorent des noms les plus
illustres dans l'art de guérir. Mais, comme
notre dessein n'est pas de faire leur éloge au
détriment de ceux qui n'ont point atteint à
leur juste célébrité, nous devons nous borner
ici aux mœurs privées de ces disciples d'Hippocrate.

Sous l'ancien régime, un médecin habile
était un homme considérable, et il y en avait
beaucoup d'habiles, quoique la médecine n'eût
pas encore fait les progrès que d'autres sciences
analogues lui ont fait faire depuis vingt-cinq
ou trente ans. En général, ces médecins étaient
des hommes nourris d'observations et pleins
de cette lumineuse expérience qui ne s'acquiert
qu'avec les années. Plus occupés à visiter les
malades dans leur lit qu'à composer des livres,
ils aimaient mieux les guérir que de passer
pour savans; ou s'ils écrivaient, c'était moins
pour endoctriner les autres que pour leur propre instruction et le soulagement de leur mémoire. Les journées de ces docteurs étaient
pleines, et se passaient presque toutes en visites ou en consultations.

En hiver, leur vêtement était un habit de

velours noir, et en été, de drap ou de tricot
de soie. Leur tête était couverte, même avant
la perte de leurs cheveux, d'une perruque à
trois marteaux ou *trois circonstances*. Une fine
dentelle formait leur jabot et leurs manchettes.
Ils s'appuyaient, en marchant, sur une canne
à pomme d'or ou à bec de corbin, du même
métal. Tout leur costume annonçait la dignité
de leur profession, et leur démarche était
pleine d'une gravité, pour ainsi dire, magis-
trale. Lorsqu'ils se présentaient dans une grande
maison, ils y étaient reçus avec de grands
égards et même avec une sorte de respect. Les
Pouteau, les Bouvard, les Petit, les Geoffroy,
les Robillé, les Vicq-d'Azyr, les Portal, les
Thierry, les Bosquillon, les Dufour, les Rast-
de-Maupas, et beaucoup d'autres, s'étaient attiré une grande considération qui rejaillissait
sur toute la société à laquelle ils appartenaient,
et qui ressemblait à celle que l'on avait généralement pour la magistrature.

La révolution ouvrit la porte du sanctuaire
d'Hygie à une infinité d'adeptes qui, à peine
échappés des bancs de l'école, se présentèrent
hardiment, munis d'un brevet, dans les chambres des malades, sous le nom d'*officiers de
santé*. Ces nouveaux disciples d'Esculape, dé-

pourvus d'expérience, mais fournis de présomption, ne furent pas les ennemis les plus
dangereux ni les plus acharnés des anciens
médecins, dont plusieurs, par crainte ou par
dégoût, abandonnèrent l'exercice de leur profession. Le féroce Marat, qui professait la médecine, ne contribua pas peu, avec quelques
autres, à priver un grand nombre de malades
des lumières de ceux dans lesquels ils avaient
mis leur confiance. Ces nouveaux médecins,
et même les anciens, obligés de renoncer au
costume doctoral, ne parurent plus en public
qu'avec un habit qui ne les distinguait nullement des autres citoyens. Ces derniers vendi-
rent leur voiture ou demi-fortune, ne gar-
dèrent que leur canne à bec de corbin, et
prirent le parti de visiter à pied et comme en
secret leurs pratiques les plus distinguées, qui
elles-mêmes se voyaient également obligées de
jeter un voile sur leurs titres ou sur leur opulence, par une manière de vivre bien différente
de celle qu'elles observaient précédemment.

Comme la licence des mœurs, sous le nom
de liberté, s'était répandue dans presque toutes
les classes de la société, les nouveaux officiers
de santé, indépendamment des ressources nombreuses qu'ils trouvaient dans les armées, s'en

procurèrent une infinité parmi les personnes attaquées de la maladie vénérienne. Auparavant, un docteur de la faculté se fût tenu pour déshonoré s'il s'était livré à la guérison de ce mal, et un simple chirurgien n'aurait pas osé empiéter sur les droits de la faculté de médecine. Ainsi la liberté accordée aux citoyens d'exercer la profession qui leur convenait, s'étant introduite dans le temple d'Esculape et d'Hygie, on vit la santé et la vie à la disposition d'hommes pour la plupart dépourvus d'instruction, et l'aveugle présomption se mettre à la place de l'expérience. Les vieux médecins se consultaient les uns les autres et ordonnaient; ces prétendus officiers de santé raisonnaient pour trouver les lumières qui leur manquaient. Appelés auprès du lit d'un malade, les premiers examinaient en silence les symptômes et la marche de sa maladie, et décidaient promptement; les seconds, dans la même circonstance, après avoir examiné le pouls et vu la langue du malade, tâtonnaient, hésitaient, cherchaient à deviner la nature du mal le plus aisé à connaître et à caractériser, et finissaient souvent par prescrire le médicament le moins convenable pour sa guérison.

Cette irruption soudaine de carabins, de

fraters, de majors (1), décorés du beau nom d'*officiers de santé*, donna naissance à une infinité de nouveaux remèdes dont l'annonce couvrit bientôt les murs de la capitale. Alors parurent les élixirs, les opiats, les sirops, les juleps, les pastilles, les pillules, les grains de santé du docteur Franck, les purgatifs et autres médicamens imaginés par des charlatans, élaborés et vendus par des pharmaciens complaisans. Il ne fut plus question des recettes portées sur les anciens dispensaires, mais de vieux secrets, puisés dans de vieux livres, et rajeunis à l'aide de quelques changemens.

Cependant une heureuse révolution ne tarda pas à avoir lieu dans l'enseignement médical. La médecine et la chirurgie, si long-temps rivales, se réunirent pour faire faire de nouveaux progrès à l'art de guérir; et le gouvernement, après avoir trop long-temps fermé les yeux sur les abus du charlatanisme, se décida enfin à faire rendre à la profession du médecin l'honneur qui lui était dû, par des mesures sévères contre le débit des médicamens non autorisés par la faculté de médecine.

(1) On appelait ainsi, avant la révolution, un premier garçon perruquier ou barbier, qui était autorisé à assister aux démonstrations anatomiques dans l'amphithéâtre de Saint-Côme.

Les mœurs privées des nouveaux médecins
ou officiers de santé, si nous en exceptons une
douzaine dans la capitale, ne sont guère diffe-
rentes de celles qui distinguaient ceux que la
révolution avait poussés par milliers vers l'*art
de guérir*. La plupart, sortis des hôpitaux militaires et des ambulances de l'armée, ont pris
des manières et un ton qui contrastent habituellement avec la gravité doctorale des anciens
membres de la faculté. Peu accoutumés à traiter les maladies des gens du monde, et principalement celles des femmes, ils n'écrivent leurs
ordonnances, pour ainsi dire, qu'en tâtonnant.
Il en est même qui se disent médecins consul-
tans, sans avoir rien appris que dans les livres,
et sans avoir jamais été consultés. Au reste,
aussi présomptueux qu'ignorans, ils prétendent suppléer à la véritable instruction et à la
pratique qui leur manque, soit en débitant au
lit de leurs malades, dans les termes nouveaux
et inintelligibles de la science, ce qu'ils s'ima-
ginent savoir sur le genre de leur maladie; ou
bien, s'ils n'ont ni clientelle ni réputation, ils
écrivent, écrivent, compilent, compilent; et
quand ils ont beaucoup écrit et beaucoup com-
pilé, ils lancent dans le public un gros mémoire ou un volume dont ils seront peut-être

bien embarrassés d'appliquer les principes et
les règles (1).

Ces adeptes n'ont rien de plus à cœur que
de loger dans un quartier habité par les riches ; que d'avoir des meubles élégans et dans
le goût le plus moderne, parce qu'ils savent
fort bien que le public ne donne guère sa confiance qu'aux gens qui présentent de belles
apparences dans leur ameublement et sur leur
personne. Quant au costume, il ne laisse
rien à désirer, sous le rapport de la propreté,
de l'élégance et de la légèreté : habit ou redingote d'un drap à la mode, le plus fin, pantalon de même, chapeau rond de castor, cheveux
lavés et parfumés, bottes bien cirées à la cire
luisante, jabot bien plissé, pierres fines à la
chemise et aux doigts des deux mains, chaîne
de montre, de laquelle pendent de gros bijoux ; tel est l'habillement de la plupart de
ces élèves d'Esculape. Le langage des anciens
docteurs était grave, précis, et quelquefois un
peu dur, lorsqu'un malade, qu'ils visitaient,
ne s'était pas conformé à leurs dernières or-

(1) Dans le nombre de ces nouveaux Esculapes, nous pouvons
comprendre l'auteur ou plutôt le rédacteur d'un gros livre, inti-
tulé : *La Médecine sans médecin*. Tout ce que cette compilation
renferme est emprunté du grand *Dictionnaire des sciences mé·
dicales*.

donnances. Celui des docteurs dont nous parlons, au contraire, est léger, prolixe, mais d'une politesse exquise, et leur complaisance pour leurs malades est tout-à-fait aimable.

« Docteur, dit une belle et jeune dame au lit de laquelle un de ces nouveaux docteurs a été appelé, je ne saurais, je vous le jure, me soumettre à votre ordonnance, quelque envie que j'aie de guérir. — Eh bien ! quel médicament désirez-vous que je vous prescrive ?— Les médecines me répugnent. — Eh bien ! prenez une légère infusion de fleurs de tilleul, avec quelques grains de sel de nitre. — Je n'aime point le tilleul. — Prenez, si cela vous plaît, une infusion de fleurs d'oranger. — Si vous me permettiez une goutte d'excellent vin ? —Rien ne s'y oppose ; cette liqueur donnera du ton à votre estomac. — Ai-je la fièvre, docteur ?— Votre pouls n'annonce qu'une bien petite agitation, qui n'aura pas de mauvaises suites. — Je ne dors point. —Une potion narcotique fera descendre un doux sommeil sur vos paupières. — En vérité, docteur, vous êtes un homme charmant ; mais je ne vais point à la garde-robe.—C'est un effet de la maladie ; un lavement émollient de graine de lin vous procurera les selles que vous désirez.—J'éprouve

des coliques, des douleurs aux reins, au côté.
— Des fomentations, madame, des frictions !
— Oh non ! je n'aime ni les cataplasmes ni les
frictions.—Eh bien ! couvrez-vous bien, te-
nez-vous très-chaudement, tâchez de suer un
peu. Je reviendrai demain. »

Croirait-on que c'est avec cette légèreté que
la plupart de nos jeunes médecins se conduisent à l'égard des femmes riches qui les ont
appelés ? S'ils sont moins complaisans et moins
polis pour les femmes du commun, ils ne
montrent pas plus d'instruction et de gravité
dans le traitement de leurs maladies. Nous en
connaissons un, d'une arrogance rare, qui,
appelé auprès d'une pauvre femme de qua-
rante-six ans, n'hésita pas d'attribuer une en-
flure de ventre, qui commençait à se manifester
chez elle, à toute autre cause qu'à la gros-
sesse, et qui se mit à la traiter en conséquence.
Heureusement un autre médecin plus habile
corrigea son erreur, et la malade, au bout de
sept mois et demi, accoucha d'un enfant bien
portant.

Quelques progrès qu'ait faits l'*art de guérir*
dans ces derniers temps, les médecins n'en restent pas moins divisés sur les moyens d'opérer
la guérison de plusieurs maladies. L'un a des

principes différens de l'autre, une manière de
procéder qui ne s'accorde point avec celle de
son rival. Chacun a sa doctrine, chacun veut
se montrer plus habile que ses confrères. Celui-ci prescrit la saignée par la lancette, celui-
là par les sangsues. Écoutez l'un, vous ne
pouvez guérir que par un bon purgatif; écoutez l'autre, votre vie est en danger si vous
n'avez recours à un fort vomitif. Le fameux
Leroy vous propose son *vomi-purgatif*, un autre charlatan ses grains de santé et son *toni-
purgatif*. Si vous souffrez d'un rhumatisme,
tel docteur vous traite comme si vous aviez la
goutte ; et si cette dernière maladie vous tour-
mente, tel autre docteur vous prescrit les médicamens qui conviennent dans les douleurs
rhumatismales. Cependant tous ces messieurs
ont étudié les *aphorismes* d'Hippocrate. D'où
vient donc cette dissidence qui se fait remarquer parmi eux ? Elle vient de l'ignorance où
ils seront toujours des opérations de la nature
dans le corps des individus; ignorance qui les
porte à traiter de la même manière plusieurs
personnes qu'ils jugent être attaquées de la
même maladie.

Les médecins sont plus soigneux de dissimuler leurs opinions politiques que leurs opi-

nions hygiéniques. Discrets et circonspects, ils n'oublient pas, lorsqu'ils sont appelés auprès d'un malade opulent ou constitué en dignité, de prendre d'exactes informations sur ce qu'il pense relativement aux affaires publiques, et se conduisent en conséquence pendant les visites qu'ils lui font. En général, ils évitent de parler de toute autre chose que du sujet pour lequel ils ont été appelés.

Si quelques docteurs ne veulent que des malades riches et dans une haute situation sociale, il en est d'autres qui ne dédaignent pas de donner leurs soins aux malades dont la modique fortune ne peut leur faire espérer qu'un bien modique salaire, et même à des indigens dont ils n'ont à espérer que des expressions dictées par la reconnaissance. Nous pourrions en nommer un, entre plusieurs, si sa modestie ne nous faisait pas un devoir de taire son nom. Appelé auprès d'une vieille dame, dont ni le logement ni l'ameublement n'annonçaient l'aisance, il ne laissa pas de lui faire les visites les plus assidues, malgré la pluie, le froid et la boue, et de prescrire par ses ordonnances les médicamens qu'il jugeait les plus convenables à l'état journalier de sa maladie. S'il n'eut pas le bonheur de la sauver, c'est

que le mal avait fait de grands progrès avant
que son secours fût invoqué.

Nous ne dirons, en terminant cet article,
qu'un mot des opinions religieuses des médecins de nos jours. Avant la révolution, ils
étaient en général attachés à la croyance chrétienne, et, lorsqu'ils voyaient un malade en
danger, ils ne manquaient point d'avertir ses
parens que le moment était venu de l'engager
à mettre ordre à sa conscience. Pendant la
révolution, presque tous s'abstinrent de cette
obligation, soit par crainte, soit par indifférence pour la religion. Depuis ce temps, les
écrits de plusieurs nouveaux physiologistes ont
attiré aux médecins en général une réputation
de philosophie qui touche à celle d'incrédu-
lité.

DEUIL.

C'est une coutume aussi générale qu'ancienne chez tous les peuples, surtout chez les
Français, que celle de témoigner par un deuil
extérieur l'affliction que nous fait éprouver la
perte de nos parens. De tous les devoirs qu'imposent les bienséances sociales, autant que les
sentimens de la nature, ce signe de douleur
est un de ceux dont il nous est le moins permis

de nous dispenser. Jusqu'à l'époque du gouvernement révolutionnaire, les époux portaient le deuil de leur femme, les épouses celui de leur mari, les enfans de leurs père et
mère, de leurs oncles et de leurs tantes; en un
mot, il n'y avait aucune famille qui, quelle que
fût sa croyance religieuse, ne s'empressât de
se couvrir des couleurs du regret et de l'affliction, selon les moyens qu'elle avait de se les
procurer. L'épouse la plus pauvre entourait
son bonnet d'un ruban noir, si elle ne pouvait se procurer le vêtement complet d'une
veuve.

Le gouvernement dont nous venons de parler, depuis qu'il eut immolé Louis XVI sur
l'autel de la liberté, que ce prince avait relevé,
déclara la guerre au deuil, et défendit aux
douloureux sentimens de ceux qui avaient
perdu des personnes qui leur étaient chères,
de le manifester par la couleur noire, et même
par des larmes(1). Dans le temps même que le
sang ruisselait sur les échafauds, et qu'une
infinité de familles avaient à pleurer la mort
tragique de quelques-uns de leurs membres,

(1) Le noir était si rigoureusement proscrit, qu'un habit de
cette couleur, qui avait coûté quatre-vingts francs, ne se vendait
que trois francs aux brocanteurs.

tout signe extérieur de tristesse eût passé pour
un signe de royalisme et d'aristocratie. Il est
vrai que, si le deuil eût été permis, les deux
tiers des habitans de la France auraient été
vêtus de noir : spectacle qui eût fait paraître
dans toute son horreur l'exécrable tyrannie
qui pesait alors sur les Français. Où trouver
un gouvernement chez aucune nation, même
la plus sauvage, qui ait fait un crime des regrets, des larmes et de la douleur ?

Après le 9 thermidor, ce jour de la plus vive
allégresse pour la grande majorité des Français, les habits de deuil parurent de toutes
parts. Ce fut alors que deux sentimens oppo-
sés, celui de la joie qu'inspirait la délivrance
de la plus cruelle oppression, et celui de la
douleur pour la mort déplorable de tant d'innocentes victimes, s'échappèrent de tous les
cœurs avec la plus grande impétuosité. La
veuve, tout en se réjouissant de la juste puni-
tion des tyrans, couvrit sa tête d'un crèpe funèbre en signe de la profonde affliction que
lui causait la perte de son époux ; et l'époux,
qui ne pouvait s'empêcher d'éprouver le même
sentiment de joie pour la terrible vengeance
que le ciel avait exercée contre les bourreaux
de son épouse, prit enfin les vêtemens de la

douleur, dont il avait gémi long-temps de ne pouvoir faire usage.

Cet usage si respectable de prendre le deuil à la mort de nos parens, n'a plus souffert d'atteinte depuis cette mémorable époque. Le mari le plus pauvre ne se croit pas dispensé d'annoncer, par une marque quelconque, les regrets que lui cause la perte de sa femme ; et l'épouse que l'indigence poursuit, se dévoue aux plus grands sacrifices pour couvrir sa tête d'un bonnet noir, et sa poitrine d'un fichu de même couleur, si la mort lui a enlevé le compagnon de sa misère et de ses peines. Il en est de même des enfans à la mort de leurs parens.

Le deuil qui ait été le plus généralement porté dans ces derniers temps, est celui de Louis XVIII, ce père vénérable de la grande famille des Français. On eût dit, à voir le nombre prodigieux de personnes vêtues d'étoffes noires dans la capitale et les départemens, que chaque Français avait perdu son père dans la personne de ce monarque. Il méritait sans doute ces marques de regrets, un prince qui avait sauvé la France des vengeances de l'étranger, et qui, par une charte immortelle, avait assis sur une base inébranlable les libertés publiques et le bonheur de ses peuples.

Il y a pour le deuil une étiquette qui varie suivant la qualité des personnes que le trépas nous a enlevées, et suivant l'état qu'elles occupaient dans la société. Le deuil pour un père, une mère, un époux, une épouse, un grand-père, une grand'mère, se porte généralement pendant un an et un jour; les premiers mois en laine noire et un crêpe. Une veuve ne peut se remarier qu'après l'expiration du terme de son deuil.

Comme il serait trop long de marquer ici tous les usages prescrits dans les familles par l'étiquette du deuil, nous ne dirons qu'un mot sur le deuil de la cour à la mort du monarque, et sur celui des grandes maisons, lorsqu'elles perdent leur chef ou son épouse.

Aussitôt que la famille royale eut rendu ses derniers devoirs à Louis XVIII, qui venait d'expirer, le nouveau roi, Charles X, partit avec sa famille pour le château de Saint-Cloud, où il devait faire sa résidence jusqu'après les funérailles du feu roi. Aussitôt après son départ, les tentures des appartemens du château des Tuileries furent descendues pour être remplacées par des tentures de laine violette, qui est la couleur de deuil pour nos monarques. Les voitures de la cour furent en même temps drapées de la même étoffe et de la même couleur. Après son entrée à Paris, Charles X prit l'habit violet. Les appartemens des princes et princesses de la famille royale ne furent tendus et leurs voitures ne furent drapées qu'en laine noire. Les grands officiers de la couronne, et toutes les personnes auxquelles leur qualité en donnait le droit, drapèrent aussi leurs voitures de la même manière jusqu'à l'époque où l'étiquette mit fin à ce premier deuil.

Il est d'usage dans les plus grandes maisons que tous les appartemens en soient drapés de noir, lorsque l'époux a perdu son épouse, ou que celle-ci a perdu son époux. Tous les domestiques sont en même temps vêtus de deuil, avec des rubans de différentes couleurs sur l'épaule gauche, qui indiquent la livrée. Les voitures, ainsi que les harnais des chevaux, sont couverts de la même couleur.

A la rentrée de Louis XVIII dans sa capitale, on pensait assez généralement qu'un deuil général serait ordonné pour la mort de Louis XVI; mais ce judicieux monarque pensa qu'il ne devait point réveiller un si affligeant souvenir, au milieu des transports de joie qu'excitait son heureux retour.

EMPLOYÉS DES ADMINISTRATIONS.

Rien de plus uniforme que la vie d'un employé. Quelque élevé qu'il soit dans l'administration dont il fait partie, toutes ses journées, et, pour ainsi dire, toutes ses heures se passent de la même manière : c'est une éternelle routine qui, après sa retraite, ne se termine que par une morosité et un ennui qui le conduisent rapidement au tombeau. Ne demandez pas à ces hommes un esprit public, les qualités du citoyen. Dévoués généralement au pouvoir qui les salarie, ils ne connaissent que lui, ne jurent que par lui; ils n'osent proférer aucune parole qui puisse les compromettre auprès de lui. Conserver leur place et leurs appointemens, c'est l'objet continuel de leurs pensées, le motif habituel de leurs actions.

Sous l'ancien régime, ils étaient partagés entre Versailles et Paris. Ils ne jouaient aucun rôle, et même il n'était question que rarement dans le public des premiers commis du contrôle général et de la guerre. Les chefs de division n'avaient aucune importance, et il n'y avait point de directeurs généraux.

Cependant la besogne n'en allait pas plus mal. Sous MM. Turgot, Malesherbes, Necker, Breteuil et autres, on ne nomme aucun commis qui jouît d'assez de crédit pour être célébré dans les journaux ; à plus forte raison n'en connaissait-on aucun qui osât se déclarer le protecteur ou l'ennemi des gens de lettres. Ces ministres se seraient tenus pour déshonorés, si le public avait pu croire qu'ils chargeaient d'autres personnes des affaires les plus importantes de leur administration.

Comme il n'y avait en France qu'une opinion, savoir, l'opinion monarchique, un employé qui s'acquittait de son devoir, n'était point examiné sur ses sentimens politiques ni sur son attachement à tel ou à tel ministre disgracié ; il vieillissait dans son emploi, à moins qu'une raison majeure ne l'en privât ; et, après avoir fait à l'état le sacrifice des plus belles années de sa vie, il se retirait, assuré d'un revenu suffisant pour les besoins de sa vieillesse.

Au temps dont nous parlons, la journée d'un employé était coupée en deux parties par le dîner. Après s'être rendu à son poste à neuf heures du matin, il en sortait à midi pour y rentrer à deux ou à trois heures ; mais quand

les séances de l'assemblée constituante eurent
fait reculer de plusieurs heures celle du dîner,
et que les ministres se virent forcés, par la
multitude des affaires, de rester, pour ainsi
dire, en permanence, tous leurs commis furent obligés de commencer leur travail à neuf
ou dix heures du matin pour ne le quitter qu'à
quatre heures du soir. Sous les assemblées
législative et conventionnelle, ce changement
continua d'avoir lieu, quoique le régime des
bureaux fût devenu plus rigoureux, par l'im-
mensité des occupations que leur donnèrent la
nouvelle législation, les finances, la guerre et
les confiscations. Le nombre des employés s'ac-
crut alors outre mesure, et dans chaque bureau s'introduisit une foule de jeunes surnu-
méraires bien patriotes pour attendre les places
qui viendraient à vaquer, ou pour remplir
celles qui étaient journellement créées.

De cette multitude de fonctionnaires subal-
ternes, se forma une sorte de puissance nommée *bureaucratie*. Les chefs de division, qui
voyaient au-dessous d'eux cent commis, partagés en vingt bureaux, comme en vingt escoua-
des, se crurent et devinrent des hommes importans dont la faveur ne s'accordait qu'aux
plus humbles solliciteurs, soutenus des plus

hautes recommandations de la démagogie.
Pendant le gouvernement révolutionnaire et
conventionnel, ces hommes, presque tous choi-
sis dans les sociétés populaires, n'étaient guère
accessibles que pour les *frères et amis*. Comme
ils sortaient des dernières classes de la société,
l'ignorance de la plupart d'entre eux égalait
leur grossièreté, et, dans leur sot orgueil, ils
s'appliquaient constamment et avec une joie
cruelle à humilier des personnes bien nées,
polies et instruites, qui s'adressaient à leur
bureau.

Autrefois, les idées politiques n'entraient
que bien rarement dans la tête et dans les
entretiens des employés. Un changement complet à cet égard naquit de la révolution. Dès-
lors les bureaux, à l'aide des feuilles quotidiennes, devinrent des écoles de droit des gens
et de droit public; et, soit avant soit pendant
son travail, l'employé s'entretenait librement
avec son voisin des travaux de l'assemblée, de
la marche et des victoires des armées, des
jugemens du tribunal révolutionnaire, du
nombre des malheureux qui avaient péri sur
l'échafaud, de l'Autriche, de l'Angleterre, de
la Prusse, de la Russie, etc.

Il n'est point d'homme aussi disposé qu'un

employé à changer de sentiment, d'opinion,
de langage et de manières. C'est un vrai ca-
méléon qui prend tantôt une couleur, tantôt
une autre, suivant les situations où il se trouve.
Tel est naturellement doux et civil, qui se
montre dur et grossier, si son chef est dur et
grossier ; tel autre est ami des libertés publiques, qui en devient l'ennemi, si son chef est
un partisan du pouvoir absolu. C'est malheureusement ce que nous n'avons vu que trop souvent sous le régime impérial , pendant lequel
presque tous ceux qui avaient vociféré en faveur de la liberté, vociférèrent en faveur du
despotisme ; c'est ce que nous voyons encore
plus clairement et plus généralement depuis
quelques années. Si nous comptons les employés du gouvernement, depuis ceux du premier ministre jusqu'à ceux de la plus petite
sous-préfecture, nous en trouverons plus de
quinze mille qui ne voient la patrie que dans
leurs bureaux, et qui tous composent cette espèce de faction ou de parti qu'on appelle *bureaucratie*, ou gouvernement des bureaux. Ce
serait une question infiniment curieuse à traiter, que l'influence de cette armée de commis
sur l'esprit général de la société en France.

Un employé se lève à six heures en été et à

sept heures en hiver. Après avoir fait sa toilette, qui est la même pour tous les jours de la semaine, il déjeûne de manière à pouvoir attendre le dîner, si toutefois il n'a pas l'habitude de prendre ce repas dans un café, situé sur son chemin. A neuf heures ou même un peu avant, il part pour se rendre à son bureau. Sa marche est lente, et on dirait qu'il compte tous les pas qu'il fait. Ne pensez pas qu'il se mette à l'ouvrage aussitôt après son arrivée : ne faut-il pas qu'il cause pendant quelques instans avec ses collègues ; qu'il leur demande des nouvelles ou leur apprenne celles qu'ils ignorent? Ne faut-il pas qu'il dispose son travail; qu'il taille et essaie ses plumes; qu'il fasse disparaître avec le grattoir les inégalités de son papier; qu'il tousse, crache, se mouche, prenne du tabac et s'arrange commodément sur son siége? Accordez-lui trois quarts d'heure pour ces préliminaires, il ne les refusera pas.

Le voilà donc en train de travailler, comme il a fait la veille, et comme il fera le lendemain, sans mettre son imagination à la torture, mais en laissant aller sa main et sa plume comme des machines accoutumées à se mouvoir toujours de la même manière. Le travail a duré une heure; c'est bien long, bien pénible; il

faut se reposer. On reprend le canif, on taille
encore trois ou quatre plumes; ou bien, si l'on
connaît les règles de la versification, on fait
rimer tant bien que mal quelques lignes de
prose pour une charade, une énigme, un quatrain, une épigramme, un bouquet à Iris, ou
bien on parcourt quelques scènes d'une pièce
nouvelle, ou bien encore on arrange le plan
d'une petite comédie, d'un vaudeville ou d'un
mélodrame, qu'on a pris la résolution de composer et que l'on se promet de faire jouer au
Gymnase. Ainsi se passe le temps jusqu'à quatre heures du soir. Alors tous les employés
s'échappent de leurs bureaux, comme des écoliers de la salle d'étude, lorsque l'heure de la
récréation a sonné.

En se retirant dans ses foyers, notre employé ne regarde ni à droite ni à gauche; il
marche comme il a marché la veille et comme
il marchera le lendemain, d'un pas pressé,
mais uniforme, et avec une sorte de gravité
ou de dignité dans l'air et le maintien. Il faut
qu'en arrivant chez lui, il trouve son dîner
tout prêt et tout chaud : ce qui manque rarement, parce que sa femme ou sa domestique
prévoit, jusqu'à une ou deux minutes près, le
temps de son retour. A table, ce n'est point

comme au bureau : on ne musarde point avant de se mettre à la besogne, et l'on est de prime abord tout entier au potage et aux mets. Dès l'instant même qu'on s'est assis et qu'on a déployé la serviette, comme c'est le bon temps de la journée, on ne se presse point trop de manger et de boire. L'intervalle de quelques secondes sépare les morceaux les uns des autres, et pendant ces courts instans, on adresse à sa femme ou à sa bonne quelques paroles qui auront leur suite après d'autres morceaux. Au bout d'une heure, on tire son cure-dent, et l'on s'en sert avec un air de réflexion, comme si on avait l'esprit occupé d'une affaire de conséquence. Après cette opération, qui dure un quart d'heure, il dit quelques mots, prend sa canne ou son parapluie et son chapeau, et va s'installer dans un café du voisinage, où, après avoir pris sa demi-tasse, il lit successivement, d'un air indifférent, tous les journaux qui lui tombent sous la main. Le *Journal de Paris* et la *Gazette* sont ceux qui obtiennent la préférence. A sept ou huit heures, il sort, se promène un peu au Palais-Royal ou aux Tuileries, si ces jardins avoisinent son logis, retourne chez lui, et à neuf heures il se met au lit pour s'endormir d'un profond sommeil.

C'est là le train de vie qu'il mène tous les jours, excepté le dimanche et les jours de fêtes. Ces jours-là, si c'est l'été, il va se promener avec sa femme et ses enfans hors des barrières, et leur fait servir dans le jardin d'une guinguette un dîner extraordinaire qu'il paiera la somme de cinq ou six francs.

Ce que nous venons de dire de ce commis ne doit pas s'entendre des chefs de division, ni même des chefs de bureau. Ceux-ci tiennent à un certain monde où ils sont obligés de faire figure et de suivre des usages moins vulgaires. Ils donnent des dîners et en reçoivent; ils vont au spectacle plusieurs jours de la semaine ; ils louent, pour la belle saison et l'été, des maisons de campagne où ils se rendent le samedi soir, et d'où ils reviennent le lundi matin. L'obligation de se rendre à leur bureau à neuf heures ne les regarde point. S'ils n'y entrent qu'à dix ou même plus tard, ils ne s'exposent à aucun reproche, et même il est du bon ton qu'ils se fassent attendre par leurs subordonnés.

Un simple employé à quinze, dix-huit cents, ou même à deux mille quatre cents francs d'appointement, est loin de cette aisance qui fait une partie essentielle du bonheur, s'il n'a pas eu soin de se procurer quelques avances.

Dépourvu d'argent comptant, il est obligé, pour l'entretien de sa maison, d'acheter à crédit tous les objets de première nécessité, soit pour sa table, soit pour son entretien et celui de sa famille, avec promesse de payer à la fin du mois ou au commencement du mois suivant; d'où il arrive que lorsque ce paiement est effectué, il ne lui reste presque plus rien de la somme qu'il a reçue, pour les dépenses fortuites et imprévues qui peuvent survenir. Son sort n'est donc pas différent de celui du rentier dont le revenu égale ses appointemens; encore le rentier se trouve-t-il en quelque sorte dans une situation plus heureuse, n'ayant point à craindre une destitution qui le priverait de tout moyen d'existence, et peut-il même encore, dans un moment de gêne, se procurer aisément les ressources qui lui manquent, par un emprunt, secours sur lequel l'employé doit rarement compter, par le peu de sûreté qu'il offre aux prêteurs, dans la situation dépendante et précaire où il se trouve.

ESPIONS DANS LES SOCIÉTÉS.

Dans tous les temps, la police de Paris a eu à ses ordres une armée d'hommes qui, sous

cent costumes différens, se répandent dans les
rues, dans les places publiques, dans les taver-
nes, dans les cafés, dans les maisons de jeux, dans
les bals, dans les spectacles, et jusque dans
les temples ; c'est pourquoi on leur a donné un
nom semblable à celui de ces insectes volans
qui vont se placer sur nos meubles et sur nos
mets, et nous importunent sans cesse de leurs
piqûres. Leurs fonctions consistent à observer
les visages, à écouter les entretiens, et même
à provoquer des plaintes contre le gouvernement, pour avoir le droit de dénoncer ou de
faire arrêter les imprudens qu'ils ont fait tomber dans le piége. Plusieurs de ces hommes,
dont la profession est réputée infâme, et qui
ont subi des peines correctionnelles ou infa-
mantes, sont utilement employés par l'autorité pour la découverte des associations de
malfaiteurs. Ces derniers n'appartiennent qu'à
la dernière classe de ceux de leur métier.

Mais il est d'autres espions d'une classe plus
relevée, si l'on peut s'exprimer ainsi. Ce sont
ceux que la haute police charge d'observer,
pour lui en rendre compte, ce qui se passe ou
se dit dans les sociétés particulières, et même
dans les salons des plus grands personnages,
où on les reçoit sans se douter le moins du

monde du rôle qu'ils sont chargés d'y jouer.
Décorés, pour la plupart, de l'étoile de la Légion-d'Honneur ou de la croix de Saint-Louis,
vêtus proprement et même avec une certaine
élégance, instruits des usages du monde, parlant bien, se présentant avec grâce, ils sont
bien accueillis. On les écoute avec intérêt, et
ils savent affecter un tel air de simplicité et de
bonhomie, que les personnes les plus soup-
çonneuses ne craignent pas de leur dévoiler
leurs sentimens. Agens de la police, ils sont
les premiers à déclamer contre elle, à raconter
ses ruses, et vont, pour inspirer une plus
grande confiance à ceux qui les écoutent, jusqu'à s'élever avec une sorte de violence contre
ceux qui jouent le rôle dont ils sont eux-mêmes investis. Comme ils connaissent certaines
anecdotes ignorées du public, parce qu'ils les
ont puisées à une source inconnue, ils par-
viennent aisément à capter la confiance des
personnes curieuses de ces sortes d'événemens,
et conséquemment à éloigner tout soupçon qui
pourrait s'élever sur leur bonne foi.

Les hommes de cette espèce, sous les Sar-
tines et les Lenoir, trouvaient beaucoup de
facilité à s'introduire dans les grandes maisons, comme beaux joueurs qui ne regrettaient

guère les sommes qu'ils avaient perdues, parce qu'ils avaient toujours à faire quelque rapport intéressant au lieutenant-général de police, sur les personnes, hommes ou femmes, qui fréquentaient ces maisons, et sur les conversations qu'ils y avaient entendues, et que ces rapports leur en procuraient un ample dédommagement, suivant l'importance que ce magistrat y attachait.

Les assemblées constituante, législative et conventionnelle, ayant établi dans leur sein des comités (1) pour remplacer les lieutenans-généraux de police, l'espionnage dont nous parlons éprouva par ce changement beaucoup de difficulté à s'introduire dans la plupart des maisons où il avait été admis. Il se dédommagea amplement de ces exclusions, effet nécessaire de la méfiance où tous les partis étaient les uns à l'égard des autres. Sous les apparences du royalisme, il put s'établir dans le château de Versailles et des Tuileries, et ensuite, sous celle du dévouement, jusque dans la tour du Temple, où des municipaux, après avoir plaint

---

(1) L'assemblée constituante et la législative avaient un *comité des recherches* ou d'inquisition, et la convention un *comité de sûreté générale* qui étendait sa tyrannie d'une extrémité de la France à l'autre.

le monarque infortuné dans les entretiens qu'ils avaient avec lui, s'empressaient d'aller rendre compte à la commune des moindres paroles qui lui étaient échappées.

Roberspierre, après s'être emparé du gouvernement au 31 mai 1793, par la proscription des girondins et d'autres députés qui lui portaient ombrage, eut aussi ses espions chargés de lui rendre compte de tout ce qui s'était passé dans les maisons où il espérait trouver quelque victime d'importance, et même dans les bureaux de la convention. C'étaient principalement des étrangers qui jouissaient de sa confiance, et quelques nationaux, entièrement dévoués à sa tyrannie, entre autres, un médecin, nommé Guérin, qui était constamment à la piste de Tallien, de Bourdon de l'Oise, et d'autres députés. Tous ces espions, au nombre de douze ou quinze, l'accompagnaient aux jacobins les jours qu'il se rendait dans cette société. Un médecin, espion d'un tyran! peut-on trouver un homme plus vil, plus dangereux et plus coupable?

Le directoire avait aussi ses espions, mais non pas en nombre collectif. Chaque directeur en soldait un ou plusieurs, qui, avant et après le 18 fructidor, s'insinuaient dans les maisons qu'on soupçonnait avoir quelques liaisons avec les émigrés et les prêtres insermentés. Au nombre des ministres créés par cette autorité républicaine pour remplacer le comité de sûreté générale de la convention, le fameux Fouché de Nantes fut celui qui, par son adresse et sa prévoyance, lui rendit les plus grands services, sans pouvoir néanmoins l'empêcher de tomber à Saint-Cloud (1). Le grand ministre de la police, le modèle de tous les inquisiteurs présens et à venir, parut au vainqueur de l'Italie et du directoire un sujet précieux à conserver. Il ne trompa point l'idée que ce général, non moins pénétrant que lui, avait de son habileté. Des centaines d'espions adroits, rusés, et grassement payés, se furent bientôt répandus dans les premières sociétés de la capitale et des provinces, et mirent tant d'activité dans leur mission, que l'on n'ignorait rien à l'hôtel de la police de ce qui s'y disait ou s'y passait, pas même de ce qu'avait dit ou fait Bonaparte dans son cabinet des Tuileries. Il

(1) Ce qu'il y a de certain, c'est que Fouché, tout en servant le directoire, comme ministre de la police, le trahit au 18 brumaire. Il n'ignorait rien de ce qui se tramait contre lui, puisqu'il fut un des plus intrépides conspirateurs en faveur de Bonaparte, et l'un de ceux qui lui donnèrent ensuite la main pour monter sur le trône des Bourbons.

avait donc aussi des espions auprès de son maître? sans doute : le premier consul, et ensuite l'empereur, s'étonnait souvent qu'une démarche qu'il croyait avoir faite sans témoins, fût connue de son ministre dans les moindres détails.

Voici un trait de l'habileté avec laquelle Fouché était servi par ses agens. Après le rappel des émigrés, en 1802, il s'en forma dans la ville de Paris plusieurs sociétés ou comités secrets qui, par la confiance qu'ils avaient les uns dans les autres pour avoir été dévoués si long-temps à la même proscription, s'entretenaient ordinairement des affaires publiques avec toute liberté, sans la moindre crainte d'être dénoncés au gouvernement. Un beau matin, un de ces messieurs, qui sans doute s'était exprimé la veille avec un peu trop de licence, en fait de politique, devant deux ou trois de ses amis, pour la fidélité desquels il aurait donné sa tête, reçoit la visite d'un gendarme qui l'invite à se rendre à l'hôtel de la police. Il obéit. Introduit dans le cabinet de Fouché : « Il vous convient bien, lui dit ce ministre d'un ton et d'un air sévères, il vous convient bien de tenir des discours contre un gouvernement qui a eu la générosité de vous rappeler de l'exil! » Après ce terrible préambule, Fouché rappelle à l'émigré tremblant, mot pour mot, le propos qu'il a tenu ; ensuite il ajoute : « Il ne tiendrait qu'à moi de vous déporter ou de vous faire jeter, pour votre vie, au fond d'un cachot ; mais j'espère que cet avertissement vous rendra plus circonspect à l'avenir. »

Ce ministre n'allait pas chercher ses agens dans les classes ordinaires de la société. Il les prenait beaucoup plus haut. De grands noms, soit par ambition, soit par avarice, se laissaient entacher de l'odieuse et vile qualité de ses espions, lorsque eux-mêmes étaient surveillés par d'autres espions, non moins habiles qu'eux.

Nous avons connu un émigré qui, après son retour en France, repartit pour l'Angleterre comme agent particulier du ministre de la police, avec de gros appointemens. Cet homme s'introduisait dans toutes les sociétés françaises, prenait part à leurs malheurs et se plaignait lui-même de sa proscription, comme parent d'un grand personnage. C'était ainsi que le ministre Fouché, malgré la guerre entre la France et l'Angleterre, était informé de tout ce qui se passait à Londres, ainsi que dans l'intérieur du palais où résidait le monarque proscrit.

En Espagne, en Portugal, en Suède, en Danemarck, dans toute l'Allemagne, et même en Russie, Fouché avait des espions. Nous avons connu à Paris un envoyé des cercles de la confédération aux ordres de ce ministre, à mille écus par mois. Rien ne lui coûtait pour savoir tout ce qui se passait dans les cours de l'Europe.

Bonaparte, soupçonneux ou ombrageux, regardant toujours avec inquiétude autour de lui, n'avait pas manqué de se créer une police particulière dont les regards se portaient incessamment sur tous ses ministres, sur les ambassadeurs, et sur tous les étrangers de distinction. Il ne lui était pas difficile d'être bien servi par des sénateurs, des chambellans, des généraux, par des femmes même, au moyen des trésors qu'il pouvait prodiguer pour sa sûreté. On le savait bien, et c'est la raison pour laquelle, pendant un règne de dix ans, aucun complot n'éclata contre sa personne. L'explosion de la machine infernale, la conspiration de l'Opéra, et celle de Georges Cadoudal, lui avaient fortement donné l'éveil et fait sentir la nécessité de s'entourer d'espions, et d'en introduire dans toutes les maisons d'où il avait quelque entreprise à redouter. Si Mallet, La-

horie et consorts purent se procurer un premier succès, c'est qu'alors il était à six cents
lieues de la capitale, et que Fouché avait cédé
sa place à Savari.

Jamais l'œil de la haute police n'aurait dû
être plus ouvert, plus vigilant qu'après la restauration ; cependant jamais il ne fut plus souvent fermé. Les complots s'ourdissaient d'une
extrémité de la France à l'autre, et jusque
dans le sein de la capitale, où les conspirateurs
entretenaient une correspondance suivie avec
l'ile d'Elbe, comme des ambassadeurs avec leur
souverain. Ce fut alors que parut toute la supériorité de la police bonapartiste sur celle de
la légitimité. Était-ce inhabileté de la part du
ministre d'André, ou grandeur d'âme de la
part du monarque loyal qui dédaignait d'employer un espionnage dont son ennemi s'était
servi si long-temps contre lui-même et ses fidèles serviteurs? Mais, dans cette seconde hy-
pothèse, le ministre et le préfet de police pou-
vaient-ils se dispenser de veiller nuit et jour
à la sûreté d'un prince magnanime et trop
confiant?

Après les cent jours, Fouché reprit le porte-
feuille de la police. Sa conduite à cette époque
prouve qu'il aurait dû le reprendre après la

la première restauration. Il en voulait à Napoléon pour des motifs particuliers, et il aurait pris, sans doute, tous les moyens possibles pour empêcher son retour, parce qu'il avait lieu de redouter sa vengeance, s'il est vrai qu'il eût puissamment contribué à sa chute.

Il était trop tard, au mois de juillet 1815, pour donner à ce ministre la place qui lui avait été refusée en 1814. Cependant il l'obtint, et l'on sait l'usage qu'il en fit pour le malheur de plusieurs familles.

Le ministre Decazes, bien inférieur en talent à ce célèbre inquisiteur, se trouva, de plus, dans des circonstances contre lesquelles il eut une extrême difficulté à lutter. Ou il employa mal ses espions, ou ils le servirent mal ; ils ne surent ni prévenir ni faire avorter les conspirations et d'autres causes que leur surveillance empêchèrent les conspirateurs de livrer la France aux horreurs de la guerre civile. L'assassinat du duc de Berry accusera éternellement ce ministre d'une imprévoyance qui ne saurait se concilier avec les devoirs et la sollicitude continuelle auxquels tout homme doit s'assujettir dans la place qu'il occupait.

M. Franc**, dont le génie d'observation est supérieur à celui de son prédécesseur, ne s'endort point, et ses nombreux émissaires sont d'autant plus clairvoyans qu'ils sont plus déguisés. On l'accuse, ainsi que le préfet de police, de jésuitisme ; on le place, comme protecteur, à la tête de la congrégation. Si on ne se trompe point, il a pris un infaillible moyen de se mettre au courant de ce qui se passe dans les moindres villages, et même jusqu'au sein des familles qui valent la peine d'être observées. Ce n'est pas aujourd'hui qu'on peut le bien juger. S'il était remplacé, on le jugerait par la conduite de son successeur.

RENTIERS.

La situation de la plupart des rentiers n'a jamais été heureuse. Sous l'ancien régime, c'était souvent les rentes que le contrôleur-général des finances attaquait de préférence, lorsqu'il avait besoin d'argent, pour diminuer le déficit que les dilapidations de la cour établissaient entre la recette et la dépense. Lorsque l'assemblée constituante eut émis plusieurs centaines de millions d'un papier hypothéqué sur les biens du clergé, ils subirent la différence qui s'établit aussitôt entre la valeur de l'argent et celle de ce papier-monnaie. Quoique cette

différence devînt de jour en jour plus considérable par de nouvelles émissions d'assignats,
la Convention crut devoir se constituer, à leur
égard, en état de banqueroute, en leur rem-
boursant, avec des assignats qui tombaient
chaque jour en discrédit, les deux tiers
de leur capital, pour en consolider l'autre
tiers, sur le grand livre de la dette publique.
Là ne finit point leur infortune. Le paiement
du revenu de ce tiers, à raison de cinq pour
cent, ne s'effectuant qu'avec ce même papier,
dont la valeur était devenue presque nulle,
la plupart d'entre eux tombèrent de l'aisance
dans la misère la plus profonde. Par cette violation des engagemens nationaux, le rentier
qui, avant la révolution, avait six francs, par
jour, de rente, fut réduit à moins d'un franc.

Lorsque le directoire prit les rênes du gouvernement, et que le numéraire eut reparu,
le tiers consolidé tomba, soit par les opérations
de l'agiotage, soit par les besoins de l'état, soit
enfin par un mauvais système de finances, à
quinze ou vingt francs : ce qui mit un bon
nombre de rentiers, craintifs ou nécessiteux,
dans le cas de se faire rembourser à ce taux,
de peur que leur tiers ne se réduisît à zéro.
Le général Bonaparte, devenu consul et en-

suite empereur, ayant pris des mesures pour
rétablir les finances, menacées d'une ruine totale, le tiers consolidé des malheureux rentiers
remonta successivement jusqu'à soixante, et
même jusqu'à soixante-huit francs. Il descen-
dit beaucoup plus bas, lorsque ce grand capitaine, après avoir vaincu l'Europe et fait trembler la Russie, se vit forcé de se défendre,
pied à pied, dans l'intérieur de la France.
Après sa chute, la restauration donna aux rentiers de nouvelles espérances, qui s'affaiblirent
pendant les cent jours, et ne reprirent vigueur
que par le second retour du monarque légitime.

Depuis cette époque, remarquable par les
énormes contributions qui nous furent impo-
sées par les alliés, et par les frais énormes de
l'occupation militaire, une sage administration
des finances de l'état fit remonter le tiers de
cinquante francs jusqu'à quatre-vingt-dix
francs. Il était à peu près à ce dernier taux,
lorsque cette administration passa entre les
mains du comte de Villèle. Ce tiers, balloté
depuis si long-temps, étant arrivé enfin au-
dessus du pair, encouragé par un si grand succès, ce ministre ne craignit pas de proposer
aux rentiers la triste alternative de recevoir

leur remboursement, ou de consentir à convertir leurs cinq pour cent en trois, en prenant des inscriptions à soixante-quinze francs. Malgré ses brillantes promesses, le comte de Villèle vit échouer ce plan contre le bon sens et l'intérêt des rentiers, qui persistèrent à laisser leur capital au trésor.

Par ce que nous venons de dire, on voit que rien n'est plus précaire que les moyens d'existence d'un rentier ; mais sa dépendance des opérations financières d'un ministère et des événemens politiques, n'est pas la seule chose qui doive l'inquiéter. Quand tous les objets de nécessité renchérissent autour de lui, il ne peut qu'avec beaucoup de peine atteindre à leur prix, par l'état stationnaire de son revenu; d'où il arrive que, de temps en temps, il est obligé de s'imposer des privations auxquelles il n'est pas accoutumé.

Comme les rentiers appartiennent la plupart aux classes inférieures de la société, et touchent à ces années où les besoins se multiplient avec les infirmités, on peut, en quelque manière, regarder leur sort comme beaucoup plus à plaindre que celui des employés, dont les appointemens sont quelquefois augmentés, en raison de la cherté des subsistances. Il est vrai qu'ils peuvent emprunter sur leurs inscriptions; mais quelle triste ressource !

Un rentier, occupé à compter avec lui-même, aussitôt qu'il a touché son trimestre, met d'abord de côté le prix de son loyer, qui, malheureusement, est augmenté presque chaque année, par un avare propriétaire; ensuite il fixe telle somme pour les provisions du ménage les plus indispensables, telle somme pour son vêtement et celui de sa famille, telle autre somme pour les besoins imprévus; enfin, telle somme, bien modique, pour quelques menues dépenses dont il a contracté l'habitude. Supposons qu'il perçoive quatre cent cinquante fr. pour un trimestre, et qu'il ait une femme et deux enfans. Après avoir mis à part, pour un terme de son modeste logement, la somme de soixante-quinze francs, celle de trois cent quinze francs pour sa nourriture la plus frugale, à raison de trois francs cinquante centimes par jour, et soixante-quinze francs pour son entretien, et pour les menues dépenses du ménage, que lui reste-t-il après ce triste calcul? Une dette de quinze francs, et, de plus, une partie de sa contribution mobilière : ainsi donc, rien pour le spectacle, rien pour le café, rien pour le jeu le plus innocent; rien, en un

mot, pour les amusemens les moins coûteux ;
mais une gêne, et des privations qui rendent
son existence la plus pénible qu'on puisse imaginer.

Combien de rentiers, dont le revenu se
trouve diminué par l'augmentation progressive
des loyers et du prix des denrées de première
nécessité, sont forcés, presque à chaque trimestre, de renoncer à des habitudes qui leur
sont d'autant plus chères, et auxquelles ils
peuvent d'autant moins renoncer, qu'elles sont
plus anciennes ; de retrancher une partie de
ce qu'ils ont consacré à l'instruction de leurs
enfans, à leur entretien et à celui de leur compagne ! Combien, se voyant dans l'impossibilité
de subsister dans la capitale où ils sont nés,
n'ont eu à prendre, à l'âge de soixante ans,
que le douloureux parti de l'abandonner, pour
aller végéter tristement et finir leurs jours
dans un village !

Cependant, le peuple, en voyant un homme oisif se promener nonchalamment du matin au soir, en s'arrêtant à tous les objets qui
frappent ses regards, a coutume de dire : « Il
est heureux comme un rentier, qui trouve
son dîner tout prêt en rentrant chez lui ; il est
sans inquiétude ; il se promène le parapluie

sous le bras et la canne à la main. » Cette erreur populaire ne surprend pas les hommes
qui pensent que le peuple, qui n'a d'autre
moyen d'existence qu'un travail pénible et
journalier, doit regarder le repos de l'oisiveté
comme le bonheur suprême. Mais c'est justement
ment cette oisiveté, mère de l'ennui, qui fait
le tourment de la plupart des rentiers, devenus incapables de se livrer à aucune occupation sérieuse ou lucrative. Ce n'est point généralement dans la classe des jeunes gens qu'il
faut les chercher, mais dans celle des vieillards,
qui ont placé sur l'état le fruit de longues épar-
gnes, et dont la main ne peut plus se livrer
aux travaux par lesquels ils ont tâché de se
procurer *une poire pour la soif*, c'est-à-dire,
une ressource pour la fin de leur carrière.

CHEVALIERS DE SAINT-LOUIS.

Quinze ou vingt ans avant la révolution,
les rues, les places et les promenades de la
capitale, fourmillaient de chevaliers de cet
ordre royal et militaire, dont un assez grand
nombre étaient réduits à n'exister que d'une
modique pension, attachée à leur décoration.
Touchés de leur détresse, des maréchaux de

France, et autres seigneurs qui jouissaient de grands revenus, en recevaient chaque jour plusieurs à leur propre table, ou à une table particulière, dressée exprès pour eux. Le duc d'Orléans, entre autres, en avait établi, dans ses appartemens du Palais-Royal, une, à laquelle venaient s'asseoir journellement douze ou quinze chevaliers. Présidée par un des principaux officiers de sa maison, elle était fort bien servie; de temps en temps il entrait dans la salle à manger, et invitait les convives à manger avec appétit.

Il ne faut pas croire que tous les pauvres chevaliers fussent jugés dignes d'avoir leur couvert mis dans les grandes maisons. Ceux qui ne portaient qu'un nom roturier, et qui n'étaient connus que sous celui d'officier de fortune, étaient souvent réduits au frugal dîner d'un simple ouvrier; quelques-uns même se privaient, de temps en temps, de ce repas, après avoir pris une tasse de café au lait et un petit pain, qui leur tenaient lieu de nourriture jusqu'au lendemain. Qui ne connaît la mauvaise plaisanterie que Saint-Foix se permit un jour, à l'égard d'un particulier décoré qui, dans un café, déjeûnait de cette manière, ou plutôt dînait auprès de lui? « Vous faites là un f*** dîner, » dit-il à cet homme respectable. A ces paroles, l'officier se tient pour insulté; il en demande raison à l'insolent auteur des *Essais sur Paris*. Les deux champions se rendent sur le terrain, et mettent aussitôt l'épée à la main. L'agresseur est blessé; mais, sans perdre son sang-froid, ni son caractère railleur : « Cette blessure, dit-il au chevalier, en voyant couler son sang, ne m'empêchera pas de vous répéter qu'une tasse de café au lait et un petit pain sont un f*** dîner. »

Si l'ordre de Saint-Louis, honorable récompense des longs services dans la profession des armes, renfermait un très-grand nombre d'officiers dont l'honneur, mis en contact avec l'indigence, ne laissait pas d'animer les sentimens et de diriger les démarches, il est certain que plusieurs de ceux qui en portaient la croix, se montraient peu scrupuleux en fait de probité, et se déshonoraient par des bassesses auxquelles les entraînait la passion du jeu; que d'autres, sans égard pour le titre respectable de chevaliers, ne rougissaient pas de se vouer à de certaines fonctions de la domesticité, sous le nom de *caudataires*, ni même de s'enrôler dans la troupe méprisée des espions de police.

Une conduite si indigne d'une décoration consacrée à l'honneur, et que le monarque se faisait une gloire et un devoir de porter sur sa poitrine, était cause que l'ordre respectable auquel ils appartenaient, avait tellement perdu dans l'esprit public de la considération à laquelle il avait droit, qu'une croix de Saint-Louis, portée par un individu qu'on ne connaissait pas, au lieu d'inspirer du respect pour sa personne, ne faisait naître assez souvent qu'un sentiment de crainte ou de méfiance.

Il n'en était pas ainsi dans les provinces. Tout chevalier de Saint-Louis y tenait un certain rang, et jouissait d'une estime non moins méritée par une conduite honorable que par ses services comme officier. On le saluait dans les rues, on s'empressait de l'avoir dans sa société et à sa table, et celui qui appartenait à la roture n'était guère moins considéré que celui qui portait un titre de noblesse.

L'assemblée constituante ayant aboli tous les ordres de chevalerie, en commençant par celui du Saint-Esprit, tous les rubans rouges disparurent des boutonnières, presque le même jour. La plupart de ceux qui les avaient portés, ne virent d'autre moyen, pour se faire reconnaître des personnes qui les avaient quel-

quefois accueillis, que de les tirer de leur
poche pour les leur montrer. « Monsieur, dit
un jour l'un d'eux à un jeune homme qui
n'avait pas pour lui tous les égards qu'il s'imaginait lui être dus; monsieur, je vous excuse
parce que vous ne savez point à qui vous par-
lez; » et en même temps il alla chercher, dans
une poche de sa veste, un morceau de papier
d'où il tira un ruban moitié rouge et moitié
jaune, auquel était suspendu son porte-respect.
A cette vue : « Cela était bon il y a un mois,
dit le jeune homme, mais aujourd'hui!... »

La convention porta le dernier coup à la
croix de Saint-Louis, par le décret qui en-
joignait à tous les chevaliers de déposer leur
décoration et leur brevet sur le bureau de leur
municipalité respective, sous peine d'être privés de leur pension, et même d'être poursuivis.
Dès-lors, les chevaliers qui n'étaient pas connus, n'eurent plus, à leur grand regret, de
moyen de se faire connaître, et ce ne fut pas sans
douleur qu'ils se virent confondus dans la foule
des citoyens. Pendant près de vingt-cinq ans
que dura cette éclipse des croix de Saint-Louis,
un grand nombre de chevaliers avaient payé
à la nature le dernier tribut, lorsque, en 1814
et en 1815, nous fûmes bien étonnés de voir

cette décoration sur la poitrine d'individus
dont plusieurs portaient, depuis longues années, les livrées de la misère, ou qui n'offraient sur leur personne rien de ce qui
aurait dû les caractériser comme anciens militaires. Alors, se répandirent de tous côtés,
dans la capitale et dans les départemens, des
essaims de ces chevaliers, sortis de l'armée
du prince de Condé et des fameuses bandes
vendéennes; et ce n'est pas exagérer, en disant
qu'en moins de quatre ans leur nombre s'éleva
à plus de huit mille. Dans une si grande multitude d'hommes décorés, et sans profession
lucrative, si nous en exceptons ceux qui font
partie de l'armée, il s'en trouvait un nombre
prodigieux qui n'avaient presque aucun moyen
d'existence. Louis XVIII commença par four-
nir, de sa cassette, des secours aux plus nécessiteux. Il se forma bientôt une *association paternelle* en leur faveur, à la tête de laquelle se
placèrent les princes et princesses de la famille
royale, les maréchaux de France, plusieurs
pairs et officiers-généraux, possesseurs d'une
grande fortune. Le soulagement des chevaliers
pauvres ou infirmes ne fut pas le seul but que
se proposa cette charitable association ; une
partie des fonds, produits par sa libéralité, fut

encore destinée à l'éducation de leurs enfans.
Comme ces secours étaient insuffisans, la chambre des députés, prenant en considération la
triste position de tant d'officiers, dont les anciens services, la vieillesse et les infirmités
réclamaient un supplément aux secours du
monarque et de l'association, vota pour eux,
dans plusieurs budgets successifs, des sommes
dont la totalité s'élève aujourd'hui à plus de six
cent mille francs.

Cependant, malgré cette augmentation de
ressources, il est à croire, vu le grand nombre
des chevaliers de Saint-Louis, qu'il s'en trouve
encore beaucoup parmi eux qui n'ont pas
trois francs à dépenser par jour, somme bien
modique pour le temps où nous vivons, et au-
dessous de celle que gagnent la plupart des
ouvriers. Aussi, que résulte-t-il pour eux de
cet état continuel de gêne et de besoin, si ce
n'est le dangereux désir de suppléer à ce qui
leur manque par les funestes chances des jeux
de hasard, ou par des emprunts ruineux, qu'ils
n'obtiennent qu'en déposant leur brevet entre
les mains des usuriers?

Vêtemens usés, linge malpropre, chaussure
déchirée, nourriture insuffisante chez les petits
traiteurs, logement incommode ou malsain

dans les hôtels garnis, telle est l'existence à laquelle sont réduits la plupart de ces officiers, respectables par leurs services, leur royalisme et leur âge (1).

CHEVALIERS DE L'ORDRE ROYAL DE LA LÉGION-D'HONNEUR.

Cet ordre, civil et militaire, a été institué par Napoléon, pour récompenser d'importans services rendus à la société, dans toutes les professions qui contribuent à sa gloire et à son bonheur; mais, quelque honorable qu'en soit la décoration, pour ceux qui n'appartiennent pas à l'ordre militaire, elle l'est beaucoup plus pour ceux qui se sont fait remarquer sur les champs de bataille par leur bravoure. L'intrigue ou la faveur peuvent aisément la procurer à un simple commis, à un homme de lettres, auteur d'une pièce de théâtre; à un poëte, pour un poëme de circonstance, etc. Mais ce n'est qu'une bravoure au-dessus de toute con-

(1) Nous n'avons parlé dans cet article que des chevaliers de Saint-Louis qui ont repris la croix qu'ils avaient été forcés autrefois de déposer, et de ceux qui l'ont gagnée pour avoir servi pendant la révolution dans les armées royales ou dans les troupes nationales.

testation, un titre dont l'authenticité glorieuse ne peut être révoquée en doute par la jalousie, qui placent ce signe de l'honneur sur la poitrine d'un simple soldat.

Si le nombre des chevaliers de Saint-Louis est considérable, celui des membres de la Légion-d'Honneur l'est plus encore, et, sans tomber dans l'exagération, on peut l'évaluer à plus de vingt mille, vu la prodigieuse quantité de croix qui ont été distribuées, à l'époque du couronnement de Charles X, dans les bureaux des ministères et des administrations, et dans les tribunaux.

Les chevaliers de l'ordre civil ne jouissent d'aucune pension; mais les militaires en reçoivent une, proportionnée au grade qu'ils occupent dans la Légion. En général, les légionnaires qui appartiennent à l'armée, ou qui en sont sortis, sont plus heureux que les chevaliers de Saint-Louis, et même plus considérés du public. Lorsque nous voyons l'étoile d'honneur sur la poitrine d'un vieux guerrier en uniforme, et sur celle d'un homme du peuple de la ville ou de la campagne, nous pensons aussitôt à ces grandes batailles de la révolution, dans lesquelles ces braves ont mérité d'être distingués, parmi tous les autres braves de nos

armées, par le grand capitaine qui les conduisait de triomphe en triomphe.

La plupart des militaires, membres de la
Légion - d'Honneur, existent honorablement
avec la modique pension attachée à leur titre,
et avec celle de retraite, qu'ils ont méritée par
un long service, en qualité d'officiers ou de
sous-officiers, ou par les blessures graves qu'ils
ont reçues dans les combats. Les uns ont em-
brassé des professions honorables et lucratives, ou se sont unis maritalement à des femmes
dont la fortune est un supplément avantageux
à leur pension ; les autres, devenus commis,
ou même simples ouvriers, ont aussi trouvé,
dans de pénibles occupations qui n'ont rien
d'humiliant, une existence qui les éloigne à la
fois de la misère et des vices. Cet artisan qui,
le dimanche, noue sa croix d'honneur sur une
redingote d'un bon drap, et dont le reste du
costume répond à ce vêtement, n'annonce-
t-il pas mieux l'aisance, ne commande-t-il
pas mieux le respect, que ce chevalier de
Saint - Louis qui, ce même jour, ne paraît en
public que la tête couverte d'un vieux chapeau, que vêtu d'un habit râpé, d'un mauvais
pantalon, et qui s'efforce en vain de cacher
le col de la chemise qu'il porte depuis quinze

jours, sous les plis d'une cravatte noire?

Il n'est en France aucun bourg ou village, peut-être aucun hameau, où l'on ne trouve un brave décoré de l'étoile d'honneur. Les hommes à qui leur bonne conduite et des actions d'éclat ont mérité cette distinction, sont, en général, les modèles de la population au milieu de laquelle ils vivent. Se respectant eux-mêmes par le respect qu'ils portent à leur décoration, ils s'éloignent avec soin des sociétés dont les opinions, les sentimens et les usages ne s'accordent point avec l'honneur dont ils font profession, conformément au principe monarchique de leur Légion. Jamais institution n'a peut-être été aussi utile dans un état, sous le rapport des mœurs publiques et privées. Les chevaliers de Saint-Louis, moins confondus avec le peuple, n'ont qu'une legère influence sur ses mœurs; mais celle de nos légionnaires est de tous les jours, sur toutes les conditions et sur tous les âges, dans les lieux où ils résident. Quel spectacle, quel exemple pour la jeunesse, que ce vieux guerrier qui, après vingt-cinq campagnes, dans lesquelles il s'est battu, comme un lion, pour la patrie, et qui, couvert de nombreuses cicatrices, se croit bien payé de ses longs travaux par un

simple ruban! Laborieux, bon époux, bon
père, citoyen paisible, il continue à servir son
pays par ses vertus domestiques, comme il l'a
servi par sa valeur. Les campagnes n'ont pas
d'habitans plus sensés, plus judicieux que ces
vieux soldats pour lesquels la décoration qui
brille sur leur poitrine est le motif de la sagesse
de leur conduite pendant la paix, comme le
désir de la mériter a été celui de leurs exploits.

Un grand nombre d'entre eux se sont rendus dignes, par la confiance qu'ils inspirent,
d'obtenir des places d'inspecteurs dans les palais du monarque et des princes, de concier-
ges dans les châteaux, de gardes champêtres
dans les villages, de gardes forestiers, de gardes-
chasses, et d'officiers dans les gardes nationales. Partout ils se font respecter par leur
bonne tenue et par l'exactitude à remplir leurs
fonctions, et par leur zèle à maintenir le bon
ordre dans les places qu'ils occupent. Il en est
un certain nombre qui, dans les colléges
royaux et dans plusieurs institutions de l'Université, sont employés en qualité de maîtres
d'études : certes, ce ne sont pas ceux-là que
les élèves respectent le moins.

Nous aimons à penser que les limiers de la
police, qui se décorent du signe de l'honneur,

ne l'ont jamais mérité par de belles actions sur
les champs de bataille, et qu'ils ne sont autorisés à le porter que pour tendre plus facilement des piéges aux citoyens.

Les chevaliers de Saint-Louis qui ne sont
pas membres de la Légion-d'Honneur, et ceux
des légionnaires qui ne sont pas chevaliers de
Saint-Louis, ne se regardent pas, en général,
d'un bon œil. Les premiers, faisant sonner bien
haut leur fidélité au monarque légitime, ne
craignent pas d'accuser les seconds de jacobinisme ou de bonapartisme, s'ils n'ont pas obtenu leur décoration par un brevet émané de
l'autorité royale. Ils sont taxés quelquefois, à
leur tour, par les légionnaires, de poltrons,
de transfuges, d'usurpateurs d'une décoration
qu'ils n'ont pas méritée. Sans doute, il y a
beaucoup d'injustice dans ces mutuelles récri-
minations; sans doute, elles n'ont lieu que
rarement entre des sujets distingués du même
monarque, qui doivent se porter une estime
réciproque; mais il suffit qu'elles aient lieu
dans quelques circonstances, pour nous au-
toriser à signaler cette espèce d'antipathie.

Voici une conversation entre un chevalier
de Saint-Louis et un légionnaire, que nous
entendîmes un jour dans un des petits cafés

de Paris. Le premier paraissait avoir cinquante-
cinq ans, et le second quarante-huit ans. Celui-ci
était un maître cordonnier ; il était proprement
endimanché, comme gens de son état, et ne
portait qu'un simple ruban rouge à la boutonnière de sa redingote. Le chevalier de Saint-
Louis, vêtu bien moins proprement, se pava-
nait avec sa croix suspendue à un large ruban
qui avait déjà souffert dans sa couleur de
l'inclémence de l'atmosphère. Ils venaient de
prendre, l'un près de l'autre, leur demi-tasse
et leur petit verre d'eau-de-vie.

Le chevalier de Saint-Louis prenant la parole : « Vous paraissez être, dit-il, membre de
la Légion-d'Honneur ? »

Le cordonnier. « Si je parais l'être, c'est
que je le suis, et que je m'en vante. »

Le chev. « Vous conviendrez qu'il y a une
grande différence entre votre décoration et
celle que je porte. L'ordre de Saint-Louis a
été institué par Louis XIV, en faveur des seuls
officiers, et le vôtre l'a été par un usurpateur,
pour tout le monde, même pour les simples
soldats. Nous appartenons essentiellement à la
légitimité de l'auguste race des Bourbons ; et
vous, vous avez d'abord appartenu à celui
qui a eu l'audace de s'asseoir sur leur trône. »

LE CORDONN. « Prenez garde à ce que vous dites, monsieur le chevalier. Je conviens de l'ancienneté de l'ordre dont vous portez la décoration; je le respecte beaucoup, ainsi qu'un grand nombre de ceux qui en sont membres: mais depuis que Louis XVIII s'est déclaré grand-maître de la Légion, vous avez tort de lever un lièvre que vous ne tuerez pas. »

LE CHEV. « Mais il y a tant de gens qui portent votre ruban. »

LE CORDONN. « Cela ne me regarde pas. Au reste, c'est qu'ils méritent de le porter. Il y a aussi tant de gens qui portent le vôtre. Tenez, moi qui vous parle, je ne suis qu'un vieux sapeur à barbe grise, aujourd'hui cordonnier, et je crois avoir mérité, non-seulement ma croix, mais encore la vôtre. »

LE CHEV. « Mon cher.... »

LE CORDONN. « Dites *monsieur ;* je le suis autant que vous. Ne me faites pas monter la moutarde au nez. Voilà comme vous êtes tous. Vous nous prenez encore pour des clampins. »

LE CHEV. « Dites-moi, je vous prie, monsieur, où vous avez gagné votre décoration? »

LE CORDONN. « Quoique je ne vous doive aucun compte, je vous dirai que je l'ai gagnée à trente batailles où je me suis trouvé, et où vous n'étiez pas; depuis celle de Jemmapes jusqu'à celle de Wagram, où je fus blessé. Et vous, monsieur le chevalier, quels sont vos exploits? Je vous le demande à mon tour. »

LE CHEV. « Il n'a pas dépendu de moi de faire de belles actions à la guerre. Je suis noble, et j'étais sous-lieutenant lorsque arriva cette infâme révolution. Forcé de quitter mon régiment par les soldats révoltés, je me retirai dans ma famille. Persécuté par les jacobins de notre petite ville, je me rendis à Paris, où j'eus le bonheur de trouver une place de commis, que j'ai occupée jusqu'à la restauration. Au retour du monarque légitime, je fis valoir mes droits, conformément aux statuts de l'ordre de Saint-Louis; je produisis des certificats qui prouvaient que j'étais officier en 1789; le ministre de la guerre n'eut rien à opposer à mes vieux services; et, six semaines après, j'obtins la croix de Saint-Louis. Nous sommes des milliers dans le même cas. »

LE CORDONN. « Vos vieux, vos vieux services! Des services au bureau d'un charlatan, d'un huissier, ou au comptoir d'un marchand! Adieu, mon cher; au revoir. »

LE CHEV. « Mon cher! mon cher! Que cet homme est grossier! (*A part.*) Où en sommes-nous? »

BIBLIOPHILES ET BIBLIOMANES.

Dans tous les temps, il y a eu des amateurs de livres, qui se sont occupés d'en composer des bibliothèques plus ou moins considérables. Les uns n'ont acquis que des livres instructifs dans tous les genres; c'est le bon goût qui les a dirigés dans leurs acquisitions. Les autres, peu éclairés ou épris d'une belle passion pour de certains ouvrages plutôt que pour d'autres, sans pouvoir se rendre aucune raison de leur préférence, n'ont épargné ni peine ni argent pour se les procurer. D'autres enfin, privés de tout discernement, ont accumulé livres sur livres, anciens ou modernes, bien ou mal imprimés, brochés ou reliés, sur la théologie, la jurisprudence, les sciences, les arts, les belles-lettres, la géographie et l'histoire. Nous nommons les premiers *bibliophiles*, ou amateurs de livres, et les autres *bibliomanes*, ou possédés de la manie des livres.

Rien de plus agréable que la vie privée d'un bibliophile à qui ses facultés pécuniaires permettent de satisfaire son goût pour les bons livres. Sa première pensée est d'inscrire sur un catalogue les livres qu'il a achetés, sui-

vant l'ordre adopté assez généralement par les
bibliographes. C'est un travail de quelques
heures, auquel il se livre chaque jour avec
un nouveau plaisir. Il a fait établir, pour y
ranger ses acquisitions, des tablettes dont plusieurs sont déjà garnies d'ouvrages de bons
auteurs, qu'il n'a pas négligé de parcourir.
Pour donner à nos lecteurs une juste idée de
sa conduite et de son goût dans la composition
de sa bibliothèque, nous allons leur mettre
sous les yeux une lettre qu'un amateur de bons
livres a écrite à un ami, et que celui-ci a bien
voulu nous communiquer.

« Mon cher baron,

« . . . .
. . . .
Vous n'ignorez pas que j'aime, avec une sorte
de passion, les livres des bons auteurs. Depuis
qu'il m'est survenu une succession qui augmente ma fortune, je me suis décidé à former
une bibliothèque de quinze cents à deux mille
volumes, de nos meilleurs ouvrages dans tous
les genres, sans en préférer aucun, si ce n'est le
genre qui renferme les livres qui traitent de la
religion chrétienne. Comme mon goût me porte
vers les ouvrages les plus instructifs, soit sous

le rapport du sujet, soit sous le rapport du
style, je me suis mis à les acheter successivement, sans trop marchander sur le prix. Je
tiens beaucoup aux bonnes éditions, à la beauté
du papier, et à la propreté de la reliure, dont
la richesse ne m'impose pas, et pourrait m'empêcher de m'en servir. Lorsque j'ai eu le bonheur de rencontrer, chez un libraire, un bon
ouvrage, bien écrit, bien imprimé et bien relié, je le place sous mon bras, et je retourne
chez moi aussi content que si j'avais découvert
un trésor. Arrivé dans le local où j'ai fait dres-
ser une grande armoire vitrée, en bois façon
d'acajou, je place mes livres dans la division
et la subdivision auxquelles ils appartiennent.
Qu'un livre soit très-rare, sous le rapport du
sujet ou sous celui de l'édition, sa rareté n'est
point une raison pour que je l'achète. Je lais-
serais là le plus bel Elzévir qui ne m'appren-
drait rien d'utile. Mes affaires ne souffrent en
aucune manière de mon goût pour les livres.
Je ne pense à le satisfaire que dans mes heures
de loisir. Mes promenades de plaisir se font
souvent sur les boulevards et sur les quais,
mais je ne me retire pas toujours avec des livres
sous mon bras.

« Aussitôt après mon lever, je n'ai pas de

plus grand plaisir que d'aller visiter ma bibliothèque; j'examine les livres que j'ai achetés la
veille, j'en cherche les défauts, et si je les
trouve complets et purs, je me félicite de mon
acquisition. Ma revue faite, je prends un volume d'un bon ouvrage, j'en lis une trentaine
de pages avec attention, et j'en extrais ensuite
les passages qui m'ont le plus frappé. Je retourne ensuite à mes occupations. Ma collection s'élève déjà à près de six cents volumes,
dont plus de cent m'ont fourni d'excellens ex-
traits.

« Vous n'ignorez pas que je sais assez de
grec pour lire Homère, Platon, Plutarque, et
plusieurs autres auteurs qui ont écrit dans cette
langue; que je suis familiarisé avec la langue
latine, dont je me suis amusé à traduire des
morceaux, entre autres de Tite-Live et de Ta-
cite. J'ai placé dans ma bibliothèque les ouvrages des grands écrivains de Rome com-
mentés par les savans de Hollande, de France
et d'Angleterre. J'ai ajouté les ouvrages des
auteurs français les plus estimés, soit en vers,
soit en prose; et, comme je possède assez bien
la langue anglaise, je ne laisse point échapper
l'occasion de me procurer les ouvrages des
meilleurs auteurs que l'Angleterre ait produits.

« Ne pensez donc pas, mon cher baron,
que je n'achète des livres que pour me donner
seulement la vaine réputation d'un amateur.
Je les tire souvent de leur place, comme je vous
l'ai dit, pour en faire une lecture aussi agréable
qu'instructive. Tous les matins, après mon
lever, et avant de vaquer à mes occupations
accoutumées, je lis de suite un certain nombre
de pages d'un livre de religion, de philosophie,
d'histoire, d'un poëme, ou quelques scènes
d'une pièce de théâtre. Ma lecture faite, je
tâche de me rappeler les traits qui m'ont le
plus frappé, et, la plume à la main, j'en rapporte la substance sur le papier (1). Faites comme moi, et vous serez heureux. »

Voilà celui que nous appelons un bibliophile.

Le bibliomane est un homme bien différent.
Ou il ne s'attache exclusivement qu'à un seul
genre de livre, ou à une seule espèce d'édition.
Un bon livre, par exemple, est-il de nouvelle
date, il le rejette pour s'emparer d'un bouquin
imprimé depuis deux cents ans et plus; il ne peut
retenir les transports de sa joie, à la vue d'un
in-folio, relié en bois, qui ne présente ni date,
ni chiffres, ni réclame, ou qui porte au bas

---

(1) Nous avons cru devoir conserver ces derniers détails, quoiqu'ils soient à peu près les mêmes que ceux qu'on a lus plus haut.

du dernier feuillet le millésime du 15ᵉ siècle. Les petits livres imprimés par les Elzévirs sont l'objet de ses plus tendres affections ; mais, pour mériter une place dans sa bibliothèque, il faut qu'ils soient de la bonne édition ; ce qu'il connaît à une faute qui a été corrigée dans la suivante. Il faut encore que ces précieux livres soient exempts de toute espèce de taches, et s'ils sont reliés, que la marge en soit belle, et que plusieurs feuillets n'aient pas perdu leur barbe sous l'instrument tranchant du relieur. Il nomme *témoins* ces feuillets non ébarbés. Un Elzévir de bonne date, pur, relié en parchemin et accompagné de ses *témoins*, est un trésor qu'il ne croit pas payer trop cher. Ah ! s'il trouvait un des plus rares broché, et dont les feuillets n'eussent pas été coupés, quel bonheur ! quels transports ! Il vendrait une maison, un champ, pour en faire l'acquisition. Comme son dessein est d'avoir la collection entière des bons Elzévirs, il se livre continuellement à la recherche de ceux qui lui manquent ; il va, vient, court, entre chez tous les libraires qu'il s'imagine pouvoir les lui procurer, lit tous les catalogues, et assiste à toutes les ventes publiques qui se font chez Sylvestre, à l'hôtel de Bullion et ailleurs.

Un autre bibliomane ne compose sa bibliothèque que de biographies particulières; un autre, que de poëtes latins modernes; celui-là ramasse avec soin toutes les pièces qui peuvent servir à l'histoire de la révolution; celui-ci ne s'engoue que de *mémoires;* les pièces de théâtre les plus anciennes, et celles qui n'ont jamais été jouées, sont l'objet de la passion d'un autre.

Mais le plus ridicule de tous ces fous, c'est celui qui, sans goût, sans discernement, entasse des livres sur tous les sujets, dans toutes les langues, usés et neufs, anciens et modernes, brochés et reliés, complets et incomplets. Peu lui importe la qualité, il ne veut que la quantité. Tout ce qui ressemble à un livre excite son attention. Nul ordre ne se trouve dans sa bibliothèque; tout y est confondu pêle-mêle; ses tables de jour et de nuit sont couvertes de paquets, tels qu'ils lui ont été envoyés par les bouquinistes. Ses fauteuils, ses chaises, le dessous de son lit, toutes les pièces de son appartement exhalent l'odeur âcre et pénétrante des vieux papiers et des vieilles peaux.

Nous avons connu plusieurs hommes attaqués de cette manie, entre autres un avocat,

un ancien notaire et un docteur de Sorbonne.
L'avocat se livrait journellement à la recherche des *vies*. On le voyait souvent, sur les ponts
et sur les quais, s'étendre tout de son long sur
des tas de bouquins répandus sur le pavé. Comme il avait la vue fort basse, il les touchait du
nez, avant de les avoir saisis avec les mains.
Ce monomane se nommait *Beaucousin*.

Le docteur de Sorbonne s'était attaché à tous
les livres qui traitaient de matières théologiques et de sujets historiques. Les in-folio et
les in-quarto, qu'ils fussent molinistes, qu'ils
fussent jansénistes, excitaient vivement son
attention et sa pieuse cupidité. Les bouquinistes n'étaient pas toujours satisfaits de sa générosité ; il laissait toujours, suivant leur manière de parler, une *queue* à son paiement, et
cette *queue* passait souvent dans le prix d'une
nouvelle acquisition. Lorsqu'il mourut, le cardinal Fesch acheta sa bibliothèque, composée
de plus de trente mille volumes, qui passèrent
ensuite dans les mains d'un libraire, et de là,
pour la plupart au moins, dans la balance de
l'épicier. Ce docteur de Sorbonne se nommait
Le Seigneur.

Le conventionnel *Courtois* avait la manie des
poëtes latins modernes. Jamais collection ne

fut peut-être plus complète que la sienne. Il
payait, sans hésiter, un petit écu, un vieux
poëme composé par un jésuite, qui, aujour-
d'hui, ne se vendrait pas cinquante centimes.

Le plus fameux et le plus riche de tous les
bibliomanes, anciens et modernes, a été, sans
doute, M. Boulard, ancien notaire. Pendant
l'espace de plus de quarante ans, il avait accumulé plus de trois cent mille volumes de tout
format. Possesseur d'une fortune considérable,
il ne se procurait d'autre jouissance que de
parcourir, chaque jour, depuis onze heures du
matin jusqu'à cinq heures du soir, les quais,
les ponts, les rues et boulevards de la capitale,
où les bouquinistes étalent leurs livres, depuis
vingt centimes jusqu'à un franc. Les poches de
sa veste et de ses culottes, larges et profondes,
étaient pleines d'écus et de monnaie ; et dans
celles de son habit, il entassait des bouquins
dont il n'avait pas eu le temps de lire les titres,
et même en faisait remplir des sacs, comme une
marchandise destinée à la balance ou au pilon.
Les bouquinistes, qui le regardaient et le res-
pectaient comme leur Providence, se livraient
à la joie aussitôt qu'ils l'apercevaient diriger
ses pas vers leur étalage. Il ne pouvait souffrir
ni d'être invité par eux à examiner leurs li-

vres exposés en plein vent, ni même qu'ils
lui en montrassent le titre. Sachant bien qu'il
n'était jamais plus content que lorsqu'il voyait
des paquets ficelés, ils avaient soin d'en placer
un ou deux sur leur parapet ou sur leurs planches, comme s'ils l'eussent attendu pour les
déficeler en sa présence, avant de les avoir
montrés à d'autres amateurs. Ces paquets étaient
souvent composés de livres qu'il avait vus vingt
fois, et dont il avait déjà un grand nombre
d'exemplaires. Tout en disant : *J'ai cela, j'ai
cela*, il marchandait tout le paquet, sou par
sou, et finissait par donner au vendeur à peu
près le prix qu'il lui en avait demandé.

Mais si M. Boulard dépensait beaucoup d'argent en livres, il n'oubliait pas le saint devoir de
l'aumône. Indépendamment des sommes qu'il
donnait, chaque année, pour les indigens, au
pasteur de sa paroisse, au bureau de charité de
son arrondissement, et pour les souscriptions
dont le soulagement des familles malheureuses
était le motif, il ne rentrait jamais au logis
sans avoir mis quelques pièces de monnaie dans
la main des pauvres mendians qu'il rencontrait
sur ses pas. Quand ses proches ou ses amis lui
reprochaient son amour excessif pour les livres :
« Si j'étais un joueur, leur répondait-il, ou si

j'avais une loge à tous les théâtres, ou si je donnais à mes amis un ou deux dîners splendides par semaine, ces fastueuses dépenses n'exciteraient aucune réclamation. Eh bien! j'aime les livres, je fais, pour me les procurer, un exercice utile à ma santé, et j'aide de pauvres marchands qui peut-être se coucheraient sans pain, si je ne leur avais acheté quelques volumes. Au reste, mes fils auront de quoi vivre après ma mort. »

Lorsque cet homme de bien eut payé le dernier tribut à la nature, il fut question de débarrasser plusieurs chambres de sa maison, encombrées d'une énorme quantité de livres. C'était un immense chaos que plusieurs personnes ne parvinrent, pendant plusieurs mois, à débrouiller, qu'avec des peines infinies. Comme il était nécessaire de séparer le bon d'avec le mauvais, afin de metre un certain ordre dans la vente qui devait se faire de plus de trois cent mille volumes, on commença par en mettre de côté environ deux cent mille, qui, ne méritant point d'être annoncés par un catalogue, furent ensuite vendus aux bouquinistes, par lots de trente à quarante. Ainsi, toutes ces brochures et vieux livres, qui avaient été achetés sur les quais et sur les ponts, y retournèrent pour devenir la proie d'autres bibliomanes. O vicissitude !

Le grand vide qu'a laissé, dans la bibliomanie, la mort de M. Boulard, n'a pas été rempli par les bibliomanes; ils ne l'ont pas remplacé, et il ne le sera peut-être jamais.

AMATEURS DE TABLEAUX, D'ESTAMPES, ET D'AUTRES OBJETS DE CURIOSITÉ.

Ainsi qu'il y a des bibliomanes, il existe des *iconomanes*, s'il nous est permis de nous servir de ce mot. Ce sont des hommes qui portent jusqu'à l'excès la passion des tableaux, des estampes, des médailles, et autres objets de curiosité. Toute toile ou planche peinte les fait tressaillir d'aise, excite au suprême degré leur envie de la posséder. Plus un tableau est vieux, enfumé, crasseux, plus il leur plaît. Il leur paraît excellent s'il est peint sur du vieux bois, et si les personnages sont représentés contre toutes les règles du dessin et de l'anatomie. Plus ils en trouvent, plus ils en achètent. Peu leur importe le nom du peintre; ces croûtes sont anonymes, et c'est sous ce seul rapport qu'ils leur accordent toute leur estime. Chez eux, elles garnissent, avec ou

sans bordure, tous les murs de leur appartement, leur antichambre, leur chambre à
coucher, leur alcove, leur cabinet, leurs lieux
d'aisance, leur escalier et leur grenier. Nous
avons connu un de ces iconomanes; il se nommait le *chevalier Richard*. A la passion pour
toutes sortes de tableaux, il joignait celle des
portraits placés sur les tabatières. Sa collection
dans ce genre était immense et des plus curieuses, et pouvait servir d'*annales historiques*
pour le costume et la coiffure des femmes, depuis le règne de Louis XIII.

Ne demandez à ces iconomanes ni le goût
ni les connaissances de l'amateur instruit et
de l'artiste. Tout tableau est, à leurs yeux,
un Raphaël, un Guide, un Corrége, un Al-
bane, un Léonard de Vinci, un Poussin, un
Rubens, un Rembrand, un Téniers, un Metzu,
un Miéris, un Karle-Dujardin, ou tout autre
grand peintre des écoles italienne, flamande
et hollandaise. Ce vieux tableau sur bois, disent-ils, date des premiers temps de la peinture; et, sous ce rapport, il est précieux, parce
qu'il sert à l'histoire de cet art. Ce n'est point
avec eux que les marchands de tableaux font
fortune, parce qu'ils n'achètent que les tableaux les plus communs, au meilleur mar-

ché possible, comme les bibliomanes, qui ne veulent que des livres à six sous ; et que la quantité est, pour eux, bien préférable à la qualité, malgré l'illusion qu'ils se font sur le mérite de leurs acquisitions.

Beaucoup d'amateurs d'estampes ressemblent à ces amateurs de tableaux. Plus une estampe est rousse, déchirée, plus elle a d'attraits pour eux. Elle est unique, ou l'on n'en trouverait pas une troisième en Europe, disent-ils au marchand qui la leur a vendue, après qu'ils lui en ont payé le vil prix qu'il leur a demandé. On les voit furetant dans tous les cartons qu'ils rencontrent sur les ponts et les quais. S'ils trouvent quelque gros livre qui renferme de vieilles images ou de vieux portraits, ils l'achètent pour les en arracher. Leur appartement n'est décoré d'aucune de nos bonnes gravures modernes, enfermées sous de beaux verres blancs, et entourées de bordures dorées et délicatement sculptées ; mais d'anciennes images, enfermées dans des cadres noirs de sapin. De nombreux et larges cartons, adossés aux murs, ou étendus sur des tables, ou dressés sur des chaises, recèlent plusieurs milliers d'estampes, dont une bonne partie est en lambeaux. Il s'y en trouve de toutes les dimensions. Un

grand nombre, qui n'ont pas trois pouces de
hauteur, ont été détachées d'autres plus grandes, et ne représentent que des moitiés de re-
liefs, d'arabesques, de colonnes, de têtes, de
torses, ou seulement une main et une jambe.
Les thèses dont le texte a été supprimé ne
sont pas le moindre ornement de ces cartons.
« Voilà, disent-ils, voilà du grandiose ! on ne
grave plus malheureusement de cette manière :
le génie de nos graveurs s'est rappetissé. »

Parmi ces iconomanes, il en est qui n'ont
du goût que pour les portraits. Ils n'en laissent
échapper aucun, quand ils ont le bonheur de
les trouver. Les Audran, les Drevet, les De-
ville et les Fiquet, ne sont pas les seuls objets
de leur manie; quand ils ont épuisé la collection des portraits français, ils se jettent sur
ceux de l'étranger. La Hollande, l'Allemagne,
l'Autriche, l'Italie, l'Angleterre, et d'autres con-
trées, leur offrent une ample moisson à faire;
mais, pour se les procurer, ils ne sont pas
obligés de sortir de leur pays, où ils trouvent,
par l'exactitude et l'activité de leurs recherches, dans un temps ou dans un autre, la plupart de ceux, qui leur manquent. Nous connaissons un de ces amateurs, qui a rempli de
portraits, nationaux et étrangers, plusieurs

gros volumes in-folio. Il a peut-être sacrifié
cent volumes de ce format, ou in-quarto, ou
in-octavo, en tête desquels il y avait des portraits qui manquaient à sa collection. Sans
doute une telle passion serait très-louable,
si elle servait au progrès de l'iconologie; mais
comme elle n'a pour but que le plaisir exclu-
sif et la pure curiosité du propriétaire, elle
est entachée de cet esprit d'égoïsme dont la
plupart des iconomanes sont possédés, comme
tous ceux qui se forment des jouissances pour
eux-mêmes et non pour les autres.

Les antiquaires doivent être comptés parmi
les maniaques dont nous parlons. Uniquement
occupés de la recherche des anciennes médailles et monnaies grecques, romaines et autres,
ils ne se donnent aucun repos qu'ils n'aient
visité tous les médaillers des marchands de
curiosités. Ils font passer sous leurs yeux ou
sous le verre de leur loupe tous les morceaux
de métal qu'ils y trouvent. Une heure s'est
déjà écoulée, qu'ils ont à peine distingué une
tête ou un exergue. Ah! s'il leur arrive d'en
rencontrer une du grand ou seulement du
moyen bronze, qu'ils n'ont pas dans leur collection, une de celles qui sont regardées par
les savans comme les plus rares, la joie la

plus vive se manifeste dans leurs yeux et sur
les traits de leur visage. Ils la tournent, la retournent et en demandent ensuite le prix au
marchand, à qui ils ont eu la maladresse de
ne pas dissimuler leur satisfaction. La précieuse médaille est achetée le prix demandé ;
on l'emporte comme un trésor ; on se dit à soi-
même que le vendeur n'est qu'un sot, et l'on
se promet bien de se féliciter, le lendemain,
devant quelques amis, d'une si belle acquisition. « Ah ! mon cher, dit notre iconomane à
l'un de ses amis, qui est venu lui demander à
déjeûner, j'ai fait une trouvaille que je ne
donnerais pas pour le centuple de ce qu'elle m'a
coûté : c'est une médaille que je cherchais depuis dix ans, et que tous les amateurs regardent
comme la plus rare de toutes. Voyez, examinez
cette couleur antique ; cette tête ! comme elle
est bien conservée ! eh bien ! je l'ai obtenue pour
la modique somme de vingt francs. Si cet im-
bécile de marchand m'en avait demandé cent,
je les lui aurais donnés. » L'ami de notre prétendu antiquaire prend ses lunettes, considère
attentivement la précieuse médaille, et la jette
sur la table avec un geste de mépris. « Mon ami,
dit-il, votre marchand n'est qu'un fripon. Votre
médaille ne vaut pas plus de dix centimes.

Cette tête d'une si belle conservation, cette légende, qu'il est si aisé de déchiffrer, attestent sa nouveauté. Cette couleur antique, qui vous a donné dans l'œil, se fabrique par des moyens chimiques, connus de tout le monde, et s'applique facilement sur le bronze auquel on veut donner un air d'antiquité. » Ce discours ne persuade pas notre antiquaire, qui s'obstine à croire que sa médaille est celle d'un des trente tyrans qui, dans les derniers temps de l'empire romain, se disputaient la pourpre impériale. Montrant ensuite à son ami une collection de plus de cinq cents pièces qu'il appelle *médailles*, il est bien aussi humilié qu'étonné d'apprendre qu'elle n'est composée en grande partie que de monnaies sans valeur, que l'on trouve partout, et que les marchands ont eu l'adresse de couvrir d'une couleur qui approche de l'antique.

Nous avons connu d'autres fous opulens qui se passionnaient pour toutes sortes d'objets curieux ou communs. Un monsieur Thyerry, ancien officier de marine, mort à la proximité de la place Royale, il y a environ douze ans, avait rempli plusieurs pièces de son appartement, de livres, de cartes géographiques, de cahiers et d'instrumens de musique, comme

violons, harpes, guitares, mandolines, flû-
tes, clarinettes ; de fusils, de pistolets, d'épées,
de casques, de brassarts, de cuirasses, de co-
quillages, de bois pétrifiés, de minéraux, de
madrépores, de coraux, de plantes marines,
de meubles anciens, d'ustensiles singuliers de
ménage, de vieille porcelaine, de cadres dorés, de vieux tableaux : il avait même formé
une nombreuse collection de chenets, pelles,
pincettes, écumoires, poêles à frire, marmi-
tes, et même de matelas et sommiers de crin,
quoiqu'il n'eût point d'enfans, et ne fût servi
que par un seul domestique.

Un autre maniaque, nommé Simson, mort
en 1813, dans la rue du Bac, fréquentait toutes
les ventes de livres, de meubles et d'objets de
curiosité. Mais sa bibliothèque, qui était nombreuse et fournie de bons livres, et ses autres
collections, prouvèrent, lorsqu'on les exposa
à l'enchère d'une vente publique, que sa passion pour acheter tant d'objets différens ou
disparates n'avait pas nui à son discernement,
ou même l'avait eu pour guide.

Il existe encore plusieurs de ces fous, que
l'on peut regarder comme la providence des
marchands.

LE JOUEUR.

On ne peut imaginer une existence plus malheureuse, ni des mœurs plus détestables que celles d'un joueur de profession. Dès l'instant qu'il a mis le pied dans une maison où l'on joue des jeux de hasard, l'alternative des bons et des mauvais succès de ceux qui occupent le tapis vert, le fascine de telle sorte, qu'il croit pouvoir maîtriser des chances qui échappent à tous les calculs. Il commence à être dupe après plusieurs coups d'essai qui lui ont réussi quelquefois. Jeté loin en arrière de ses espérances de fortune, il se met, après coup, à réfléchir sur ses mésaventures ; il entasse calculs sur calculs et parvient à s'établir des probabilités qui lui promettent plusieurs dédommagemens à ses pertes. En attendant cette bonne fortune, il vend ou engage ses effets et ceux de sa femme qui lui doivent rapporter le plus d'argent. L'anneau nuptial n'est pas sacré pour lui. Il retourne pour provoquer encore le hasard : il est vaincu ; il perd tout, et, trompé dans toutes ses espérances, il réfléchit aux moyens qui pourront lui procurer de nouvelles ressources; il a été dupe, et il pense à être fripon.

Il reste à ce malheureux joueur quelques
amis qu' ignorent la funeste passion qui le
domine. Spéculant sur leur bourse, pour attirer le bonheur qui le fuit, il court leur demander un emprunt, sous un prétexte dont ils
sont loin de soupçonner la fausseté. Il reçoit
les sommes qu'il leur a demandées, se hâte de
les aller placer sur la hasardeuse hypothèque
du tapis vert, gagne beaucoup plus qu'il n'a
perdu jusqu'à ce moment, et revient au logis,
les poches remplies d'or et de billets de caisse.
Sans doute il va retirer du Mont-de-Piété les
objets de première nécessité qu'il y a déposés
pour de modiques sommes ; ses couverts d'argent, sa montre et celle de son épouse, le beau
peigne de corail et l'anneau nuptial ; sans
doute il va se hâter de payer les dettes criardes qu'ils a contractées dans son voisinage ;
son propriétaire, son épicier, son boucher,
son boulanger, son cordonnier, son bottier,
son tailleur et sa blanchisseuse seront satisfaits. De plus, il restituera à ses amis l'argent
qu'ils lui ont loyalement prêté ; il laissera chez
lui une somme en réserve pour les besoins
journaliers de son ménage. Rien de tout cela.
Il ne pense qu'à son bonheur, et non à ses devoirs. La probité, jusqu'à son ombre, a tota-

lement disparu de son âme. Tous ses créanciers
réclament en vain ce qu'il leur doit; son épouse
ne cesse de gémir sur la privation des objets
qu'il a engagés, et s'il détourne, pour ses besoins les plus urgens, la moindre partie de la
somme dont le hasard l'a favorisé, il la regarde
comme une perte qui doit avoir pour lui de
funestes conséquences.

Nul n'est plus irréligieux ni plus superstitieux
qu'un joueur. Il vomit des blasphèmes contre
Dieu, et invoque l'aveugle hasard. Tout lui
porte bonheur ou malheur. Un sage conseil,
il le repousse; un mauvais conseil, il le repousse aussi; et, dans le vague de ses idées,
il s'assujettit souvent au calcul qu'il a d'abord
jugé défectueux.

Enfin, après cent alternatives de bonne et
de mauvaise fortune, après lesquelles il ne sait
plus où donner de la tête, ce malheureux, toujours engoué des chances du hasard, ruiné
sans ressources et presque désespéré, ne voit
plus que deux partis à prendre pour se délivrer
de l'horrible fardeau d'inquiétudes qui accable
son esprit: c'est de souscrire de faux billets,
ou de se donner la mort. Il hésite long-temps
entre ces terribles moyens; enfin, la crainte
de la mort l'emporte sur celle de l'infamie; il

se décide à vivre et à se rendre coupable de
faux en écriture de commerce, avec la résolution, s'il fait un gain considérable, de rembourser le plus tôt possible le montant du billet qu'il aura fait escompter, avant qu'il soit
négocié par l'escompteur. La somme de cinq
cents francs, moins les intérêts, d'un pour
cent par mois, lui est remise par le capita-
liste, qui croit reconnaître la signature d'un
négociant dont il a déjà reçu plusieurs effets.
Muni de cet argent, ce malheureux retourne
affronter les chances qui lui ont déjà été si funestes. La fortune lui sourit d'abord ; les écus
et les pièces d'or s'accumulent devant lui, jusqu'à la somme de plus de cent louis. Il se retire,
triomphant de son bonheur. Le lendemain, il
n'a rien de plus pressé que d'aller chez son
escompteur lui porter le montant du faux billet. « J'ai donné votre effet en paiement, lui
répond celui-ci, et j'ai lieu de croire qu'il
circule dans le commerce. » Ces paroles le
frappent comme d'un coup de foudre ; il retourne au tapis vert, avec l'espérance de gagner encore une forte somme ; il joue, gagne,
perd, gagne encore, et finit par se retirer avec
cinq ou six écus, triste reste de ses cent louis.

Avec cinq ou six écus, il peut *se refaire ;* il

court, aussitôt après un frugal déjeûner, offrir son tribut au hasard, dans la maison, n° 9, du Palais-Royal. Le hasard est sourd à son invocation ; il sort en blasphémant et en s'arrachant les cheveux. Quelle nouvelle, ressource imaginera-t-il, lorsqu'un peu de repos sera entré dans son esprit agité? Aucune. Cependant le faux billet passe de main en main, à la faveur des noms des endosseurs, et le temps approche où, présenté au signataire, la fausseté en sera reconnue. La prévoyance de cet affreux moment qui doit le livrer à toute la sévérité des lois portées contre les faussaires, le jette dans un trouble bientôt suivi du désespoir. Il ne pense plus qu'à la manière dont il terminera sa pénible et coupable existence. Se fera-t-il sauter la cervelle d'un coup de pistolet? Mais il lui est impossible de s'en procurer un, ainsi qu'une balle et de la poudre. Se précipitera-t-il dans la rivière? Ce parti n'exige aucune dépense ; il s'y arrête, dirige ses pas vers un endroit du rivage où il ne peut être aperçu, considère un instant, d'un œil égaré, l'abîme qui doit être son tombeau, lève ses regards vers le ciel, se précipite, et disparaît.

L'auteur de cet article a connu un joueur, âgé d'environ quarante-deux ans, et père de famille, qui a mis fin à ses jours d'une aussi déplorable manière. Il se nommait Dèses**; bien né, instruit, appartenant à une famille honorable, il s'était laissé dominer par l'impérieuse passion du *trente-un*. Après avoir vendu une maison presqu'à vil prix, pour *faire ressource*, il avait perdu sur le tapis vert les sommes que l'acheteur lui avait comptées. Un emprunt lui fournit un nouveau moyen de tenter les chances du hasard. Cette fois, il fut beaucoup plus heureux qu'il ne s'y attendait peut-être. Il retourna à son logis, chargé de vingt rouleaux de cinquante louis chacun et de plusieurs billets de banque. Les cinq jours suivans, la fortune lui reste fidèle. Le lendemain, il invite un de ses amis à déjeûner, et lui montre cent vingt mille francs dans son secrétaire. « Je me suis décidé à me retirer à la campagne, lui dit-il, et mon intention est d'y faire l'acquisition d'un petit domaine pour y finir paisiblement mes jours avec ma femme et mes enfans; mais avant de terminer cette affaire, je dois me donner un cabriolet et un cheval, pour aller visiter la propriété que je veux acquérir. Nous irons ensuite chez un notaire, ami de mon frère, afin de prendre connaissance des biens ruraux qu'il est chargé de vendre. »

Le déjeûner fini, les deux amis se mettent en chemin pour acheter le cheval et le cabriolet. Cette emplette étant conclue au prix de huit ou neuf cents francs, ils vont chez le notaire prendre connaissance des domaines qu'il est chargé de vendre. Dèses** en trouve un dont la description et le prix lui conviennent, et remet à l'officier public un dédit de quinze cents francs. Le bon vin avait échauffé sa tête. De retour à son logis, il lui vient à l'esprit d'aller gagner au jeu le prix du cabriolet et du cheval, avec la somme qu'il a comptée au notaire. Il prend dix-sept mille francs dans son secrétaire, et le voilà parti pour le n° 9 ou 50 du Palais-Royal.

Pendant cinq jours de suite, une martingale, après la cinq ou sixième intermittence, lui avait parfaitement réussi. Il s'assujettit à la même méthode, et à sa quatrième martingale, il saute de tout son reste. Il retourne chez lui, prend une somme deux fois plus forte que celle qu'il vient de perdre; elle disparaît de ses mains en un instant; nouveau voyage au secrétaire, et nouvelle perte, arrivée comme aux premières martingales. Enfin, quatre heures sonnaient, qu'il ne lui restait plus que le cabriolet et le cheval. Le lendemain, il n'eut

rien de plus pressé que de vendre l'un et l'autre au même marchand pour la somme de cinq
cents francs. Cinq cents francs! En suivant
une autre marche, il espère gagner au moins
quelques centaines de pièces d'or. O malheur!
la chance qu'il a abandonnée domine depuis
midi jusqu'à minuit; il aurait gagné cent mille
francs s'il l'eût suivie, et il se retire avec deux
pièces de cinq francs.

Le lendemain, de grand matin, ce malheureux se rendit auprès de son frère, riche propriétaire, à quelques lieues de Paris. Après les
plus vives supplications, il en obtint la somme
de quatre cents francs, sous l'injonction de ne
plus revenir, dans le dessein de former une
nouvelle demande à ce frère généreux. Revenu
dans la capitale à six heures du soir, il monte,
en descendant de voiture, au n° 50 du Palais-
Royal, et dans la soirée y gagne dix mille francs.
Il rentre chez lui, remet quelques centaines
de francs entre les mains de sa femme pour
payer quelques dettes criardes, cache soi-
gneusement le reste, se couche et s'endort. Le
jour suivant, il retourne au tapis vert, voit
disparaître en quelques heures ses rouleaux de
louis, sort désespéré, s'achemine vers la place
de Louis XV, descend vers le chemin de hallage,

sous le pont de Louis XVI , jette son chapeau dans la rivière et s'y précipite à l'instant.

SUICIDES.

Ce que nous venons de dire du joueur nous conduit naturellement à parler du suicide. C'est une question qui a été si souvent controversée et débattue par les philosophes et les théologiens, que nous n'avions rien à ajouter à ce qui a été dit, par les uns et les autres, contre l'énormité de ce crime.

Plusieurs causes peuvent pousser un homme à attenter à sa propre vie : un chagrin profond, la jalousie, un amour contrarié, la perte de sa fortune, de sa santé, de son honneur, une morosité constante, la consomption morale, le dégoût de la vie, même avec la jouissance de tout ce qui peut non-seulement la faire supporter, mais encore la rendre agréable et douce. Cependant toutes ces causes, même réunies, n'auraient point une influence décisive sur la résolution d'un malheureux qui, de sa propre main, se dispose à trancher le fil de ses jours, si les principes religieux étaient profondément gravés dans son âme. Dans cette supposition, il supporterait avec patience et résignation toutes les peines de l'esprit et du corps qui l'auraient assailli ; il craindrait de se jeter sans espoir de pardon entre les mains d'un Dieu vengeur de ses droits violés ; il serait convaincu que celui-là seul qui lui a donné l'existence, a le droit de la lui ôter ; il regarderait ses souffrances, ses douleurs, ses afflictions, comme autant de moyens de mériter, dans un autre ordre de choses, une vie aussi heureuse que celle qu'il possède sur la terre est malheureuse. Frappé de ces puissantes considérations, il s'arrêterait au bord de l'abîme au moment de s'y précipiter, et se dirait à lui-même : Supportons encore pendant quelques instans le fardeau de la vie, plutôt que de nous en débarrasser par une mort criminelle.

Abstraction faite de l'aliénation mentale qui peut conduire un homme au suicide, c'est donc après l'extinction de ce flambeau religieux, qui éclaire et dirige la conscience, que presque tous ceux dont la main s'arme contre eux-mêmes, se déterminent à un si funeste parti ; aussi voyons-nous, dans notre France, le nombre des suicides s'accroître en proportion de l'affaiblissement des sentimens inspirés par le christianisme. Année commune, on n'en compte pas moins, à Paris, de trois cent cinquante à quatre cents : ce qui, proportion gardée, en doit porter le nombre pour tous les autres départemens à plus de huit mille. Les uns, et ce sont principalement les militaires, se brûlent la cervelle ou se percent de leur épée; les autres se coupent la gorge avec un rasoir. Il en est qui s'asphyxient avec du charbon allumé dans une chambre bien fermée; il en est qui se pendent et s'étranglent; celui-ci se précipite de l'étage supérieur de sa maison sur le pavé de la rue, celui-là dans la rivière. Enfin, il n'est aucun moyen que les individus qui sont résolus à se donner la mort, ne trouvent pour se faire ce funeste présent. Généralement parlant, les femmes s'asphyxient ou se précipitent, soit sur le pavé, soit dans l'eau, dans l'espérance qu'elles souffriront beaucoup moins qu'en employant tout autre moyen pour se détruire.

Nous avons dit qu'un chagrin profond conduit au suicide : c'est qu'il s'empare de toutes les facultés d'une âme faible, qu'il la domine entièrement, la poursuit sans cesse, et va même souvent jusqu'à troubler sa raison. On a vu un mari, après avoir perdu sa femme, se tirer un coup de pistolet sur son tombeau, six mois depuis sa mort, et malgré son union avec une nouvelle épouse.

Si un mari est transporté de jalousie à tort ou à raison, par les liaisons suspectes de sa femme avec un autre homme, sa tête s'égare, il n'a plus d'autre idée que celle d'un crime; mais sur qui commettra-t-il ce crime? sur la personne de celle qu'il suppose coupable d'infidélité? Non : il attentera à sa propre vie, comme pour se punir du soupçon qu'il a conçu.

De combien de suicides un amour malheureux, contrarié, n'est-il pas journellement la cause dans la capitale et dans les provinces! Un jeune homme s'est épris d'un violent amour pour une jeune personne; elle ne partage point ses sentimens, et ne le paie d'aucun retour. Désespéré, il se tue. Deux jeunes amans soupirent après l'instant où ils pourront être unis par des liens légitimes. Les parens du jeune homme ou ceux de la jeune fille refusent leur consentement à leur hymen. Ne pouvant vivre ensemble, ils veulent du moins qu'un commun trépas les unisse, et que le même tombeau leur serve de couche nuptiale; ils s'arment donc l'un et l'autre d'un instrument meurtrier, et leurs derniers soupirs se sont confondus.

Un joueur vient de se ruiner dans une maison de jeu; un marchand a perdu sa fortune par des spéculations qui ne lui ont pas réussi, ou par des banqueroutes dans lesquelles il se trouve compris. En perdant son bien et son crédit, il perd la tête, et l'on trouve ce malheureux pendu dans sa chambre, ou dans un lieu écarté sa cervelle est emportée par le coup d'une arme à feu.

Un Crésus, que son opulence n'a pu sauver d'une maladie aussi longue que douloureuse, conçoit chaque jour une nouvelle horreur pour l'existence; vient enfin le moment où il ne lui est plus possible de la supporter, il saisit promptement, pour s'en débarrasser, celui où il se trouve seul et sans temoins. Hélas! combien de fois n'a-t-il pas désiré d'être pauvre, si, à ce prix, il lui était accordé de jouir d'une bonne santé!

Les chagrins, l'abus des plaisirs dans la jeunesse, l'habitude de l'ivrognerie dans l'âge mûr, l'aversion pour toute espèce de travail, et l'oisiveté, donnent à une foule d'individus un caractère triste et morose qui les rend insensibles à tout ce qui peut communiquer au cœur de douces et consolantes émotions. Rien ne plaît à ces infortunés; tout, au contraire,

est pour eux une source d'ennui et de dégoût.
Insupportables à eux-mêmes, comme aux autres, ils cherchent continuellement à s'éviter,
à se fuir; mais c'est en vain que leur imagination s'efforce de se promener d'objet en objet;
revenant toujours sur elle-même, elle n'y
trouve que les mêmes images qui l'attristent.
Ils n'aiment que la solitude, et la solitude ne
fait qu'ajouter à la noire mélancolie dont ils
trainent le fardeau sur tous leurs pas. Est-il
possible d'exister si péniblement? Pendant
quelques années on boit ce calice d'amertume,
et lorsqu'il est presque épuisé, on se jette avec
une joie barbare entre les bras d'un trépas
volontaire. Cette maladie, que les Anglais nom-
ment *spleen*, et les Français *consomption*, est
devenue, en France, depuis la révolution,
beaucoup plus commune qu'on ne pense, et
peut-être est-elle parmi nous la cause du plus
grand nombre des suicides.

La misère, dans les dernières classes du
peuple, pousse, chaque année, une foule d'individus des deux sexes à se suicider d'une
manière ou d'une autre. Tant que ces malheureux ont assez de force pour supporter les
rigueurs de la fortune à leur égard, ils ne
songent guère à sortir de la vie par leur pro-

pre volonté ; mais, dès que les infirmités ou la vieillesse viennent aggraver le poids de leur infortune, chaque jour, ou même chaque heure, devient pour eux un supplice auquel ils cherchent incessamment l'occasion de se soustraire. Le poison, une chute d'un lieu élevé, la submersion, sont ordinairement les moyens qu'ils emploient à cet effet. Il n'y a que quelques années qu'un de ces malheureux, après s'être enivré, se jeta sous la roue d'une voiture chargée qui l'écrasa en un clin-d'œil.

Comme il n'est guère possible d'envisager la mort de sang-froid, la plupart de ceux qui prennent la résolution de se la donner, ne manquent pas, avant de franchir ce pas terrible, de s'étourdir en buvant une certaine quantité d'une liqueur forte. C'est ainsi que, hors d'eux-mêmes, ils courent affronter la justice du souverain juge.

Quand nous sommes morts, tout est mort ; telle est la funeste maxime que de prétendus philosophes de la révolution, qui ignoraient la définition même de la philosophie, inculquèrent à leurs adeptes, dont l'ignorance était encore plus grossière que la leur. *Il n'y a pas de bon Dieu,* fut une autre maxime qu'ils s'efforcèrent de répandre dans le peuple, comme un jurement qui devait remplacer ceux dont ils se servaient sous l'ancien gouvernement. Ces deux maximes des athées et des matérialistes, conservées par un grand nombre d'individus des basses classes, malgré tous les efforts du gouvernement pour les éclairer sur les principes fondamentaux de toute morale et de toute religion, sont encore, à la honte de l'esprit humain, les causes déterminantes de presque tous les suicides. « Je souffre depuis un an, depuis cinq, dix, vingt ans, dit un homme tenté de se donner la mort; en prévenant moi-même le moment fatal qui m'est fixé par la nature, je n'aurai qu'un instant très-court à souffrir, après lequel je serai rentré dans le néant, d'où le hasard m'a tiré. »

Il est bien remarquable que, pendant les six premières années de la révolution, on ne cite aucun ecclésiastique, aucun noble, aucun ennemi du gouvernement révolutionnaire, qui se soient donné la mort, tandis que presque tous les suicides qui ont eu lieu pendant ce laps de temps, ont été le crime des plus ardens ennemis du christianisme et de la monarchie. Après la fameuse proscription de députés au 31 mai 1793, Condorcet, l'un des coryphées de l'athéisme et du matérialisme, ne se délivra des terreurs qui l'agitaient qu'en prenant du poison dans la prison de Fontenay-aux-Roses; Buzot, l'un des chefs des fédéralistes, mit aussi fin à ses jours de sa propre main dans un champ de blé, en Normandie, où il s'était retiré à la même époque : exemple qui fut suivi par Valazé, député d'Auxerre. Les deux Robespierre ne cherchèrent-ils pas, le 9 thermidor, à se dérober au supplice par une mort volontaire? Et au mois de mai 1795, les députés Rulh et Maure, coupables de révolte contre la convention, ne mirent-ils pas en pratique sur eux-mêmes l'affreuse doctrine du suicide, ainsi que Romme et Bourbotte, complices de la révolte de la plaine de Grenelle?

On a prétendu que le général Pichegru s'était étranglé dans sa prison. Rien n'est moins certain; et l'on ne saura jamais si ce crime doit lui être imputé, ou bien à Bonaparte, qui voulut le sacrifier à sa vengeance, sans attendre le jugement du tribunal.

SÉPULTURES. CIMETIÈRES. CONVOIS.

Avant la révolution, c'était une coutume ancienne d'enterrer les morts dans les églises

ou dans des cimetières, situés dans l'enceinte
des villes, malgré les continuelles réclamations
des écrivains qui s'occupaient des intérêts publics et de la santé des vivans. Cependant, à
force de crier, ils avaient obtenu enfin une
importante dérogation à ce dangereux usage.
Si, dans les églises des monastères et d'un grand
nombre de paroisses de la campagne, des tombes ou des caveaux, réservés à de certaines familles, s'ouvraient de temps en temps pour recevoir des cercueils, il n'y avait plus, dans
celles de la capitale et des grandes villes, que
quelques caveaux destinés à d'anciennes familles et au clergé. Toutes les autres dépouilles
étaient transportées, à bras, au cimetière commun, après un office plus ou moins solennel,
récité ou chanté dans l'église paroissiale. Il
arrivait fréquemment aussi que le corps d'un
membre distingué de la noblesse, ou d'un riche
financier, était, par une disposition testamen-
taire, transporté dans un corbillard à sa terre,
pour être enfermé dans le tombeau de sa famille.

Les cimetières, aujourd'hui d'un aspect si
riant, pour ainsi dire, présentaient généralement la plus triste physionomie. On n'y voyait
ni arbres, ni arbustes, ni monumens; mais

une simple croix, de pierre ou de bois, qui s'élevait au milieu. Une fosse profonde, creusée sous un hangar, d'où s'exhalait, pendant l'été, une odeur insupportable, recevait les cercueils, qui y étaient descendus par les fossoyeurs, au moyen d'une corde, et ces cercueils étaient placés les uns sur les autres, jusqu'à un ou deux pieds seulement du commencement de la fosse.

Le corps d'un catholique, quel qu'il fût, était accompagné, depuis son logis jusqu'à l'église paroissiale, par un clergé plus ou moins nombreux, et assez fréquemment par un seul prêtre, précédé d'un clerc qui portait la croix. Les refus de sépulture ecclésiastique étaient si rares, que des écrivains, notoirement connus pour incrédules, avaient part aux prières de l'Église. En 1787, le fameux baron d'Holbach fut solennellement transporté dans l'église de Saint-Roch, sa paroisse, dont un prêtre avait passé la nuit auprès de son cercueil. Si, en 1778, l'archevêque de Paris défendit que les obsèques de Voltaire fussent célébrées dans l'église de Saint-Sulpice, c'est qu'il eût été trop inconvenant que la dépouille de cet homme fameux qui, pendant tout le cours de sa vie, avait fait une si furieuse guerre à la religion

chrétienne, et qui, après s'être déclaré le chef
de tous les incrédules, n'avait donné, en mourant, aucun signe de repentir, fût présentée
au pied de ces mêmes autels qu'il avait voulu
renverser. En général, tout homme qui n'était
ni protestant, ni juif, ni comédien, recevait,
après sa mort, les honneurs de la sépulture ecclésiastique.

La révolution étendit sa puissante influence
sur les sépultures, et mit promptement en
pratique tout ce qui avait été écrit avant elle,
contre les inhumations dans les temples et les
cimetières renfermés dans les villes. Plus d'en-
terremens dans les églises des campagnes, non
plus que dans celles des grandes cités. Les cimetières de la capitale furent successivement
placés hors de ces murs; mais au lieu de vingt
ou vingt-cinq de ces lieux de repos, le nombre
en fut fixé à quatre seulement, dont la vaste enceinte pût contenir tous les corps qui, auparavant, étaient déposés dans les nombreux
cimetières. Celui qui fut établi au bas de la
commune de Montmartre, entre la barrière
Blanche et celle de Clichy, et qui reçut le nom
philosophique de *Champ du Repos*, est le premier qui, hors des murs de la capitale, ait reçu
des cercueils. Le cimetière de Saint-Sulpice,

et de quelques autres quartiers de la rive gauche de la Seine, se confondirent avec celui de Vaugirard, situé hors des murs; mais celui de Clamart et quelques autres continuèrent d'être ouverts aux nombreuses dépouilles des quartiers qui en étaient plus ou moins éloignés.

Le cimetière de la Madeleine, avant d'être fermé, fut, par une providence singulière de Dieu, consacré par les dépouilles de Louis XVI, de la reine Marie-Antoinette, et par celles d'un grand nombre d'innocentes victimes immolées après ces augustes têtes. Lorsque les fosses de ce cimetière furent remplies, un terrain, situé à la barrière de Clichy, fut creusé pour être la sépulture de nouvelles victimes; et un autre ensuite près de la barrière du Trône, afin d'accoutumer les habitans du faubourg Saint-Antoine au spectacle des nombreuses exécutions qui eurent lieu chaque jour, pendant près de deux mois, sur ce nouveau théâtre de carnage (1).

A cette funeste et déplorable époque, pendant laquelle l'affreuse doctrine de l'athéisme

---

(1) Après les massacres des 2 et 3 septembre, on chargea des tombereaux des corps des malheureux qui avaient été égorgés dans les prisons, et l'on enterra ces déplorables restes dans une fosse profonde creusée à la barrière d'Enfer.

s'était répandue parmi le peuple, dont un grand
nombre d'individus avaient pris le nom *d'hom-*
mes sans Dieu, et les temples catholiques étaient
fermés ou livrés à des usages profanes, un
grand nombre de familles choisirent, dans des
jardins ou enclos qui leur appartenaient, des
endroits qui, par leur situation, pouvaient
servir à la sépulture de ceux de leurs membres
que le trépas leur enlèverait. Alors, un époux
désolé put aller, chaque jour, à chaque instant, pleurer sans témoins sur la tombe de son
épouse, placée dans un bosquet; celle-ci sur
le tombeau de son époux, un fils sur celui de
ses parens, une mère sur celui de son fils ou
de sa fille. Dans le même temps, le cimetière
particulier de la paroisse de Montmartre devint celui de plusieurs familles nobles qui
n'avaient point de propriétés rurales, ou qui
voulaient donner à leurs morts une sépulture
depuis long-temps consacrée par la religion.

Comme de nombreux abus s'étaient glissés
promptement dans ces funérailles privées, et
que d'ailleurs les mœurs publiques exigeaient
que le respect religieux, dont les tombeaux
étaient généralement privés, leur fût rendu,
après la domination jacobine du directoire,
Bonaparte, aussitôt qu'il eut renversé cette ma-

gistrature, s'occupa, avec un zèle infiniment
louable, des moyens qui pouvaient placer les
sépultures sous l'égide des principes religieux.
Par son ordre, le savant Chaptal, ministre de
l'intérieur, proposa une récompense pour le
mémoire dont l'auteur aurait le mieux dit ce
qu'il y avait à faire à ce sujet. Ce fut en conséquence des mesures qui lui furent indiquées
que se forma une administration générale des
convois; que de nombreux corbillards furent
établis pour le transport des défunts à leur
dernier gîte; que les profondes et hideuses
fosses dont nous avons parlé disparurent; et
que le préfet du département fit l'acquisition
du vaste enclos qui avait été le jardin de plai-
sance du jésuite La Chaise, confesseur de
Louis XIV. Alors les familles, qui n'attendaient
que cette utile et religieuse détermination du
gouvernement pour élever des monumens à la
mémoire des individus que le trépas leur avait
ravis, s'empressèrent d'orner cette demeure
toute champêtre de ces tristes décorations qui,
dès-lors, ressuscitèrent parmi nous l'architecture et la sculpture des tombeaux.

L'effet principal de la sollicitude ministérielle, relativement aux funérailles, fut la
coutume qui s'établit de recourir aux prières

2.

de l'église pour les morts, avant que leur dépouille fût portée au champ du repos. On vit
alors clairement que les sentimens religieux
n'avaient point été éteints, mais seulement re-
foulés par la crainte dans le cœur d'un grand
nombre de personnes, et qu'ils n'attendaient
qu'une occasion favorable pour se montrer
tels qu'ils étaient quelques années auparavant.
Alors le deuil que nous portions des personnes
dont nous pleurions la perte, n'exposa plus ceux
qui ne croyaient point pouvoir s'en dispenser,
aux avanies et aux insultes d'une populace qui
avait abjuré, avec les principes religieux, tous
les sentimens d'humanité. Qui pourrait croire
aujourd'hui, qu'il y a eu, en France, un temps
où un époux était coupable de pleurer la mort
de sa femme, celle-ci de son mari, et des fils
celle de leurs parens? qu'un ruban noir autour
d'un bonnet, et un crêpe au chapeau, étaient
des signes de royalisme ou d'aristocratie, qui
méritaient au moins la prison? Nous connaissons un libraire qui, fidèle à un usage si ancien
et si respectable, avait mis, après la mort de
sa jeune épouse, arrivée en 1798, une marque
de deuil à son chapeau. En traversant, un
jour, le Palais-Royal, il fut insulté par plusieurs personnes; et, de peur de s'exposer à

de nouvelles avanies dans d'autres quartiers, il profita de cet avertissement pour déposer ce témoignage apparent de sa vive affliction. C'est là un de ces traits caractéristiques de l'époque, qui, souvent, échappent à la mémoire de l'historien, et que nous nous sommes empressés de recueillir, avec quelques autres, pour les mettre sous les yeux de nos lecteurs.

Le respect pour la dépouille des morts et pour les tombeaux n'a fait qu'augmenter parmi les générations qui ont succédé à la détestable secte des *hommes sans dieu*, des hommes du néant. Nul citoyen n'est plus autorisé à faire enterrer ses parens dans son jardin. Presque tous les cimetières de la capitale et des provinces sont devenus comme autant d'Élysées, où des bosquets, plantés d'arbustes odoriférans, au milieu des tristes cyprès, entourent les tombes et les couvrent de leur feuillage et de leurs fleurs. Dans ces lieux vénérables, où les générations dorment jusqu'au moment de ce réveil annoncé par les saintes Écritures, et même par des écrivains de l'antiquité profane, le génie de nos artistes s'est appliqué à varier, avec autant de soin que de succès, les formes convenables aux sépulcres. Le cimetière du Père La Chaise peut être surtout regardé comme

un vaste musée, où l'art du sculpteur offre à
nos regards, avec orgueil, un nombre considérable de nouveaux chefs-d'œuvre. Autrefois
l'amateur devait se résoudre à visiter dix ou
douze églises de la capitale pour y admirer le
même nombre de mausolées, tels que ceux du
cardinal de Richelieu, dans celle de la Sorbonne; du curé Languet, à Saint-Sulpice; du
cardinal de Fleury, à Saint-Thomas-du-Louvre, etc. Aujourd'hui, nos cimetières, sans
compter ceux des grandes villes des départemens, établis sur leur modèle, en offrent des
centaines, non moins admirables par leurs
formes et leurs ornemens, que précieux par
la matière de leur construction.

Depuis plus de vingt ans, un grand nombre
de familles opulentes, ou seulement dans l'aisance, ont élevé des monumens aux personnes
dont elles déploraient la perte, et ces monumens sont devenus si nombreux, qu'ils ont
rendu nécessaire l'agrandissement des cimetières du Père La Chaise, de Montmartre, et l'é-
tablissement de celui du Mont-Parnasse, en
remplacement de celui de Vaugirard, où il
n'était plus possible de creuser une fosse commune sans toucher aux sépultures dont le terrain était aliéné. Celui de Clamart, qui reçoit

les corps morts des hôpitaux de l'arrondissement, et celui de Saint-Marcel qui l'avoisine,
sont les seuls pour lesquels un emplacement
n'ait pas encore été désigné hors des barrières.

Ce qui est bien digne de remarque, c'est
que le vaste enclos du Père La Chaise est ouvert, en vertu du libre exercice des cultes,
aux morts qui, de leur vivant, appartenaient
au luthéranisme, au calvinisme, au judaïsme
et au schisme des Grecs. Là, une sépulture
commune reçoit la dépouille mortelle de tous
les enfans du père commun des hommes, qui
fait luire son soleil sur tous sans aucune distinction de croyance et de culte. Il est vrai que
les luthériens et les calvinistes se sont réservé un
emplacement particulier, et que les juifs ont
choisi pour leur sépulture un terrain qu'ils ont
enfermé de murs; mais ces réserves n'en sont pas
moins comprises dans le grand cimetière, et la
grande porte n'en est pas moins ouverte à tous,
sans qu'un portier, aposté par l'intolérance,
dise aux non-catholiques : *On n'entre pas ici.*

Une autre remarque qui se fait aisément par
les personnes qui visitent le cimetière dont nous
parlons et les autres, soit de la capitale, soit des
provinces, c'est ce nombre prodigieux de croix
qui s'élèvent sur les tombes de toutes les for-

mes, et même sur toute la longueur des fosses
communes. Les catholiques de France n'ont
donc pas abjuré leur croyance, comme quelques écrivains atrabilaires voudraient nous le
persuader ; ils sont donc encore convaincus de
l'existence de Dieu, de l'immortalité de l'âme,
et de la divinité de Jésus-Christ. Le cimetière
du Père La Chaise, hérissé de plusieurs milliers
de croix, ce signe auguste et sacré de notre
salut, n'est donc pas un cimetière athée, ainsi
que le prétendent certains hommes qui se
trompent, ou qui sont de mauvaise foi.

C'est un spectacle bien touchant que celui
que trois cimetières de la capitale présentent,
les dimanches, les jours de fêtes, et principalement le 2 novembre, jour consacré aux
prières pour les défunts. De tous côtés, circulent autour des tombes, de nombreuses familles vêtues de deuil, qui sont venues renouveler
la douleur causée par la perte des personnes
que le trépas leur a enlevées dans le cours de
l'année. Ici, une épouse et des enfans, les
yeux baignés de larmes, prient en sanglotant,
prosternés au pied de la pierre sépulcrale sous
laquelle repose la dépouille mortelle d'un époux
et d'un père ; là, des jeunes gens jettent des
fleurs sur le tombeau du savant et du maî-

tre qui, naguère, les guidait dans la carrière épineuse des sciences. Plus loin, de vieux guerriers, à l'aspect du monument qui renferme la cendre du grand capitaine qui les précéda vingt fois dans le chemin de la victoire, s'agenouillent en pleurant, et se racontent les uns aux autres les grandes batailles d'Italie, d'Autriche, de Prusse, de Russie et d'Espagne, où, à leur tête, il se précipitait sur les bataillons de l'ennemi. Le voilà donc, disent-ils, le voilà renfermé sous ce froid monument, celui dont le nom vivra éternellement dans les fastes immortels de notre gloire, et dont les exemples enflammeront nos derniers neveux de l'amour de la patrie!

Il est impossible de calculer l'heureuse influence du spectacle qu'offrent nos cimetières, sur les mœurs des familles et des individus. Toutes les tombes qui se pressent sous des berceaux de feuillage, et devant chacune desquelles le spectateur peut s'arrêter pour en lire les inscriptions, parlent plus fortement à l'âme que le sermon le plus pathétique sur la courte durée de la vie, l'incertitude de la dernière heure et le néant des choses humaines. Le jeune homme et la jeune fille qui, par le mouvement de la seule curiosité, se sont rendus dans ces funèbres enceintes, s'y sentent bientôt pénétrés de sentimens qui leur étaient inconnus. Ils y apprennent par des faits, aussi nombreux que certains, que le trépas n'épargne ni la jeunesse ni la beauté. En effet, sur cent tombeaux, il en est plus des deux tiers qui renferment les restes de jeunes garçons, de jeunes filles et de jeunes épouses.

Depuis quelques années, les missionnaires du mont Valérien ont établi au bas de la terrasse de leur enclos, du côté du nord-est, un cimetière qui, d'abord destiné à leur sépulture et à celle des autres ecclésiastiques logés dans les vastes bâtimens du Calvaire, reçoit aujourd'hui la dépouille d'autres personnes pieuses qui, par leur testament, ont demandé et obtenu la faveur d'y être inhumées. On y voit déjà plusieurs monumens fort simples, au nombre desquels on remarque le tombeau de M. de Beauvais, ancien évêque de Sènez, prédicateur éloquent et qui fut l'ami intime du vertueux Juigné, ancien archevêque de Paris et député à l'assemblée constituante.

DISCOURS FUNÈBRES SUR LES TOMBEAUX.

Depuis plus de vingt-quatre ans, s'est introduite la coutume de prononcer un éloge funèbre sur la fosse qui reçoit une victime de la mort. Les personnes auxquelles est payé ce tribut de regrets, d'estime et d'amitié, ont, en général, tenu un rang distingué dans la société, soit par leurs talens et leurs services, soit par des places éminentes qu'elles ont honorées par leurs vertus. Un des plus éloquens discours de ce genre est celui que M. Casimir Périer prononça, le 30 novembre 1825, au cimetière du Père La Chaise, sur le cercueil du général Foy, son collègue et son ami, et qu'accompagna dignement celui de M. Méchin, aussi membre de la chambre des députés.

De tous les convois qui avaient eu lieu depuis long-temps, celui de cet éloquent et brave général, sans en excepter le convoi de Mirabeau, est celui qui, par le nombre et la qualité des citoyens qui le formèrent, offrit le spectacle le plus patriotique. Il est vrai qu'une multitude innombrable accourut dans toutes les rues où devait passer la dépouille du député de Provence; mais cette foule, transportée d'un enthousiasme tout révolutionnaire, ne connaissait point les desseins de cet homme d'une immoralité profonde qui, sans doute, n'avait d'autre intention que de renverser du trône le monarque légitime pour y placer un usurpateur sous la vaine autorité duquel il se promettait de gouverner la France. Aux obsèques du général Foy, assistèrent, avec toutes les marques d'un respect religieux, plus de trente mille citoyens instruits, des professions les plus honorables, les plus intéressés au triomphe du véritable gouvernement représentatif et d'une sage liberté. Leur enthousiasme n'avait été excité que par le courageux dévouement du général aux intérêts publics. Au-dessus de toutes les récompenses pécuniaires, au-dessus de l'envie, de la jalousie, de toutes les excitations des journaux, ils ne marchaient à la suite de son illustre dépouille que poussés par leur admiration pour ses talens, et par leur reconnaissance pour les services qu'il avait rendus à la cause nationale.

Cette grande journée est l'époque où l'opinion publique, quelquefois difficile à connaître, se manifesta avec le plus d'éclat dans la ville de Paris et dans le reste de la France, en faveur du gouvernement constitutionnel, contre les fréquentes attaques du ministère. On peut dire que la mort et les obsèques du grand orateur ne furent pas les moindres de ses argumens pour le soutien d'une si grande cause. On pensa avec beaucoup de raison que

les ennemis des libertés publiques ne se relé-
veraient jamais du coup imprévu dont ils
furent alors frappés.

Des hommes idolâtres de toutes les vieilles
coutumes, ennemis irréconciliables de toutes
les nouveautés, quelles qu'en soient l'utilité
et la bonté, n'ont pas manqué de prononcer
anathême contre les discours prononcés par
des laïques sur la tombe de leur parent ou sur
celle d'un ami. Ils prétendent qu'au clergé
seul appartient le droit de cette espèce d'apo-
théose. Nul doute que les prêtres seuls auraient
le droit de porter la parole dans un cimetière,
à l'exclusion des laïques, si cette sépulture
commune était une église; si, comme autrefois, elle n'était ouverte qu'à ceux qui pro-
fessent la religion catholique; si elle avait été
arrosée d'eau bénite, et si le clergé, en habit
de chœur, et précédé d'une croix, psalmo-
diait sur un cercueil les prières consacrées aux
défunts. Encore serait-il permis, dans ce dernier cas, après l'accomplissement des cérémonies religieuses, au parent ou à l'ami du mort,
de prononcer son éloge, et d'exprimer ses
regrets de la perte d'un individu qui lui était
cher. Comme nos cimetières ne réunissent plus
les caractères dont nous venons de parler, et

qu'ils sont pour ainsi dire comme ces jardins
profanes, où tout le monde peut paraître la
tête couverte, se promener, parler, on ne
peut contester aux parens ou amis d'un mort
le droit de rappeler aux assistans le souvenir
de ses vertus, et de manifester leur affliction.
Ces discours, bien loin d'être blâmés, doivent
être approuvés par tous les vrais amis de la
religion et de la morale, parce qu'ils sont tous
fondés sur la croyance de l'immortalité de
l'âme et sur celle d'un Dieu, rémunérateur et
vengeur ; qu'ils apprennent à ceux qui les entendent que ce n'est que par la pratique des
vertus publiques et domestiques que nous
pouvons laisser, après notre mort, une mémoire qui tourne à l'avantage de la société et
à celui de nos enfans ou de nos neveux, et qu'ils
excitent les familles à suivre les bons exemples
de ceux qu'elles ont perdus.

Comme le cimetière du mont Valérien est
tout ecclésiastique, quoiqu'on y enterre de
temps en temps des laïques, nous ne refuserons
point aux missionnaires, dont il est la propriété, le droit de s'opposer aux discours qui
se prononcent dans les autres cimetières.

SOUSCRIPTIONS.

Ce mot n'était guère connu autrefois chez nous que par ses rapports avec le commerce de la librairie, lorsqu'il proposait au public l'acquisition de certains ouvrages volumineux, pour l'impression desquels ses fonds pécuniaires ne suffisaient pas. Ce fut avec le secours des souscriptions que le libraire Breton et ses associés parvinrent à conduire à une heureuse fin *l'Encyclopédie* en trente-trois gros volumes in-folio ; ce fut aussi par le même moyen que Pankoucke, le père, engagea un grand nombre de particuliers à favoriser son *Encyclopédie* par ordre de matières, qui, depuis plus de quarante ans qu'elle est commencée, n'est point encore achevée, et demande même de considérables supplémens aux *dictionnaires des sciences naturelles*. Plusieurs des libraires qui sont venus après ces courageux entrepreneurs, animés par leurs succès, ont suivi leur exemple, depuis environ trente ans, non-seulement pour de grandes collections, mais encore, assez fréquemment, pour des ouvrages renfermés dans un petit nombre de volumes ; mais ce n'est pas de ces souscriptions proposées par l'esprit d'intérêt, et qui n'ont qu'un rapport assez éloigné à nos mœurs privées, que nous devons nous occuper.

On dirait que la philanthropie, si énergiquement caractérisée par les belles paroles d'un poëte comique de l'ancienne Rome : *Rien de ce qui est de l'homme ne m'est étranger*, est devenue la vertu par excellence des classes opulentes de la société française et de celles même que l'aveugle fortune a moins favorisées de ses dons. Les incendies de villes, de villages, d'une ou de deux maisons, les malheurs domestiques, les besoins d'une famille respectable, ou même d'un seul individu, sont devenus, depuis quelques années, l'objet de souscriptions annoncées dans les feuilles quotidiennes. C'est fort bien ; c'est une œuvre excellente que d'appeler l'opulence au secours de l'infortune; mais, pourquoi ces listes sur lesquelles s'empressent de se faire inscrire la plupart des donateurs ? Lorsque je vois une ou deux lettres de l'alphabet suivies de quelques étoiles : Voilà, me dis-je à moi-même, une personne qui s'est rappelé le précepte de Jésus-Christ : *Quand vous donnez, faites en sorte que votre main gauche ne sache pas ce que donne votre main droite.*

Le seul motif de soulager de malheureux pères de famille, victimes d'un événement imprévu, ne mérite que des éloges ; mais, si d'autres vues viennent s'y mêler, pourrons-nous dire que le seul sentiment de l'humanité, pour ne pas dire celui de la charité chrétienne, a ouvert la bourse de ces ardens souscripteurs, si empressés à envoyer leur nom et leur adresse dans les journaux, après avoir contribué d'une somme moins forte que leur aurait coûté une ligne d'une de ces feuilles ? A quels motifs pourrions-nous attribuer les largesses de certains souscripteurs qui refuseraient quelques pièces de monnaie à un pauvre père de famille dont l'indigence leur serait connue ?

Dans ces derniers temps, quatre grandes souscriptions ont été publiées par les journaux : 1° pour les incendiés de la ville de Salins ; 2° en faveur des Grecs ; 3° pour les enfans du général Foy ; 4° au bénéfice des frères Franconi et du limonadier attaché à leur établissement équestre.

La première était un devoir pour tous les Français, jusqu'à la veuve qui ne possédait qu'un denier. Un si grand désastre rendait solidaires toutes les villes et tous les villages du royaume ; cependant, à la honte d'une population de trente millions d'habitans, des huit millions qui semblaient nécessaires pour le réparer, il n'en est pas encore sorti deux de leur bourse ; une seule pauvre famille n'a pas encore été soulagée du quart de ce qu'elle a perdu ; une seule pierre n'est pas encore entrée dans une fondation, et les mesures les plus urgentes pour la reconstruction d'une cité anéantie n'ont pas encore été prises. Serait-ce que les infortunes collectives sont moins capables de nous intéresser que les infortunes individuelles ? La seule ville de Paris aurait pu, dans l'espace de deux ans, rendre l'existence à la ville de Salins, et quatre-vingt-six départemens ont à peine fourni au paiement des ouvriers chargés d'en déblayer les décombres.

La généreuse résolution des Hellènes de secouer le joug ottoman devait assurément inspirer un vif intérêt pour leurs longues infortunes et leur courage héroïque, à tous les cœurs sensibles, à toutes les âmes élevées. Aussi, de nombreuses souscriptions, à l'effet de les aider dans leurs efforts généreux, ont-elles été proposées par les feuilles indépendantes, et remplies avec tout le zèle que devait produire une si noble cause. De grands et illustres personnages, une foule de citoyens distingués ;

soit par leurs richesses, soit par un mérite uni-
versellement reconnu, se sont réunis, sous les
noms de *philhellènes* et de *comité grec*, à l'effet de recevoir ces secours et de les expédier
par les voies les plus sûres. Comme l'insurrec-
tion des Hellènes a pour but de les soustraire
à la tyrannie musulmane, que le laps des temps
et les traités légitiment aux yeux de la sainte-
alliance, on peut penser, sans trop risquer de
se tromper, que le motif secret des souscriptions ouvertes en leur faveur n'est pas moins
dicté par la politique et par un esprit d'opposition au système de cette singulière alliance,
que par les principes et les sentimens de l'humanité. On désire que la Grèce devienne un
pays de liberté, parce qu'alors elle deviendrait
l'asile de tous les hommes qui seraient persécutés dans leur pays pour l'indépendance de
leurs opinions, ou pour des entreprises contre leur gouvernement.

Nous concevons très-bien que des hommes
tels que des Français, justes appréciateurs de
la valeur et des autres grandes qualités des
Miltiade, des Aristide, des Thémistocle, des
Léonidas, des Conon, des Épaminondas, des
Aratus et des Philopœmen, soient transportés
d'un généreux enthousiasme pour la coura-

geuse et héroïque persévérance de ceux qui
habitent le pays que ces grands hommes ont
illustré par leurs exploits ; mais que des hommes auxquels ces grands noms étaient inconnus avant qu'ils les eussent lus dans les journaux , envoient leur argent au comité grec
pour secourir des étrangers , lorsqu'ils ont à
leur porte des familles pauvres à soulager ;
des hommes devenus malheureux par la stagnation des affaires commerciales , à aider ; ne
devons-nous pas penser que c'est moins par
admiration et humanité qu'ils deviennent pro-
digues, que par esprit d'opposition aux principes des souverains de la sainte - alliance sur
les caractères de la légitimité et de la soumission des peuples?

Le général Foy avait plaidé , pendant plusieurs années, avec la plus rare éloquence, à
la chambre des députés , en faveur de la charte , de la cause populaire et d'un grand nombre d'intérêts individuels contre les actes du
ministère qui paraissaient les blesser. La mort
l'enleva à sa patrie, au moment où il pouvait
rendre encore de signalés services à la cause
patriotique, qu'il avait embrassée avec toute la
chaleur du génie, et qui , en le perdant, a
perdu l'homme le plus capable de la faire

triompher. Sans être opulent, il laissait à ses
enfans une fortune qui les plaçait bien au-dessus du besoin. A peine avait-il rendu le dernier soupir, qu'une voix s'éleva au milieu de la
nation, dont elle se croyait la fidèle interprète,
pour faire adopter ses enfans par les nombreux
admirateurs de son génie. A l'instant même,
une souscription en leur faveur, annoncée par
toutes les feuilles de l'indépendance, fut ac-
ceptée par plus de cinquante mille individus
de la capitale et des provinces, et dans l'espace
de quatre mois produisit près d'un million.
Sans blâmer une telle largesse en faveur de la
jeune famille d'un grand citoyen, nous ne pouvons nous empêcher de manifester une pensée
qui nous est venue, ainsi qu'à un nombre considérable de personnes qui ne se laissent point
aveugler par l'admiration ou par l'esprit de
parti. Dirons-nous que l'acte extraordinaire
de munificence dont nous parlons, était un de
ces devoirs prescrits par les motifs les plus
purs du patriotisme et de l'humanité? Ne s'y
trouvait-il aucun désir de mortifier un ministère
dont le général avait attaqué si fréquemment les
opérations comme inconstitutionnelles et an-
tinationales? Les enfans du général étaient
infiniment moins à plaindre que nombre d'au-

tres enfans dont les pères sont morts sur le champ de bataille, ou n'ont fait que végéter tristement pendant la paix avec une modique pension de retraite, qui s'est éteinte par leur trépas. Ce n'est donc qu'un motif purement politique, étranger à la justice et à l'humanité, qui a proposé, activé et complété cette grande souscription, destinée à des intérêts individuels, qu'on a voulu confondre avec les grands intérêts nationaux, et sous le prétexte d'une reconnaissance à laquelle d'excellens citoyens ne se sont pas crus obligés.

Les journaux nous informent de temps en temps de la perte que la patrie a faite d'un de ses vieux défenseurs civils ou militaires. Sans doute ce magistrat ou ce guerrier ne laisse pas toujours à ses fils une fortune qui les mette à l'abri du besoin; et souvent même nous apprenons que ces enfans n'ont à recueillir d'autre héritage que l'honneur de son nom et la mémoire de ses vertus. Pourquoi ne songe-t-on pas à proposer, dans cette circonstance, une souscription qui placerait son intéressante famille dans cette honorable médiocrité qui tient le juste milieu entre la richesse et l'indigence? Dans l'état actuel de nos mœurs publiques et privées, nul doute que ces largesses patriotiques ne trouvassent un grand nombre d'approbateurs et d'individus empressés d'y concourir, avec d'autant moins de scrupule, qu'elles ne seraient sollicitées que par ces nobles motifs de l'humanité qui sont étrangers à toutes vues d'opposition et de contre-opposition.

Un incendie dévore l'établissement des frères Franconi, avec le café qui s'y trouve annexé : c'est un de ces désastres qui affectent profondément toutes les âmes sensibles. Toutes les feuilles publiques, ministérielles et indépendantes, implorent à l'envi la bienfaisance nationale en faveur de ces infortunées victimes : la famille royale donne, la première, l'exemple de cet acte d'humanité. Ces messieurs amusaient le public par leur habileté dans un art cher aux Français ; il a voulu leur tenir compte, dans cette affreuse circonstance, du plaisir qu'ils leur avaient donné. On a calculé, comme avec des chiffres, le dommage qu'ils ont éprouvé, et on l'a fixé approximativement à une somme à laquelle la bienveillance de leurs habitués et de leurs amis des autres théâtres a eu sans doute beaucoup de part. En général, ceux qui ont l'art d'amuser les autres peuvent compter, en cas de malheur, sur un nombre plus ou moins considérable de souscripteurs.

Cependant il arrive souvent que, dans ces désastres imprévus, des familles pauvres ou des individus isolés aient tout perdu. Si celui qui a toute la faveur du public est le seul nommé dans les souscriptions, et perçoit tous les dons de la bienfaisance, comment cette pauvre mère, chargée de plusieurs enfans, comment cet artiste qui n'a rien pu sauver des flammes, seront-ils secourus, indemnisés?

L'humanité, ce nous semble, et bien mieux encore cette charité chrétienne qui nous fait compatir à tous les maux des autres hommes, comme s'ils étaient les nôtres propres, devaient être l'unique motif des souscriptions. Un motif si pur animerait tous les cœurs, s'emparerait de toutes les opinions politiques pour les mettre de côté, et de tous les Français ferait autant de bienfaiteurs de tous les malheureux.

LA CONGRÉGATION.

Qu'est-ce que la congrégation dans le sens qu'on attache aujourd'hui à ce mot? Lorsque les jésuites existaient, des assemblées d'hommes avaient lieu tous les dimanches dans une chapelle séparée de leurs églises. Ces réunions, qui se composaient quelquefois de cinq cents individus de tout âge, recevaient des instructions familières sur toutes les vérités de la religion, que de jeunes pères, qui s'exerçaient ainsi à la prédication, étaient chargés de leur donner. Ceux qui en faisaient partie se disaient membres de la congrégation, et lorsqu'ils sortaient de chez eux pour se rendre à l'assemblée : *Nous allons*, disaient-ils, *à la congrégation.* Il faut rendre aux jésuites le témoignage que jamais il ne se passa rien dans ces réunions qui pût exciter l'attention de la haute police, ni motiver les plaintes des pasteurs du premier et du second ordre.

Lorsque la compagnie de Jésus eut été supprimée par les parlemens, les congrégations éprouvèrent le même sort ; mais ce nom se conserva dans les réunions d'écoliers qui, chaque dimanche et jour de fête, eurent lieu dans les églises de ceux de leurs colléges qui avaient été donnés à des ecclésiastiques séculiers. Les exercices religieux ne présentèrent plus alors le même caractère. Les écoliers pensionnaires et externes du collége récitaient d'abord l'office de la Vierge et entendaient la messe, célébrée par le principal, qui, après s'être dépouillé des habits sacerdotaux, s'avançait vers la balustrade du sanctuaire, et adressait aux élèves une courte exhortation après laquelle chacun d'eux retournait chez ses parens.

Il y avait encore, avant la révolution, des corporations religieuses qui n'étaient point assimilées aux ordres monastiques : telles étaient les congrégations des oratoriens, des sulpiciens, des lazaristes, des pères de la doctrine chrétienne, des eudistes et des joséphistes.

Ainsi ce mot *congrégation* s'employait, soit pour signifier une communauté d'ecclésiastiques qui vivaient sous différentes règles dans un certain nombre de maisons qui leur appartenaient, soit comme synonyme d'une réunion, plus ou moins nombreuse, d'individus laïques qui s'assemblaient dans un local particulier, à l'effet d'y chanter les louanges de Dieu et d'y entendre une instruction sur les vérités et la morale chrétiennes. Depuis l'abolition de la compagnie de Jésus jusqu'à ces derniers temps, ce mot n'était presque jamais prononcé dans l'un et l'autre sens, ou s'il l'était quelquefois, ce n'était qu'avec l'indifférence d'un souvenir éloigné et même de l'oubli. Certes, on ne se serait jamais imaginé qu'après un laps de plus de soixante ans, il se placerait dans

toutes les bouches et agiterait tous les esprits,
comme par une espèce de magie. Assurément
celui-là aurait passé pour un homme hors de
sens, qui, depuis 1789 jusqu'en 1814, aurait
prophétisé le rétablissement du jésuitisme sous le
nom de *congrégation*; qui, sous ce même nom,
aurait compris une immense association formée
de plusieurs grands fonctionnaires, gardiens et
défenseurs naturels des lois du pays. L'assemblée constituante avait supprimé toutes les
corporations religieuses, quelle que fût leur
dénomination; l'assemblée législative et la convention avaient ajouté à cette suppression des
mesures qui semblaient en rendre le rétablissement impossible. Bonaparte, en relevant les
autels renversés, et en rétablissant, par le con-
cours du saint-siége, la religion catholique
dans ses droits, avec ses premiers pasteurs,
n'avait nullement pensé à ressusciter ces communautés religieuses d'hommes dont le ministère du clergé séculier pouvait se passer. Personne ne s'occupait de la congrégation, des
congréganistes, des missionnaires, des pères
de la foi ou jésuites. On avait bien entendu
parler de paccanaristes, établis en Italie, en
Autriche et en Russie, mais cet ordre religieux n'avait aucun espoir d'entrer en France,

où l'on était loin de penser qu'ils feraient un jour invasion.

L'ordre épiscopal et le clergé du second ordre remplissaient alors paisiblement leurs saintes fonctions, à l'égard des peuples soumis à leur autorité pastorale et paternelle. Le gouvernement n'avait point à s'occuper des exigeances d'une association soumise à un supérieur étranger ; les journaux n'avaient point à signaler de manœuvres suspectes ou alarmantes de la part des disciples de Loyola ; ils ne discutaient point sur les libertés de l'Église gallicane, dont l'enseignement n'éprouvait aucune opposition dans les écoles de théologie ; l'université devenait de jour en jour plus florissante par les talens de ses professeurs et par les progrès de ses élèves dans les lettres et les sciences ; la paix régnait dans le sein des familles, et les grands fonctionnaires de l'État n'avaient rien à débattre sur les doctrines religieuses avec les juges des tribunaux.

Par quelle fatalité le mot *congrégation*, presque oublié, et qui ne trouvait plus d'emploi dans les entretiens ni dans les livres, est-il devenu un signal de discorde, au milieu d'une nation presque toute catholique et sincèrement attachée aux vérités fondamentales de sa religion ?

Quel démon est venu ressusciter ces vieilles querelles théologiques qui, vers la fin du dix-septième siècle et jusque après le milieu du dix-huitième, armaient, l'une contre l'autre, la puissance spirituelle et la puissance du prince, portaient la division et jetaient le trouble au milieu même des familles?

Mais peut-être la congrégation jésuitique n'existe-t-elle que dans quelques imaginations accoutumées à voir partout des réalités dans leurs propres fantômes; ou si elle existe, n'est-elle ni si nombreuse, ni si puissante, ni si active que quelques journalistes et M. de Montlosier le supposent. Il est de toute notoriété, il est d'une certitude qui exclut toute espèce de doute, qu'il existe une congrégation d'ecclésiastiques qui ont adopté l'institut des jésuites, qui porte leur habit, qui obéissent au même général qui est à la tête des jésuites d'Italie, d'Espagne et d'Autriche; que cette congrégation a formé en France plusieurs établissemens dirigés par des jésuites; enfin, que plusieurs prélats ont déchiré dans leurs mandemens le voile dont les jésuites se couvraient, en les appelant par leur nom, et en manifestant le vœu de leur rétablissement et de leur participation à l'enseignement de l'université.

La congrégation jésuitique existe donc de fait, si elle n'existe pas encore de droit.

Les journalistes qui nous ont signalé le grand nombre de ses membres et de ses affiliés, sa puissance et son activité, ont été accusés d'exagération; mais peut-être se sont-ils plutôt trompés en moins qu'en plus. Ont-ils reçu tous les renseignemens nécessaires, et ceux qu'ils ont obtenus ne sont-ils pas incomplets? Ont-ils pu calculer toutes les intrigues, toutes les manœuvres, toutes les correspondances des associations affiliées à la congrégation, ou, ce qui est la même chose, de la congrégation? M. de Montlosier et les autres écrivains ont-ils pénétré à la cour de France et au Vatican? Ont-ils assisté aux conférences des ministres avec l'évêque d'Hermopolis, les autres évêques, les commissaires du pape et les agens du général de la congrégation? Ont-ils pu dire avec quelle puissance, avec quelle force active mille sociétés secrètes, protégées directement ou indirectement par les dépositaires du pouvoir, marchent à l'accomplissement de leurs desseins? Ont-ils pu nous révéler le montant des sommes qui déjà sont entrées dans les caisses de la congrégation? Un jour, tout, sans doute, sera dévoilé; mais pour le moment on ne peut s'arrêter qu'à des données fort inexactes et bien au-dessous de la réalité.

Comment cette grande révélation arrivera-t-elle? Les dépositaires du pouvoir, frappés des dangers dont les associations congréganistes menacent nos lois fondamentales, consentiront-ils à les mettre au grand jour en les dénonçant aux tribunaux? Ces associations seront-elles trahies par quelqu'un de leurs chefs les plus instruits, ou bien ne connaîtra-t-on toute la puissance et toutes les richesses de la congrégation que lorsque enfin elle aura forcé l'autorité à lui donner une existence légale, par la crainte de ses vengeances, et des troubles dont la suppression serait accompagnée? Si, dans l'ombre, elle paraît déjà si redoutable, que sera-ce donc lorsqu'elle aura déchiré entièrement le voile ténébreux sous lequel elle se cache en partie?

Qui peut calculer le degré d'influence qu'une société, formée de mille autres animées du même esprit, qui s'avance rapidement à la domination, exercera sur les mœurs nationales, publiques et privées, dans la supposition qu'elle y serait parvenue?

Le corps épiscopal et les autres ministres du culte catholique devraient tôt ou tard se soumettre à ses volontés, sous peine d'encourir l'indignation de la cour de Rome.

L'enseignement théologique éprouverait infailliblement des modifications dont résulteraient des querelles dangereuses pour la foi des peuples et funestes à la religion.

Le protestantisme ne tarderait pas à être privé, par de sourdes manœuvres, de la paix dont il jouit.

L'acte constitutionnel serait représenté comme un acte de condescendance envers la révolution; de tous côtés pleuvraient des écrits tendant à prouver que la monarchie ne peut subsister avec l'égalité et la liberté, et que le gouvernement représentatif conduit directement au républicanisme et à l'anarchie.

Les sciences resteraient stationnaires, si toutefois elles ne rétrogradaient pas. Les investigations de la physique, de l'histoire naturelle, de la médecine, de l'idéologie, de la chronologie, seraient soumises aux anathêmes de la Sorbonne, gouvernée par la congrégation. De nouveaux Galilées seraient peut-être persécutés.

Le temps des billets de confession reviendrait dans les villes et dans les campagnes.

Les chefs des associations y deviendraient les

inquisiteurs et les dénonciateurs de ceux qui n'y seraient pas affiliés. La conduite des curés et des vicaires serait soumise à l'espionnage de ces agens de l'ultramontanisme, sous le bon plaisir desquels ils ne feraient qu'exercer leurs fonctions.

Comme la politique et la législation entreraient tout entières dans la théologie pour ne faire, en quelque sorte, qu'un seul corps avec elle, il s'ensuivrait l'assujettissement du ministère et des tribunaux aux interprétations de la société, dépositaire de l'enseignement théologique.

Si les chambres législatives renfermaient une majorité dévouée à la compagnie et à ses affiliations, nous demandons ce que le despotisme français aurait à envier au despotisme espagnol.

De si grands changemens dans les mœurs publiques ne pourraient sans doute s'effectuer sans modifier les mœurs privées aux dépens de la tranquillité des familles et des individus. Si les questions politiques, depuis quelques années, y ont semé de tristes divisions; si, parmi les pères et les enfans, les frères et les frères, les mots de *royalistes* et de *libéraux* y ont formé deux partis animés l'un contre l'au-

tre sous l'empire même de la charte, à quelle
guerre intestine ne faut-il donc pas s'attendre,
si les opinions religieuses s'incorporent avec
les opinions politiques et leur donnent une
décisive prédominance ? Nous verrons alors,
sous le même toit et à la même table, le fils
disputer contre son père, la femme contre son
mari; de vieux amis rompront leurs vieilles
liaisons ; les sociétés particulières se dissou-
dront; il n'y aura plus ni royalistes, ni libéraux, mais des congréganistes et des excom-
muniés de la congrégation; des associés et des
non-associés qui se détesteront de tout leur
cœur, pour la plus grande gloire du jésuitisme.

Voici une réflexion bien naturelle, et qui,
peut-être, n'est pas venue à l'esprit de ceux
qui sont les plus intéressés à la faire : c'est
qu'une grande et puissante corporation ecclésiastique, supprimée depuis long-temps, acquiert infiniment plus de force par son rétablissement qu'elle n'en avait avant sa suppression ;
surtout, si ses ressentimens sont appuyés par
la politique du gouvernement et par la protection d'un clergé qui la regarde comme une
auxiliaire dont il ne peut se passer. Nous ne
savons que par un trop grand nombre d'exem-

ples, à quels excès donnent lieu les réactions politiques; celles que produit un prétendu zèle religieux, long-temps comprimé, et qui, pendant longues années, a eu le temps de se grossir d'animosité, d'acrimonie, et de prendre tous les caractères de la vengeance, de la perfidie et de l'hypocrisie, ces réactions, disons-nous, seraient-elles moins dangereuses, moins funestes à la société ? Nous en voyons déjà les effets, tristes précurseurs de ceux qui les suivraient, si la congrégation se trouvait un jour armée du glaive à deux tranchans de l'autorité civile et de la puissance spirituelle.

Nous terminerons cet article par une autre réflexion qui ne paraîtra pas, sans doute, moins juste à nos lecteurs. Toute corporation qui, après avoir été abolie, à la suite de graves accusations prouvées, qu'elle a laissées sans réponse, et qui, dès les premiers efforts qu'elle fait pour se rétablir, excite des troubles dans l'État, ne peut que faire prévoir de violens orages pour le temps où tous ses efforts seront couronnés du succès. Si, quelques années seulement après sa naissance, la compagnie de Jésus excitait déjà les plaintes d'un saint Charles-Borromée, de plusieurs

autres prélats aussi distingués par leur piété
que par leurs talens, et si le saint pape
Pie V ne pouvait s'empêcher de prévoir les
maux qu'elle causerait à l'Église, quelles plaintes ne doit-elle donc pas exciter parmi l'illustre clergé de France, et quels maux l'Église
gallicane ne doit-elle donc pas redouter de
sa part, dans un temps où toutes les anciennes
accusations dirigées contre elle se renouvel-
lent avec une force et un ensemble qu'elles
n'ont jamais eus; dans un temps où, tout en
paraissant garder le silence pour son propre
compte, elle s'arme de l'autorité de quelques
prélats qu'elle met ainsi en opposition avec
ceux qui se taisent!

L'on connaît l'arbre par ses fruits; nous
demandons quels sont ceux que la *congrégation* a produits jusqu'à ce jour? Quels sont,
par conséquent, ceux qu'elle produira, quand
la loi aura reconnu son existence, et l'aura
accolée à nos institutions?

Comme nous achevions cet article, on nous
a communiqué les numéros du *Moniteur* dans
lesquels sont rapportés les discours que le ministre des affaires ecclésiastiques prononça les
25 et 26 mai, à la chambre des députés. Il nous
faudrait remplir au moins six pages d'impres-

sion, pour rendre compte à nos lecteurs de la sensation que nous avons éprouvée à cette lecture, et des réflexions qu'elle a fait naître dans notre esprit. Quoi qu'il ait pu dire, M. l'évêque d'Hermopolis n'a point dissipé les alarmes que l'existence de la congrégation a excitées dans la nation, par sa co-existence intime ou même par son identité avec le jésuitisme, qui lui doit sa renaissance, et avec lequel il est évident qu'elle est étroitement unie.

Le jésuitisme existe, de manière qu'après l'aveu du ministre, on ne peut plus douter de son existence, puisqu'il est établi dans sept petits séminaires. Il existe donc ; mais de quel droit existe-t-il en France, où il a été proscrit par les arrêts des parlemens et par les édits de Louis XV? Comment les évêques qui ont reçu les jésuites dans leur diocèse, ont-ils pu se décider à enfreindre ainsi les lois du royaume, et donner l'exemple d'un tel mépris pour la chose jugée depuis plus de soixante ans ?

M. de Frayssinous veut tranquilliser la nation en disant que les jésuites ne possèdent que sept *petits* séminaires : les personnes peu instruites de ce qui se passe, ont cru sans doute qu'il n'était ici question que d'écoles ecclésiastiques préparatoires composées de cinquante ou soixante élèves en pension dans une *petite* maison. Eh bien! il faut qu'elles sachent que tel de ces *petits* séminaires renferme sept à huit cents élèves, logés, comme à Saint-Acheul, dans de vastes bâtimens entourés de vastes jardins; et que, proportion gardée, dans les six autres on en compte de deux mille cinq cents à trois mille. Ainsi donc voilà trois à quatre mille jeunes gens qui, journellement imbus de la doctrine des jésuites, se disposent à remplacer ces vieux pasteurs dont M. l'évêque d'Hermopolis a reconnu lui-même le dévouement aux maximes de la tolérance, et la sage modération.

Les jésuites n'ont pour le moment que *sept petits* séminaires; mais ce sont sept pas énormes qu'ils ont déjà faits, et ce serait déjà beaucoup s'ils n'en possédaient qu'un seul. Ces pères se comparent au grain de sénevé de l'Évangile, qui, d'abord fort petit, s'élève lentement à la hauteur d'un arbre sur les rameaux duquel les oiseaux du ciel viennent se reposer. Laissez-les faire, et vous verrez dans quelques années ce qu'ils auront fait.

FIN.

TABLE
DES MATIÈRES

CONTENUES DANS LE SECOND VOLUME.

————◆◆◆————

NOUVELLE ARCHITECTURE PRATIQUE, ou Bullet rectifié et entièrement refondu par feu M. A. Miché; 2ᵉ édition, mise dans un meilleur ordre et considérablement augmentée, par M. Jay; 2 vol. in-8°, avec planches.   1⸱ f.

ŒUVRES DE LEGALLOIS, Médecin en chef de l'Hospice et de la Prison de Bicêtre, etc., ouvrage dans lequel se trouvent: 1° expérience sur le principe de la vie, notamment sur celui des mouvemens du cœur et sur le siége de ce principe; 2° anatomie et physiologie du cœur; 3° trois mémoires sur la chaleur animale; 4° expériences sur le vomissement; 5° le sang est-il identique dans tous les vaisseaux qu'il parcourt? 6° recherches sur la fièvre jaune, etc.; 2 vol. in-8°.   12 f.

ŒUVRES DE FLORIAN, de l'Académie-Française, nouvelle édition ornée d'un portrait, de 24 grav. et d'un *fac simile;* 1824. 13 vol. in-8°. 96 f.

ŒUVRES COMPLÈTES DE VOLTAIRE; 60 vol. in-12, imprimés sur papier fin double carré d'Auvergne; édition Péronneau.   100 fr.

LE THÉÂTRE COMPLET DES GRECS, nouvelle édition, revue, corrigée et augmentée de la traduction des fragmens des poëtes grecs, tragiques et comiques, par Raoul-Rochette; 16 vol. in-8°, avec 24 gravures.   70 f.

LES ORATEURS CHRÉTIENS, ou choix des meilleurs Discours prononcés dans les églises de France depuis Louis XIV jusqu'à ce jour; 22 vol. in-8°.   66 f.

LA FRANCE IL Y A TRENTE ANS, ou Tableau historique de Paris sous les assemblées nationales, écrit jour pour jour par un témoin oculaire; 2 vol. in-8°, avec figure.   12 f.

GUIDE DES VOYAGEURS AUX BAINS DE BAGNÈRES, BARÈGES, SAINT-SAUVEUR ET CAUTERETZ, avec la description exacte des lieux, l'itinéraire des montagnes et des vallées, les propriétés et l'analyse des eaux minérales, etc.; ouvrage indispensable à ceux qui vont prendre les eaux; 1 vol. in-12 orné de figures.   4 f.

MÉMOIRES DE MADEMOISELLE DE MONTPENSIER, PETITE-FILLE DE HENRI IV; 4 vol. in-12.   10 f.

MÉMOIRES HISTORIQUES DE LA PRINCESSE DE LAMBALLE, UNE DES PRINCIPALES VICTIMES DES JOURNÉES DE SEPTEMBRE 1792; 2 vol. in-12, avec portrait.   5 f.

HISTOIRE DE LA GUERRE CIVILE EN FRANCE ET DES MALHEURS QU'ELLE A OCCASIONÉS DEPUIS 1789 JUSQU'EN 1800; 3 vol. in-8° avec fig.   15 f.

CHARLATANS CÉLÈBRES (les), ou Tableau historique des Bateleurs, des Baladins, des Bouffons, des Voltigeurs, des Escamoteurs, des Filous, des Devins, des Diseurs de bonne aventure qui se sont rendus célèbres dans les rues et sur les places publiques de Paris ! 2 vol. in-8°.   10 f.

HISTOIRE DE LA CONQUÊTE ET DES RÉVOLUTIONS DU PÉROU, par l'auteur de l'Histoire de la guerre de la Vendée; 2 vol. in-8°.   9 f.

HISTOIRE SECRÈTE DU TRIBUNAL RÉVOLUTIONNAIRE DE PARIS PENDANT LE RÈGNE DE LA CONVENTION, où l'on trouve les événemens les plus curieux et les plus extraordinaires sur l'anarchie qui a existé à Paris pendant les années 1793 et 1794; 2 vol. in-8°.   10 f.

PROCÈS DE LOUIS XVI, DE MARIE-ANTOINETTE, DE MADAME ÉLISABETH ET DE LOUIS-PHILIPPE D'ORLÉANS; 2 vol. in-8°, avec fig.   12 f.

LES TUILERIES, LE TEMPLE ET LE TRIBUNAL RÉVOLUTIONNAIRE SOUS LA CONVENTION, pour servir de suite au Journal de Cléry, valet de chambre de Louis XVI; 1 vol. in-8°.   4 f.

VIE D'ALI-PACHA, Visir de Janina; 1 vol. in-8°, 2e édit. avec port. 5 f.

ANNALES DU CRIME ET DE L'INNOCENCE, ou choix de causes célèbres; 20 vol. in-12.   20 f.

qui m'en a rendu le commentateur,
autre dessein que de m'instruire moi-mê
et qui, pour l'instruction des autres
rend aujourd'hui l'éditeur d'une parti
ses chefs-d'œuvre. J'ai assez présum
moi pour croire que mon amour ext
pour ce grand orateur, m'avoit fait sent
moins ses beautés les plus remarquabl

Bossuet est l'orateur qui m'a fait le
éprouver de semblables impressions.
se passionne à-peu-près de mêm
citant Démosthène (et, quoiqu'il er
moins éloigné encore que je ne le su
Bossuet, il me servira d'exemple
prouver qu'un talent inférieur peut
frappé vivement du mérite d'un g
modèle). Je m'en rapporte à lui su
mosthène, et suppose qu'il a bien ol
et mesuré les mouvemens de ce gé
fort. Les sujets que traite cet orateu
sont trop loin de nous, et sa langue
est trop peu familière, pour que la pl
des lecteurs puissent juger d'un par
que l'on tenteroit assez vainement, à
avis, d'instituer entre lui et Bossu
quelques-uns d'entre eux, plus fan
avec la langue et les écrits de Cic

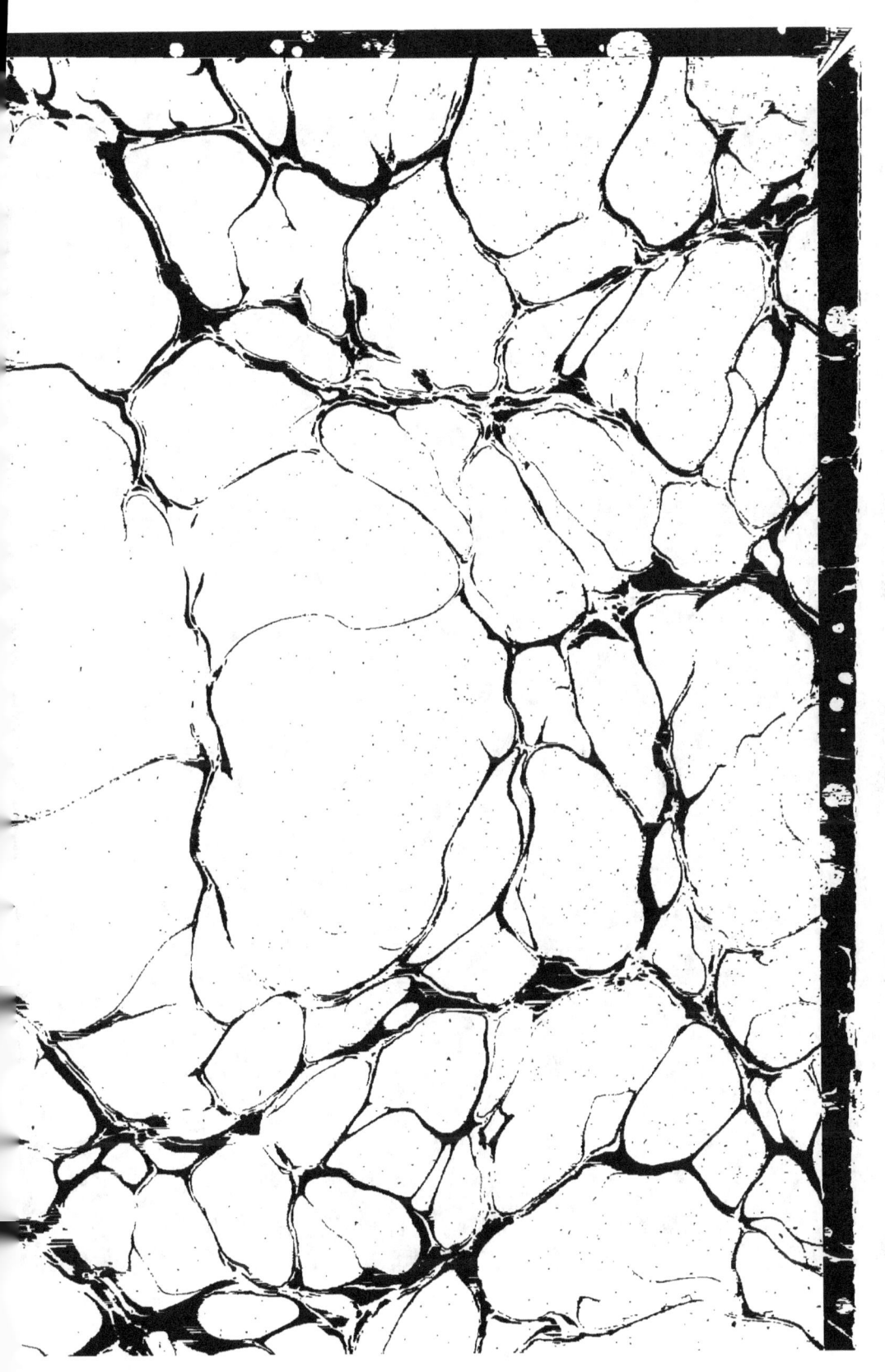

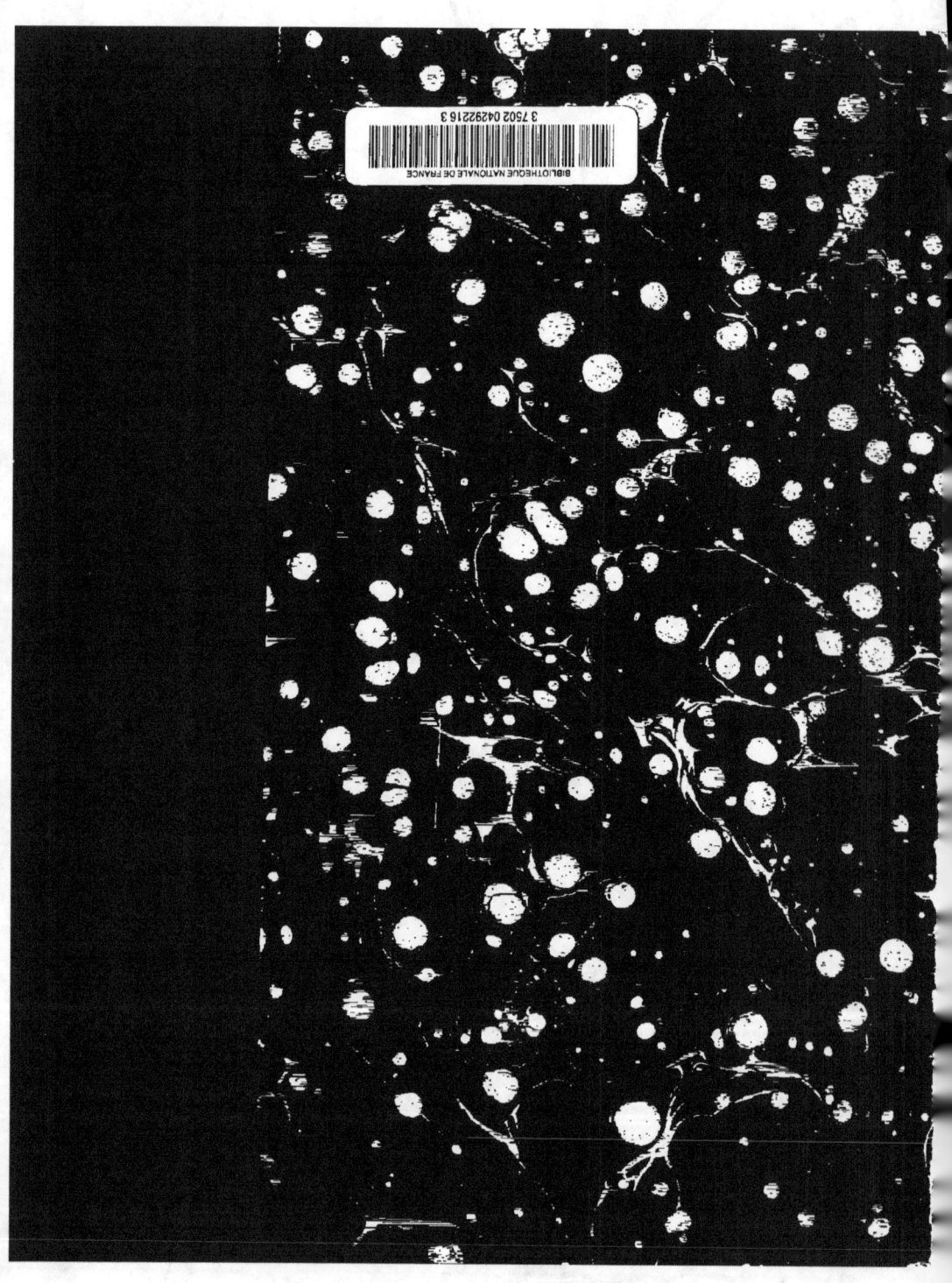